BIBLIOTHÈQUE DU MUSÉE SOCIAL

Comte de ROCQUIGNY

LE PROLÉTARIAT RURAL EN ITALIE

Ligues et Grèves de Paysans

PARIS
Arthur ROUSSEAU, Editeur
14, RUE SOUFFLOT, 14

1904

LE

PROLÉTARIAT RURAL

EN ITALIE

OUVRAGES DU MÊME AUTEUR

Les Syndicats agricoles et le Socialisme agraire. Paris, 1893, Perrin et Cie (épuisé).

La Coopération de production dans l'Agriculture. Paris, 1896, Guillaumin et Cie (épuisé).

L'Assurance mutuelle du bétail. Paris, 1898, Arthur Rousseau.

La Prévoyance sociale en Italie (*en collaboration* avec MM. MABILLEAU et Ch. RAYNERI). Paris, 1898, Armand Colin.

Une enquête sur les Boulangeries coopératives rurales (*Musée social,* n° 12 de 1899).

Les Syndicats agricoles et leur œuvre (*Ouvrage couronné par l'Académie française*). Paris, 1900, Armand Colin.

Guide pour l'organisation des Assurances mutuelles agricoles. Paris, 1903, Arthur Rousseau.

BIBLIOTHÈQUE DU MUSÉE SOCIAL

Comte de ROCQUIGNY

LE PROLÉTARIAT RURAL EN ITALIE

Ligues et Grèves

de Paysans

PARIS

Arthur ROUSSEAU, Éditeur

14, RUE SOUFFLOT, 14

—

1904

AVANT-PROPOS

L'étude des phases qui ont marqué l'organisation du Prolétariat rural en Italie mérite de nous intéresser à divers égards. Il ne s'agit pas seulement d'envisager les multiples aspects du problème du travail agricole chez un peuple auquel nous lient tant d'antiques et vivaces sympathies, confirmées par de récents souvenirs de confraternité glorieuse.

Le conflit qui, depuis le commencement de l'année 1901, a surgi, au delà des Alpes, entre les propriétaires du sol et la main-d'œuvre, constitue le mouvement d'agitation ouvrière le plus

*

important, le plus prolongé, le plus sérieusement organisé, qu'on ait vu se produire dans la vie rurale.

Le problème des meilleurs rapports à établir entre le capital et le travail se pose actuellement dans des conditions assez analogues pour tous les peuples parvenus à un certain degré de civilisation. L'évolution progressive des classes ouvrières, qui partout tendent à s'élever et à conquérir un niveau supérieur de bien-être, procède généralement des mêmes lois et s'accompagne de phénomènes semblables. C'est un mouvement qu'il serait vain de vouloir arrêter ou réprimer, mais qui peut être dirigé, sans que soit compromis l'équilibre nécessaire entre les divers facteurs de la production de la richesse, vers des solutions conformes à la justice et à l'humanité.

Lorsque, sur un point du monde, les manifestations de la crise ouvrière se trouvent en avance, elles donnent lieu à une expérience que les autres pays ne doivent pas négliger de suivre attentivement, dans leur propre intérêt.

Il en a été ainsi de l'Italie : c'est pourquoi

l'histoire des Ligues et des Grèves de paysans,
que nous avons essayé de retracer, doit être une
« leçon de choses » pour nos sociologues et pour
nos agriculteurs.

Les événements récents qui ont troublé une
partie de l'agriculture française donnent, d'ailleurs, à cette étude une opportunité particulière.
A la fin de l'année 1903 et au commencement
de l'année 1904, la viticulture méridionale a subi
une crise de main-d'œuvre offrant de frappantes
analogies avec la crise du travail agricole en Italie.
Sur des points nombreux de nos départements du
Bas-Languedoc, des grèves d'ouvriers viticoles ont
éclaté brusquement ; elles se sont propagées à
travers la région, imposant aux propriétaires
l'augmentation des salaires, la limitation des
heures de travail et d'autres conditions accessoires. Elles ont procédé de la même façon que
les grèves de paysans italiens et la genèse du
mouvement d'agitation a été sensiblement analogue.
De même qu'en Italie, les ouvriers de la viti-

culture languedocienne ont commencé par se grouper ; ils n'ont pas eu besoin d'avoir recours à la forme extra-légale des Ligues d'amélioration ou de résistance, ayant à leur disposition, pour s'organiser, notre loi sur les Syndicats professionnels. Des Syndicats agricoles ouvriers ou Syndicats de Travailleurs de la terre se sont répandus dans les trois départements de l'Hérault, de l'Aude et des Pyrénées-Orientales (1) et, comme en Italie, c'est le parti socialiste qui a généralement provoqué et aidé l'organisation en vue de faire aboutir les revendications ouvrières et de tirer bénéfice de ce succès pour sa propre action : il a su exploiter à cet effet le malaise réel des ouvriers de la viticulture et leur mécontentement résultant des abaissements de salaires imposés momentanément par la mévente des vins.

En Italie, les Chambres du travail ont pris une large part à la création des Ligues de paysans ; en Languedoc, ce sont les Bourses du Travail de Montpellier, Béziers, Narbonne, Carcassonne, etc.,

---

(1) Ces syndicats y étaient au nombre d'une centaine, au mois de mars 1904.

qui ont fondé les Syndicats agricoles ouvriers et guidé leurs premiers pas. En deçà, comme au delà des Alpes, ce ne sont pas seulement des revendications économiques, parfois justifiées, toujours défendables, qui ont inspiré le mouvement ouvrier : on le trouve, le plus souvent, imprégné de la doctrine collectiviste et acquis à la politique de la lutte de classe.

De part et d'autre, des Fédérations régionales ont été formées entre les associations ouvrières, des Congrès ont été tenus, et la Fédération des Travailleurs agricoles du Midi nourrit le projet de s'unir à la Fédération des Syndicats de bûcherons et d'ouvriers agricoles de nos départements du Centre, pour organiser une Fédération nationale de Syndicats de Travailleurs de la terre, à l'exemple de celle qui s'est constituée à Bologne.

L'analogie se poursuit dans la nature des revendications des ouvriers agricoles et cela n'a rien de bien surprenant, puisqu'en général elles dérivent de la même inspiration, celle du socialisme.

Ainsi les demandes se sont produites de la même façon, c'est-à-dire cumulativement, en ce qui touchait le taux des salaires, la durée du travail, etc. On a pu constater la même répugnance manifestée à l'égard du travail à la tâche ou à forfait, la même prétention, émise par les associations ouvrières, de répartir le travail entre leurs membres en enlevant au patron le choix des ouvriers qu'il emploie, la même disparition, antérieure à la crise, des relations cordiales qui régnaient autrefois entre ouvriers et propriétaires, le même désarroi de ceux-ci, comme leur division et leur indécision à l'égard des prétentions ouvrières.

Les grèves du Bas-Languedoc ont entraîné peu de désordres réels, mais elles se sont signalées par une forte pression morale exercée sur les chefs d'exploitation et par la violation de la liberté du travail, au préjudice des ouvriers non syndiqués. Elles se sont étendues, non seulement aux ouvriers payés à la journée, mais encore aux domestiques de ferme loués au mois. Tout cela concorde avec la voie suivie par les grèves de paysans italiens.

Enfin le mouvement a présenté des analogies

sur un point bien caractéristique. On a vu apparaître cette étrange doctrine, que le travail doit se régler d'après les besoins de l'ouvrier et non d'après les nécessités de l'exploitation agricole : on a vu, en Languedoc et en Italie, des ouvriers venir travailler, ou affirmer leur prétendu droit de venir travailler, sur les terres d'un propriétaire, malgré la volonté de celui-ci, comme s'il était déjà dépossédé de son droit de propriété, et cela avec accompagnement de menaces qui ne permettaient pas la résistance.

Quant aux visées futures et au but final des associations ouvrières, le Congrès national des Travailleurs de la terre, tenu à Bologne en 1901, a voté la socialisation du sol ; mais le Congrès des Syndicats de Travailleurs de la terre du Midi, réuni à Béziers en 1903, ne le lui cède guère, car il a pris une résolution portant qu'en cas de grève générale des ouvriers de l'industrie, les paysans doivent, eux aussi, cesser le travail « jusqu'à ce qu'ils puissent reprendre possession de la terre au nom de la corporation ».

Nos agriculteurs ont donc à bénéficier largement des enseignements fournis par la crise du travail agricole en Italie. Il est très vraisemblable que des grèves nouvelles se produisent dans nos départements viticoles du Midi, notamment à l'époque des vendanges. On redoute même de voir la grève affecter les grands travaux de la culture en d'autres régions de la France où se poursuit l'œuvre de propagande du parti socialiste. La situation de nos propriétaires ruraux et fermiers vis-à-vis de l'agitation ouvrière est, sur un point, moins favorable; car il n'y a pas chez nous, comme en Italie, surabondance de la main-d'œuvre et, par suite, les grèves généralisées seraient susceptibles de troubler beaucoup plus gravement la marche de l'exploitation agricole.

Mais, de même que les agriculteurs italiens, nos agriculteurs sauront vaincre les difficultés que pourraient leur susciter les prétentions nouvelles des travailleurs et surtout leur adhésion à la funeste et antisociale politique de la lutte de classe. C'est par la modération et l'équité qu'ils chercheront à résoudre les conflits, évitant de

répondre à la guerre déclarée par la guerre acceptée, opposant à la doctrine de l'antagonisme des
classes le principe de la solidarité humaine et
celui du progrès continu basé sur la justice.

Le mouvement d'organisation de la classe
ouvrière, qui constitue une étape de la civilisation, n'est pas, dans son essence, hostile à la classe
possédante : il ne devient tel que par suite d'excitations étrangères ou si cette classe se refuse à
l'accepter, à entrer en composition avec lui pour
lui donner les satisfactions légitimes qu'il peut
réclamer. Lorsqu'elle a la sagesse d'y consentir,
elle réussira souvent à l'orienter de telle sorte
qu'outre l'amélioration des salaires et des conditions du travail, il poursuive une œuvre bienfaisante d'éducation, d'émancipation, de progrès
matériel et moral, surtout grâce à la pratique vul-
garisée de la prévoyance, de la coopération, de la
mutualité.

L'organisation ouvrière a trouvé en France son
expression complète dans la législation des syndicats professionnels. Comme la lance d'Achille,
l'Association professionnelle possède la vertu de

guérir les maux qu'elle a causés : le Syndicat agricole mixte permet d'opposer un frein salutaire à l'action abusive que peut exercer le Syndicat agricole ouvrier. Il fournit le moyen le meilleur de prévenir ou régler les conflits, de dissiper les malentendus sociaux, d'étendre le lien de la solidarité professionnelle à toutes les catégories du monde rural concourant à la production agricole ou intéressées à son développement.

Cette solidarité, fondement de la paix des campagnes, elle se réalisera aisément lorsque les propriétaires et chefs d'exploitation seront mieux acquis à l'idée que le progrès moderne tend à un certain nivellement des couches sociales, ce nivellement ne pouvant, d'ailleurs, résulter que de l'abaissement du revenu des riches et de l'accroissement du bien-être des pauvres. L'évolution qui se produit dans la répartition de la richesse doit nécessairement se faire au profit des classes laborieuses.

Il faut que, de plus en plus, en France et à l'étranger, les propriétaires ruraux sachent accepter les conséquences de la loi que Léon Say formulait, au sujet de l'industrie, dans les termes suivants :

« Qu'est-ce qui se passe dans l'industrie ? L'augmentation des salaires est constante. Et comment cette augmentation est-elle couverte ? Par la diminution constante de l'intérêt servi au capitaliste prêteur. Il y a dans ce mouvement en sens inverse une distribution nouvelle de parts entre les agents de la production ; le capitaliste a moins, le travailleur a plus : c'est un changement heureux » (1).

(1) Discours prononcé au Sénat le 24 mars 1885.

Paris, le 24 mai 1904.

LE
PROLÉTARIAT RURAL
EN ITALIE

CHAPITRE PREMIER

LES ORIGINES ET LES CAUSES DE L'AGITATION AGRAIRE

1. — Grèves anciennes et grèves récentes

Les grèves agraires, qui ont éclaté en Italie, si multipliées et si prolongées, pendant les années 1901 et 1902, n'étaient pas dans ce pays un fait nouveau. Depuis longtemps, les ouvriers agricoles avaient appris à suivre l'exemple des ouvriers de l'industrie et des *braccianti* ou *terraiuoli* (terrassiers) : ils avaient eu fréquemment recours à la grève afin d'obtenir l'augmentation de leurs salaires et l'amélioration des tristes conditions de leur existence. A dater de l'année 1884 surtout, les mouvements grévistes apparaissent fréquents dans les campagnes italiennes. En 1885, la statis-

1

tique enregistra 62 grèves de paysans localisées
dans la Lombardie, la Vénétie, l'Emilie et la
Romagne ; elles eurent de l'importance en Lombardie où on les vit réunir un grand nombre
d'ouvriers et se prolonger parfois 60, 90 jours et
même au delà. Elles avaient généralement pour
but le relèvement du salaire, et quelques-unes
furent caractérisées par des menaces et des actes
de violence. Les résultats de cette agitation furent
variables, selon les cas ; assez souvent la grève se
termina par une transaction. Des mouvements
plus ou moins importants se produisirent pendant
les années suivantes dans diverses parties du
Royaume.

En 1893, à Molinella, localité dont le nom est
célèbre dans l'histoire des grèves agraires italiennes, une grève de 3,000 ouvriers des rizières
de l'Emilie, motivée par une demande d'augmentation de salaires, dura 30 jours et n'aboutit qu'à
un résultat négatif. La même année fut marquée
par l'agitation, plus politique qu'agricole, des associations dénommées *Fasci dei Lavoratori Sici-
liani*, qui se prolongea en 1894 et fut durement
réprimée par le Gouvernement. A Corleone (province de Palerme) et dans les localités voisines,
7,000 paysans firent grève, de la mi-mai à la fin de
décembre, dans le but d'obliger les propriétaires
fonciers à leur concéder des terres à cultiver à

moitié et des semences (1). L'année 1897 vit
éclater, au moment de la moisson, les grandes
grèves de Molinella, qui dura 60 jours, et de Ferrare
qui, pendant 30 jours, suspendit le travail de
8,000 hommes et 3,000 femmes employés à la
moisson des céréales et aux battages. En 1898,
les grèves agricoles furent au nombre de 36, mais
moins sérieuses, sauf celle des colons de Nova
(province de Milan), qui ne prit fin qu'au bout de
135 jours. En 1899, la statistique enregistra seulement 9 grèves agricoles, et, en 1900, 27.

A Molinella se produisit, cette même année, une
nouvelle grève des paysans employés à la moisson
du riz. L'entente n'ayant pu se faire entre les propriétaires et les ouvriers relativement aux conditions du travail, et la récolte étant parvenue à
maturité, les propriétaires obtinrent du Gouvernement que la moisson fût commencée par des
escouades de soldats habitués à ce genre de travail. Elle s'acheva ainsi pour les variétés précoces,
pendant que se poursuivaient des négociations
entre les propriétaires, le préfet de la province et
les ouvriers; ceux-ci revendiquaient l'application
du tarif établi à la suite de la grève de 1897 et

(1) L'histoire de ce mouvement de socialisme agraire a été
très clairement exposée par M. le Commandeur Enea Cavalieri
dans son étude *I Fasci dei Lavoratori e le Condizioni della
Sicilia*, publiée par la *Nuova Antologia* du 1er janvier 1894.

le fonctionnement de commissions ouvrières de médiation et de contrôle. Bien que les grévistes eussent considérablement réduit leurs prétentions, l'accord ne put s'établir et, les pourparlers ayant été interrompus par le refus des propriétaires, les ouvriers finirent par réclamer l'arbitrage de M. Saracco, président du Conseil des ministres, qui s'y refusa en se déclarant incompétent. Les grévistes, découragés, prirent alors le parti de cesser la lutte et de reprendre le travail, aux conditions antérieurement en vigueur, pour la moisson des variétés tardives. La grève, qui avait englobé 6,300 personnes et duré 30 jours, fut marquée par des actes de violence, des attentats à la liberté du travail, refus d'obéissance à la force publique, etc., qui motivèrent d'assez nombreuses condamnations judiciaires (1).

Les grèves d'ouvriers agricoles étaient donc pratiquées de longue date en Italie : mais jusqu'à la fin de l'année 1900, elles se produisaient avec le caractère de phénomènes économiques isolés et éclataient spontanément parmi les travailleurs comme conséquence d'une demande, non accueillie, d'augmentation du salaire ou de réduction des heures de travail, ou d'une difficulté relative à l'application du contrat de travail ou de quelque

(1) *Statistica degli Scioperi avvenuti nell' industria e nell' agricoltura durante l'anno 1900*, Roma, Tip. naz. 1902.

autre circonstance spéciale. En 1901, sans que les conditions générales de l'exploitation du sol aient varié dans la péninsule, un changement complet se manifeste.

Du 1ᵉʳ janvier 1901 au 31 mars 1902, d'après une statistique communiquée par le ministère de l'Intérieur à la Commission du budget de la Chambre des députés, on constata 660 grèves agricoles (1), dont 81 dans chacune des provinces de Pavie et de Rovigo, 70 dans la province de Ferrare, 58 dans chacune des provinces de Novare et de Côme, 53 dans celle de Crémone, 43 dans celle de Bergame, 36 dans celle de Bologne, 32 dans celle de Brescia, etc. Ces grèves furent beaucoup plus nombreuses dans la vallée du Pô que dans aucune autre partie de l'Italie et elles y fournirent aussi la moyenne la plus élevée de résultats favorables aux grévistes. Les grèves furent très rares dans les provinces méridionales, sauf en Sicile où le vieux ferment des *Fasci* sembla renaître avec 15 grèves dans chacune des provinces de Palerme et de Caltanissetta, 7 dans celle de Trapani, etc. (2).

(1) D'après M. Colajanni, député, professeur à l'Université de Naples, cette statistique est encore incomplète et, en tous cas, du printemps de 1901 à l'été de 1902, il faudrait y ajouter au moins 200 autres grèves, dont une bonne moitié survenue dans les Pouilles (*Rivista d'Italia*, novembre 1902).

(2) Rapport de la Commission générale du budget — Sous-Commission du budget de l'Intérieur — déposé par M. Mazza, député, dans la séance de la Chambre des députés du 7 mai 1902.

Nous n'avons pas l'intention de refaire ici l'histoire de ce mouvement imprévu d'agitation agraire qui a si profondément troublé les conditions de l'exploitation du sol en Italie. Cette histoire a été écrite, au jour le jour, dans les principaux organes de la presse politique italienne (1), tandis qu'un grand nombre de publications spéciales et d'articles de revues en ont présenté la synthèse et tenté d'en dégager l'enseignement. Aussi bien, comme nous le faisait remarquer M. Luzzatti, il s'agit là de « phénomènes purement italiens » ; l'étude en est très difficile pour quiconque n'est pas familiarisé avec les formes si complexes, si variées, que prennent dans la péninsule le contrat de travail, le métayage et les autres contrats agraires ou relatifs à l'amodiation du sol. Il y aurait vraiment peu d'intérêt pour nous à rechercher, par exemple, dans quelle mesure pouvaient se justifier, lors du conflit survenu entre le capital et le travail, les prétentions des *boari* de la province de Ferrare, des *bifolchi* de la province de Mantoue, des *vaccari* de la campagne romaine, des *risaiuoli* de l'Emilie, etc. Mais ce qui relève de notre appréciation, ce sont les causes, le véritable caractère

---

(1) Nous signalerons notamment dans le journal démocratique *L'Adriatico*, de Venise, les enquêtes fort intéressantes entreprises par M. Adolfo Rossi sur les grèves de Mantoue, Rovigo Ferrare, etc. (12 février à 2 juillet 1901).

et les conséquences directes ou indirectes de ce vaste mouvement ; ils se précisent mieux, d'ailleurs, aujourd'hui qu'à une situation profondément troublée ont succédé des temps plus calmes.

Dans les grèves agricoles de 1901 et 1902, il y a eu autre chose que ces grèves elles-mêmes. « L'essentiel, a-t-on dit, n'est pas la grève ; c'est l'organisation ». Or cette agitation généralisée a révélé un fait nouveau, l'organisation du prolétariat rural en Italie.

Quelles causes, quelles influences ont déterminé cette organisation ?

Comment s'est-elle développée ?

Quel esprit l'anime et quelles sont ses tendances ?

Quelles modifications a-t-elle apportées dans les rapports entre patrons et ouvriers ruraux ?

Quels résultats a-t-elle obtenus, non pas nominalement et en apparence, mais en fait ?

Dans quelle situation place-t-elle actuellement les chefs d'exploitation ?

Quels remèdes ont été demandés à l'action des pouvoirs publics ?

Quelles mesures de défense ou de conciliation ont été prises ou proposées de la part des propriétaires ?

Quelle a été l'attitude du Gouvernement ?

Quelle est enfin la situation actuelle et quels semblent être les moyens d'améliorer pour l'avenir les rapports entre le capital et la main-d'œuvre agricole ?

Sur ces points divers nous allons tenter de fournir quelques vues d'ensemble, de noter quelques impressions et prévisions qu'il nous a été loisible de recueillir, sur place, dans les milieux les plus compétents et aussi les plus étrangers aux passions politiques qui divisent l'Italie.

2. — Les salaires agricoles en Italie.
L'enquête Jacini

La cause première du mouvement gréviste italien, il faut la chercher, à n'en pas douter, dans la misérable situation qui est, en général, celle des travailleurs agricoles, dans le taux infime des salaires que gagnent les journaliers (*braccianti, disobbligati, avventizi*, etc.) et les ouvriers engagés à l'année (*obbligati*), dans l'insuffisance même de la rémunération attribuée à la catégorie si nombreuse des *boari* qui relève à la fois du régime du salariat et de celui du colonat partiaire (1).

(1) Le contrat de *Boaria* est un contrat de famille, régi par des usages séculaires et variables selon les provinces. M. le professeur Pietro Sitta en a minutieusement analysé les règles, pour le Ferrarais, dans sa brochure *Gli Scioperi agrari nel Ferrarese* (extrait de la *Riforma sociale*, 1897). La condition des diverses catégories de travailleurs agricoles a été sommairement exposée par M. Stéphane Piot dans son excellente étude *Deux années d'agitations agraires en Italie* (extrait des *Annales des Sciences politiques*, 15 mai 1903).

Les grèves d'ouvriers agricoles ont été, jusqu'à ces derniers temps, pour ainsi dire inconnues en France, et « les rapports entre ouvriers agricoles et patrons sont bons, pour ne pas dire excellents », ainsi que se plaisait à le constater M. Emile Chevallier, rapporteur du Jury international de la classe 104 (Grande et petite culture — Syndicats agricoles — Crédit agricole) à l'Exposition universelle de 1900 (1). Mais la raison de cette bonne entente est très simple. Pendant le siècle dernier, les gages et salaires agricoles ont suivi une progression presque continue et ont ainsi bénéficié d'une énorme plus-value. Il résulte de nombreuses observations qu'ils auraient souvent triplé, quadruplé et même quintuplé, selon les régions. Et lorsqu'à partir de l'année 1879 la crise agricole a exercé son influence déprimante sur les fermages, comme sur la valeur de la propriété foncière, la main-d'œuvre n'en a pas réellement souffert : il n'y a pas eu recul, mais simplement « arrêt dans la progression » (2). L'ouvrier agricole a donc participé à toutes les chances favorables de l'entreprise agricole, sans se trouver atteint par les conséquences des mauvaises années : on conçoit qu'il n'ait pas à se plaindre et qu'il entretienne avec son patron des rapports de cordialité.

(1) Rapport de M. Emile Chevallier, p. 71.
(2) *Ibid.*, p. 80.

1.

En Italie, au contraire, les gages et salaires des travailleurs agricoles n'ont nullement suivi la progression relevée pour la France, au cours du XIX° siècle. Ce n'est pas d'hier que leur déplorable condition a ému l'opinion publique et sollicité l'attention des hommes d'Etat. Une loi du 12 décembre 1878 avait décidé qu'il serait procédé par une commission spéciale de membres du Parlement à une solennelle Enquête sur la situation de l'agriculture et les conditions de la classe agricole. Cette Enquête, commencée au printemps de 1879, dura cinq années et aboutit à la publication de 15 volumes, formant les actes de la Commission, dans lesquels abondent les renseignements les plus précis, mais aussi les plus douloureux, sur l'industrie agricole et l'existence des populations rurales dans les diverses provinces.

L'Introduction et le Rapport final de l'Enquête, magistralement rédigés par le président de la Commission, le comte Stefano Jacini, sénateur du Royaume, sont demeurés des documents de premier ordre dont l'étude s'impose à quiconque veut apprécier l'état de l'agriculture italienne, il y a 20 ou 25 ans (et il n'a guère varié, depuis lors), en ce qui concerne les salaires et les conditions d'existence des travailleurs.

Au mois de juin 1901, la politique suivie par le cabinet Zanardelli à l'égard des grèves agraires fut, à la Chambre italienne, l'objet d'un très important débat. M. Giolitti, ministre de l'Intérieur, justifiait la neutralité gardée par le Gouvernement dans les conflits entre le capital et le travail contrairement aux pratiques des précédents cabinets. Il rappelait tout d'abord les constatations douloureuses de l'enquête Jacini et l'impression très généralement répandue, à la suite de ces révélations, parmi les classes dirigeantes de la nation, que des réformes et améliorations sérieuses s'imposaient, d'autant plus urgentes que, selon l'expression même de Jacini, « chaque jour, les paysans prenaient mieux conscience de leur misère et de leur force ».

Considérant la situation des travailleurs du sol italien, cet économiste, qui fut aussi un grand patriote, proclamait que leur histoire n'aurait pu être plus triste depuis les temps de l'Empire romain jusqu'à nos jours, et il concluait que de leurs aspirations actuelles à un accroissement de bien-être était née « la question sociale des campagnes » (1).

Et cependant rien ne se fit. Dans les régions mêmes où le progrès des cultures, accroissant le produit net de l'exploitation agricole, aurait naturellement dû entraîner une plus équitable rémunération des travailleurs, la situation ne fut pas généralement modifiée à l'avantage de ces derniers. Victimes de la surabondance de la main-d'œuvre

(1) *Relazione finale sui resultati dell' inchiesta*, p. 82 et 83.

qui existe presque partout, ils continuèrent à traî-
ner la pénible existence de leurs devanciers, à lutter
contre le chômage (*disoccupazione*), la pellagre et
la *malaria*, ces maladies dont le Parlement italien
vient de chercher à enrayer les ravages au moyen
de lois spéciales (1), souvent réduits à s'expatrier
pour tenter de trouver dans des contrées lointaines
les ressources que la terre natale ne pouvait leur
assurer.

Ce malaise général est, d'ailleurs, nettement
caractérisé par l'effrayante progression constatée
dans l'émigration permanente des ouvriers italiens.
Cette émigration qui, pour l'année 1876, était
seulement de 19,756 individus, s'est élevée à
251,577 en 1901 et à 148,737 pour les six premiers mois de l'année 1902. Les émigrants, quit-
tant leur pays sans esprit de retour, emmènent
souvent avec eux leurs familles et se dirigent principalement vers les deux Amériques. Le plus fort
contingent d'émigrants est fourni par les provinces
méridionales, Pouilles (2), Basilicate et Calabres.

Non seulement la moyenne des salaires agricoles
ne s'est pas élevée, mais le ministre de l'Intérieur

(1) La loi contre la pellagre a été votée, à la Chambre des
députés, le 14 juin 1902.
(2) Pourtant l'émigration n'existe pas dans l'une des trois
provinces des Pouilles, celle de Lecce (l'ancienne terre d'Otrante),
où la misère est grande et où la population rurale a augmenté
de 18 à 20 0/0 depuis 25 ans.

a pu démontrer à la Chambre, au moyen de chiffres
constatés officiellement, que, dans certaines régions
de l'Italie, les salaires ont, au contraire, baissé depuis l'enquête Jacini. Il a cité des communes de la
province de Mantoue où le salaire maximum des
ouvriers agricoles, pour les longs jours d'été, est
de 1 fr. 25. Dans quelques parties de la province
de Vérone, les hommes gagnent 0 fr. 80 pendant
l'hiver et 1 fr. 40 pendant l'été. A Ferrare, le salaire des femmes varie de 60 à 75 centimes.

Dans la province de Modène on trouvait, avant
les grèves, des ouvriers agricoles payés de 0 fr. 80
à 1 fr. 15 ; dans la province de Novare, des hommes
payés 1 fr. 30 et des femmes gagnant 0 fr. 60.

Sans doute ce sont là des salaires exceptionnellement bas ; mais encore ne représentent-ils pas
le gain moyen quotidien des travailleurs qui les
reçoivent, car il s'agit d'ouvriers travaillant à la
journée (*disobbligati* ou *avventizi*) et on estime
que les ouvriers de cette catégorie ne sont pas généralement employés plus de 240 jours par an.
Leur salaire moyen doit donc être réduit dans la
proportion du temps de chômage, c'est-à-dire d'un
tiers environ.

Sans doute aussi, les variations sont très étendues, et si on considère l'extrémité supérieure de
l'échelle des salaires agricoles en Italie, on trouve
bien des travaux spéciaux, tels que ceux de la

moisson, de la fenaison, de la vendange, etc.,
payés généralement un bon prix. Mais les travaux
les plus pénibles, tels que ceux des rizières, sont
souvent les plus mal payés. Ce serait, d'ailleurs,
une erreur de penser que les régions du Midi pré-
sentent toujours les moyennes les plus faibles.
Ainsi, dans les Pouilles, la province de Foggia, où
la population est peu dense et où la viticulture
s'est développée d'une façon si remarquable, offre,
selon le témoignage de M. Eugenio Maury, son député, les salaires agricoles les plus élevés de l'Italie
(minimum par jour, 1 fr. 50, maximum, 5 à 6 fr.,
avec deux mois de chômage seulement), tandis que
sa voisine, la malheureuse province de Lecce, fournit probablement l'exemple le plus frappant de
l'avilissement du prix de la main-d'œuvre. Dans
son étude si intéressante *Il movimento agrario in
Italia* (1), M. Napoleone Colajanni cite ce fait, parfaitement avéré, qu'au moment même où l'agitation agraire semblait, nominalement du moins,
avoir amené le relèvement des salaires, 400 paysans
de Nardo (province de Lecce) ayant travaillé sur
certains domaines contrairement à la volonté des
propriétaires (car il y eut des cas où, au lieu de
refuser le travail, les ouvriers ont prétendu l'imposer), ces paysans rentrèrent dans le calme après
avoir conclu un accord pour un salaire de *vingt-*

(1) Publiée dans la *Rivista d'Italia* (novembre 1902).

cinq centimes par jour, comme on paie dans les autres localités de la province, selon leur propre expression.

Au cœur de l'Italie, dans la région du Haut-Polésine (province de Rovigo), il paraît établi qu'il n'était pas rare de rencontrer, pendant les mois d'hiver, des ouvriers payés 65, 50 et même 40 centimes par jour ; le tarif réclamé par les *Leghe di miglioramento* et refusé par maints propriétaires était simplement de 80 centimes par jour pour les quatre mois d'hiver et 90 centimes pour le mois de mars (1). C'est d'ailleurs dans cette même contrée du Polésine qu'il se trouvait jadis des villages où les femmes étaient payées 35 centimes par jour *en toute saison,* comme le fait a été révélé en 1891 par une publication officielle du ministère de l'Agriculture.

Nous avons nous-même pu constater le taux des salaires agricoles pour la Sicile. Au mois d'avril 1903, quand la période d'agitation était close depuis quelque temps déjà, les ouvriers agricoles étaient payés 1 fr. 25 par jour dans les provinces de Girgenti et de Syracuse et il nous a été affirmé qu'il en était de même dans toute la Sicile. La journée de travail dure du lever au coucher du soleil et les ouvriers ne trouvent à s'employer que

(1) Discours de M. Badaloni à la Chambre des députés, 18 juin 1901.

pendant les mois du printemps et de l'automne. Quant aux femmes, elles ne peuvent se livrer à d'autre travail qu'à celui de la décortication des amandes : ce travail, payé à la tâche, rapporte, au maximum, 40 centimes par jour.

Si on considère l'étendue des variations du salaire et la diversité des modes de rémunération du travail, le salaire moyen de l'ouvrier agricole en Italie semble fort difficile à déterminer. Cependant, bien des publicistes italiens, et notamment M. Colajanni (1), ont cru pouvoir affirmer que l'ouvrier agricole gagne, en moyenne, 1 fr. 15 par jour en Italie, tandis que son salaire moyen est de 1 fr. 80 en Allemagne, 2 fr. 65 en France et 2 fr. 75 en Angleterre. Ils font, d'ailleurs, observer que cette infériorité comparative du salaire italien s'accentue encore par le fait de l'élévation des impôts directs et indirects qui absorbent environ 25 0/0 du gain total des travailleurs. De plus, dans tout le sud de l'Italie et en Sicile, les ouvriers agricoles habitent les villes puisqu'il n'y existe pas de villages ; outre la cherté des loyers, ils ont à supporter leur part, relativement très lourde, des charges fiscales, municipales et autres, qui pèsent sur les populations urbaines.

La cause de l'agitation agraire est donc bien

(1) *Loc, cil,,* p. 742,

évidente ; il ne faut pas la chercher ailleurs que
dans les conditions réellement misérables de l'existence des ouvriers agricoles, et ces conditions ne
sont pas sensiblement meilleures pour un bon
nombre de petits propriétaires, fermiers ou
métayers, ce qui explique avec quelle sympathie
ces derniers ont souvent accueilli l'organisation
et l'action du prolétariat rural. Sur ce point, tout
le monde paraît d'accord. Les propriétaires du
sol, abusant de l'extrème abondance de la main-
d'œuvre et de l'inaptitude des ouvriers à soutenir
eux-mêmes leurs intérêts, n'ont pas, en général et
sauf d'honorables exceptions bien entendu, rempli
leur devoir social ; ils n'ont pas su (parfois peut-
être ils ne l'auraient pu, ayant eux-mêmes à se
débattre contre bien des difficultés économiques)
opérer spontanément les améliorations de salaires
que la justice, l'humanité et le courant du progrès
social auraient dù leur imposer. S'ils ont souffert de
l'agitation agraire, ils ont recueilli le fruit de leur
égoïsme et de leur imprévoyance.

Le parti socialiste, qu'on accuse parfois d'avoir
provoqué artificiellement le mouvement, s'est con-
tenté d'exploiter dans l'intérêt de sa politique une
situation à laquelle il était étranger et qui arrivait
à sa période aiguë. Il a entrepris de résoudre à sa
façon, en organisant la lutte des classes, cette
question sociale des campagnes dont l'existence

était déjà constatée par Jacini, il y a quelque vingt ans. On sait comment il a procédé et comment s'est développée son action.

3. — L'action du parti socialiste sur les travailleurs agricoles. — Ses débuts dans la province de Mantoue.

Le parti socialiste, dont les dernières élections législatives ont révélé la puissance en Italie, a donc pris à tâche d'organiser et discipliner le prolétariat rural ; il l'a fait en lui proposant un but immédiat à atteindre, le relèvement des salaires, et un idéal plus lointain, la socialisation de la terre. En embrigadant les masses populaires des campagnes afin de s'étayer sur elles pour la conquête du pouvoir politique, le socialisme choisissait bien son terrain. En poursuivant le relèvement général des salaires agricoles, il défendait une cause évidemment juste : mais il l'a quelque peu compromise, car le but à atteindre a été souvent dépassé, et les procédés employés ont provoqué les propriétaires à réagir, par divers moyens, afin de rendre plus ou moins illusoires les concessions qui leur ont été arrachées.

C'est dans la province de Mantoue que l'organisation du prolétariat rural a trouvé sa forme nouvelle, après diverses tentatives avortées et à la suite d'une patiente propagande qui a réussi à faire, de

cette province essentiellement agricole, la province
la plus socialiste de toute l'Italie (1). Dès 1884
s'étaient fondées les premières « Ligues de résistance » ; elles avaient pour but de travailler au
relèvement des salaires en établissant, pour chaque
bourgade, de nouveaux tarifs conformément auxquels les paysans devraient régler leurs prétentions. Mais ces Ligues ne tardèrent pas à provoquer
de violents troubles à la suite desquels elles furent
dissoutes par le Gouvernement, au printemps de
1885.

Quelques années plus tard, l'action fut reprise
sous une autre forme qu'on a dénommée la « phase
coopérative du mouvement prolétarien man-
touan » (2). Les sociétés coopératives de production et de travail, et les sociétés coopératives de
consommation s'étaient multipliées dans la province : elles se groupèrent pour créer, en 1891,
la *Federazione Mantovana delle Societa di
operai e contadini*, qui chercha à s'affilier toutes
les associations populaires de la province et à
exercer parmi leurs membres une propagande
très avancée. En 1892, l'Assemblée générale de
la Fédération proclamait comme but final de ses

(1) Antonio d'Arco, sénateur, *Il fermento nelle Campagne
Mantovane* (*Nuova Antologia* du 1er avril 1901).
(2) Ivanoe Bonomi et Carlo Vezzani, *Il Movimento proletario
nel Mantovano* (Milan, bureaux de la *Critica sociale*, 1901).

efforts la socialisation des moyens de travail et,
en 1893, elle délibérait d'entrer, bannière déployée, dans le camp socialiste, avec la méthode
de la lutte de classe, et faisait pleine adhésion
au Parti socialiste des travailleurs italiens. Après
avoir fondé dans les campagnes un grand nombre
de cercles socialistes, la Fédération fut dissoute
par le cabinet Crispi en 1894 ; mais les semences
qu'elle avait jetées devaient porter leurs fruits
quelques années plus tard. En 1898, année de
cherté du pain, quelques grèves d'ouvriers agricoles éclatèrent dans la province de Mantoue et
leur issue fut, en général, favorable aux travailleurs. Depuis lors, la lutte a persisté, ouverte ou
latente, entre ouvriers et patrons agricoles de
la province et elle a abouti à l'organisation méthodique des *Leghe di Miglioramento*, multipliées
dans les centres agricoles et reliées par de puis-
santes fédérations, qui s'est rapidement répandue
dans presque toutes les régions de l'Italie.

C'est en escomptant la neutralité du gouvernement libéral, présidé par M. Zanardelli, que le
parti socialiste a pu, sans difficulté, procéder à
l'exécution de son plan de campagne ; il eût été
très probablement entravé par les divers cabinets
qui se sont succédé en Italie depuis une vingtaine d'années. Cette neutralité du gouvernement,

d'aucuns prétendent même qu'elle a été une neutralité bienveillante ou, du moins, qu'elle a été rendue telle par l'attitude de nombreux fonctionnaires et par le bruit, habilement répandu dans les masses populaires, que les chefs d'exploitation seraient poursuivis et frappés de pénalités, s'ils persistaient à refuser de céder aux revendications des Ligues. Les initiateurs du mouvement prirent soin, d'ailleurs, d'apporter quelques prudentes atténuations au plan d'agitation suivi par leurs devanciers. C'est ainsi que les associations ouvrières formées en vue de poursuivre le relèvement des salaires, abdiquèrent l'ancienne dénomination « Ligues de résistance », qui impliquait un caractère nettement combatif, pour devenir de simples « Ligues d'amélioration » dont le nom ne devait inspirer, *a priori*, aucune défiance, non plus que leur but statutaire ainsi défini :

« Le but de la Ligue est d'améliorer progressivement les conditions économiques, morales et intellectuelles des sociétaires. Elle entreprendra de l'atteindre avec le droit d'association, sans violences, se servant des libertés reconnues par les lois en vigueur, au moyen de la seule force bienfaisante de la persuasion, de la fraternité et de la solidarité entre les travailleurs » (art. 2 des statuts-types).

Les fondateurs des Ligues de la province de

Mantoue se sont efforcés d'établir que le mouvement provoqué par eux n'est aucunement politique, mais exclusivement économique et social,
qu'il n'a rien de commun avec le caractère im-
pulsif, désordonné, violent, des anciennes Ligues
de résistance de 1885 et des *Fasci* siciliens de
1893 ; ils font observer que l'éducation du prolétariat rural s'est faite, grâce à une longue propagande, en même temps que grandissait son importance dans la province, que telle a été la cause
de son organisation poursuivie sans aucun but
électoral, le parti socialiste étant devenu assez
puissant pour n'avoir pas besoin d'aide, etc. (1).

Ce sont là des affirmations contre lesquelles
proteste la direction donnée au mouvement d'agitation agraire par les chefs socialistes qui n'ont pas
cessé d'inspirer ses manifestations. Sans doute, si
les Ligues de paysans, justifiées dans leur principe
par l'insuffisance des salaires, avaient poursuivi
uniquement, dans un esprit de justice et de modération, l'amélioration du sort de leurs membres,
elles auraient rempli une fonction économique et
sociale bienfaisante, et les propriétaires même
eussent été contraints de le reconnaître. Mais si,
au contraire, elles se sont laissé entraîner à mener
une campagne de lutte et de haine contre le capital, elles ont manifestement fait œuvre politique

(1) Ivanoe Bonomi et Carlo Vezzani, *loc. cit.*, p. 12.

et l'on doit conclure que le parti socialiste les a
organisées et exploitées pour des fins politiques.
Or l'histoire du mouvement gréviste ne peut guère
laisser de doutes à cet égard.

CHAPITRE II

1. — Organisation et fonctionnement des Ligues. — Leurs Fédérations et Congrès

Les Ligues de paysans se sont proposé pour objet d'améliorer les salaires, et, plus généralement, la condition des travailleurs de la terre, par la substitution du contrat collectif de travail au contrat individuel universellement pratiqué jusqu'alors. Sous le régime du contrat individuel, les ouvriers ont peu de liberté réelle et peu de force, a-t-on dit, pour débattre leurs intérêts, surtout lorsque la main-d'œuvre abonde : ils se font concurrence, et la loi de l'offre et de la demande s'applique à l'avantage du chef d'exploitation. Si, au contraire, dans un rayon déterminé, les ouvriers agricoles se concertent, se syndiquent pour adopter un minimum de salaire au-dessous duquel ils se refuseront à travailler, si, en outre, ils remettent à des délégués le soin de traiter avec les employeurs pour leur engagement, pour tout ce qui concerne les conditions du contrat de travail et son exécution, il est évident que la situation se trouvera complètement modifiée au profit des ouvriers devenus presque les maîtres sur le marché du travail.

Tel est le plan que les Ligues ont voulu réaliser et qu'elles ont, en fait, réalisé dans une certaine mesure.

Les Ligues se forment ordinairement au sein des cercles socialistes locaux. Réunis en assemblée générale, les premiers adhérents discutent et approuvent les statuts, nomment les collecteurs chargés de recueillir la cotisation mensuelle, qui est de 10 centimes. En outre, chaque sociétaire contribue à la création du fonds social en payant un droit d'entrée fixé à 15 centimes. Le conseil d'administration est composé des chefs de section, nommés par chaque section ou groupe local de 50 sociétaires. Les chefs de section désignent le président du conseil d'administration. Un secrétaire, ayant voix consultative, et un caissier, qui peut être étranger à la société, sont adjoints au conseil et nommés par lui.

L'Assemblée générale des membres de la Ligue fixe annuellement le taux des salaires. Un comité spécialement délégué à cet effet traite avec les patrons et leur répartit la main-d'œuvre selon leur demande. A la fin de chaque semaine, le secrétaire de la Ligue se présente chez les propriétaires et

2

touche les salaires gagnés par les sociétaires qu'ils emploient. Aucun travailleur ne peut se rendre au travail ni recevoir son salaire sans le consentement du comité. Après chaque semaine ou période de travail pour les travaux exécutés à la tâche, le comité totalise les gages perçus et les répartit à raison des journées accomplies et en parts égales pour le jeune comme pour le vieux, pour le faible comme pour le fort.

Tel fut le système adopté par la *Legha di Miglioramento* de San Rocco (province de Mantoue), qui fut la première en date et qui servit de modèle à toutes les autres Ligues. Comme on le voit, non seulement la Ligue met en pratique le contrat collectif de travail, mais encore, supprimant le libre choix de l'employeur, elle distribue elle-même les travaux à exécuter, avisant, au moyen d'un roulement, à ce qu'aucun de ses membres n'ait à supporter un long chômage et fonctionnant à leur égard ainsi qu'un véritable bureau de placement (1).

Le groupement des Ligues, lorsqu'elles se furent rapidement propagées, a beaucoup accru la puissance de cette organisation en coordonnant, disciplinant et centralisant son action. La Fédération des Ligues de la province de Mantoue se constitua la première, au mois de février 1901, et elle ne

(1) Ivanoe Bonomi et Carlo Vezzani, *op. cit.*, p. 48 et 49.

tardait pas à réunir 271 Ligues comptant, en bloc, plus de 40,000 sociétaires.

« La Fédération a pour but de coordonner le mouvement d'organisation tendant à obtenir, par les méthodes légales de l'association et de la résistance, un équitable relèvement des salaires et de meilleures conditions hygiéniques pour la classe ouvrière, de contribuer généralement à son amélioration matérielle et morale » (1).

Les Ligues adhérentes à la Fédération lui versent une contribution mensuelle de 5 centimes par sociétaire ; cette contribution est réduite, pour les Ligues de femmes, à 2 centimes 1/2 pendant les mois de novembre, décembre, janvier et février.

La Fédération favorise le développement des Ligues locales et surveille leur fonctionnement ; elle protège leurs intérêts économiques et moraux, intervenant, dans toutes circonstances, pour la défense de leurs droits méconnus ou lésés ; elle cherche à stimuler l'esprit d'association et de solidarité par des conférences et des publications spéciales propres à développer l'instruction et l'éducation civile des travailleurs ; elle se propose de créer des bureaux de consultation et de statistique auxquels les Ligues locales pourront recourir afin d'obtenir gratuitement des avis et conseils sur

(1) Article 2 des statuts de la Fédération.

tout ce qui concerne les rapports entre ouvriers et patrons, la compilation des divers tarifs de salaires, l'interprétation des contrats, la revision des comptes de métayage, etc. ; elle prêtera son aide à la Chambre du travail de la province ; elle appuiera de son initiative morale et même matérielle, s'il est possible, la formation d'autres Fédérations de sociétés ouvrières ayant un caractère économique et un objet spécial distincts de celui des Ligues, mais se réclamant de l'affinité de classe.

Cette énumération des fonctions visées par la Fédération n'a que la valeur d'un programme plus ou moins fidèlement suivi. Mais l'influence qu'elle s'est préoccupée d'exercer sur les Ligues adhérentes est essentiellement une influence de direction et de contrôle.

Le conseil général de la Fédération se compose de délégués des Ligues, chacune d'elles étant représentée par un seul de ses sociétaires. Il nomme annuellement un Comité exécutif formé de trois membres qui peuvent être choisis même parmi des personnes ne faisant pas partie des Ligues. Il va de soi que ce sont les députés ou autres chefs socialistes qui sont ordinairement élus (1). Le

(1) Au mois de juin 1901, les Triumvirs de la Fédération Mantouane étaient MM. le professeur Gatti et Lollini, députés de la province, et le professeur Enrico Ferri, député de Ravenne, chef de la fraction la plus avancée du parti socialiste italien.

triumvirat concentre pratiquement tous les pouvoirs de la Fédération. Ainsi il revise les tarifs, statuts, règlements et comptes rendus des Ligues, dresse leur statistique et étudie les conditions économiques des travailleurs dans les diverses communes de la province, pourvoit au mouvement d'organisation et au service méthodique de propagande, etc. Chaque Ligue est tenue de transmettre au Comité exécutif copie de ses statuts et règlements, ainsi que son compte rendu financier mensuel et la liste nominale des sociétaires inscrits.

Le Comité répartit les Ligues en groupes confiés à la vigilance d'inspecteurs nommés par lui. Ces inspecteurs ont droit de contrôle illimité sur les registres et la caisse ; ils doivent, au moins une fois par mois, présenter au Comité un rapport détaillé sur le fonctionnement des Ligues soumises à leur contrôle.

Enfin l'action du Comité exécutif sur l'établissement des tarifs de salaires et sur la déclaration des grèves est prépondérante. Aux termes des statuts de la Fédération, les tarifs adoptés par les Ligues, pour chaque saison, doivent être soumis à l'approbation du Comité. Quant à la grève, au moment de la commencer, la Ligue doit en informer immédiatement le Comité exécutif, afin que celui-ci puisse tenter des mesures de concilia-

2,

tion, et elle doit attendre ses conseils pour toute
intervention éventuelle dans la lutte entre le capital et le travail. L'objectif évident de la Fédération est donc de réduire au minimum l'initiative
et l'autonomie des Ligues locales. Les historiens
du mouvement prolétarien dans la province de
Mantoue l'ont constaté :

« Très rare, disent-ils, est le cas d'une délibération de Ligue n'ayant pas été soumise à l'approbation du Comité, de même qu'il est tout à fait
impossible qu'une Ligue refuse de se soumettre à
la délibération du Comité » (1).

Ils ajoutent que la discipline des hommes est
véritablement admirable : « Les milliers de paysans
adhérents aux Ligues ressemblent à une grande
armée casernée dans les bourgs et les villages,
qui a ses capitaines, ses colonels, ses généraux,
qui ne se meut que sur l'ordre du quartier général, qui n'attaque, ne s'arrête, ne se retire
que d'après le conseil de ceux à qui elle a confié
la direction de la lutte. Ce militarisme dans l'organisation de la bataille est, d'ailleurs, tempéré
par la pratique de la plus complète démocratie
dans les assemblées. Que ce soient les modestes
réunions d'une Ligue ou les solennelles assemblées
de la Fédération provinciale, ceux qui y prennent
la parole, y discutent et y votent, sont des pay-

(1) Ivanoe Bonomi et Carlo Vezzani, *op. cit.*, p. 50.

sans authentiques. Quand une décision est prise, quand une personne quelconque a été investie d'un mandat de confiance, chacun sent le devoir de respecter la loi établie et l'autorité donnée : c'est, en somme, la discipline intelligente, qui n'humilie ni ne diminue, mais qui ne tolère pas la licence et qui consolide la liberté » (1).

Et les deux écrivains socialistes se croient fondés à conclure de là que la discipline remarquable et le calme développement du mouvement actuel sont dus surtout à l'éducation politique que leur parti a répandue chez les paysans auxquels il a donné, avec un idéal et des espérances, l'énergie de souffrir patiemment pour les réaliser un jour.

« Voilà pourquoi le socialisme, faisant de la masse rurale une armée de citoyens, annonçant à ces oubliés qu'ils pourront par leur vertu propre se présenter au seuil de la vie et de l'histoire, communiquant à ces souffrants la foi dans un meilleur avenir, ferme pour toujours l'ère des *Jacqueries*, et ouvre celle de l'élévation lente, réglée, pacifique » (2).

Sans avoir à discuter la justesse de ces prévisions, nous devons constater que les Ligues ont excité, à l'origine, un véritable enthousiasme chez les travailleurs de la terre. On les a vus, comme

(1) Ivanoe Bonomi et Carlo Vezzani, *op. cit.*, p. 52.
(2) Ivanoe Bonomi et Carlo Vezzani, *op. cit.*, p. 55.

l'a fait remarquer le Comice agricole de Ferrare (1),
payer sans la moindre récrimination leurs cotisations à la Ligue, tandis que, dans le passé, les
tentatives faites pour organiser des sociétés de
secours mutuels, aptes à pourvoir à leurs besoins
en cas de maladie, des coopératives d'achat pour
les denrées et marchandises de première nécessité, qui les auraient soustraits à la terrible usure
pratiquée par les petits détaillants, les propositions de souscription à la Caisse nationale de prévoyance, qui leur aurait assuré du pain pour la
vieillesse, n'avaient obtenu que des résultats insi-
gnifiants et presque nuls. C'est que les âmes simples se laissent aisément séduire par le rêve et
l'utopie, tandis que les progrès réalisables, mais
modestes, les touchent peu.

Les chefs socialistes ont naturellement bénéficié
de l'engouement qu'excitaient leurs doctrines. On
a raconté, à la Chambre italienne, que dans la
province de Ferrare, des ouvriers en voyage, ren-
contrés au nombre de 300 à 400, portaient tous à
leur chapeau un grand portrait en métal représentant le député Ferri et qu'ils avaient, en outre,
à la boutonnière, un trèfle de métal avec les por-
traits du député Bissolati et d'un autre chef socialiste. Et ces braves paysans, qui ont le sentiment

(1) *Sui Rapporti tra possidenti e lavoratori del Suolo nel
Ferrarese* (Ferrare, imp. G, Bresciani, 1901, brochure).

religieux inné et adorent les saintes images, baisaient fréquemment les traits des politiciens, comme ils eussent fait pour des médailles de la Madone ou des saints (1).

Au fur et à mesure que les *Leghe di Miglioramento* se répandaient dans les autres provinces, il s'y créait des Fédérations provinciales analogues à celle de Mantoue. Les provinces de Ferrare, Rovigo, Novare, Parme, Vérone, etc., ne tardèrent pas à posséder leurs Fédérations de Ligues déployant, à l'envi, leur activité pour l'organisation efficace du prolétariat rural. Les Fédérations provinciales publient ordinairement un journal spécial, la *Nuova Terra* à Mantoue, la *Lotta* à Rovigo, etc. Partout l'élément agricole, professionnel en un mot, est exclu de la direction des Fédérations qui est réservée aux meneurs socialistes. Ainsi les triumvirs placés à la tête de la Fédération provinciale des Ligues du Polésine en 1901 furent un médecin (le député socialiste Badaloni), un journaliste et un ancien charcutier, et cela malgré le vœu formel émis au Congrès de Rovigo, d'où cette Fédération est issue, que les Ligues fussent administrées et dirigées par des paysans authentiques.

(1) Discours de M. Turbiglio, prononcé dans la séance du 19 juin 1901,

Le mouvement de concentration des Ligues s'est complété et affirmé par la tenue de divers Congrès provinciaux. Bientôt l'heure sembla propice aux chefs socialistes pour unifier l'organisation du prolétariat rural, dégager ses aspirations et formuler son programme. Telle fut l'œuvre du 1.er Congrès national des travailleurs de la terre réuni à Bologne les 24 et 25 novembre 1901. Ce Congrès, dont le retentissement fut considérable en Italie, aboutit à la création de la « Fédération nationale des associations de travailleurs de la terre », siégeant à Bologne et dirigée par un Comité de onze membres (1). Nous aurons à revenir sur le Congrès de Bologne ; car ses débats et résolutions nous aideront à démêler l'esprit qui domine dans les Ligues et leurs véritables tendances.

2. — Caractère et esprit des Ligues. Leur œuvre de discipline et d'éducation

Malgré leur désir d'unifier l'organisation du prolétariat rural, les fondateurs des *Leghe di Miglioramento* ont dû tenir compte de la diversité des milieux et, en fait, les statuts comme les tendances

(1) Dans ce Comité, chargé de représenter au plus haut degré les intérêts du prolétariat rural, figurent un médecin, un horloger, un avocat, un comptable, un secrétaire de Chambre du Travail, deux petits propriétaires, trois paysans ou ouvriers et même une *risaiola* ou ouvrière de rizières.

des Ligues ne sont pas uniformes. C'est d'ailleurs un fait important à constater que, dans bien des régions agricoles où la misère des paysans est extrême et où, par suite, l'amélioration de leurs conditions d'existence aurait dû être considérée comme but urgent des efforts du parti socialiste, celui-ci ne s'est nullement occupé de provoquer la création des Ligues : c'est qu'il jugeait ces populations trop peu éclairées, difficiles à manier, ou réfractaires à la propagande socialiste. On a pu affirmer que les Ligues les plus fortes et les plus nombreuses se rencontrent dans les pays les moins pauvres et où les travailleurs sont mieux rétribués comparativement à ceux des autres provinces (1). Les exemples abondent à cet égard, en Lombardie, en Polésine et dans les provinces méridionales.

Dans les centres d'organisation des Ligues, on a très prudemment tenu compte de l'état d'esprit, des mœurs, des habitudes religieuses même des populations paysannes. Lorsque ces populations sont considérées comme déjà acquises aux doctrines socialistes, la Ligue affirme nettement son caractère d'hostilité envers l'ordre social, la religion catholique et même les institutions politiques du pays. Si, au contraire, les paysans sont atta-

(1) Antonio Bononi, *Due anni di agitazione agraria nel Polesine* (Rovigo, typ. « Corriere del Polesine », 1903).

chés à la monarchie, fidèles à l'idée religieuse, on se garde bien de leur parler d'autre chose que du but économique de l'organisation nouvelle. Ainsi l'on a vu, à Vigasio, commune de la province de Vérone, la Ligue faire célébrer une messe le jour où elle déclarait la grève, et ses membres s'y rendre en habits de fête, comme à une solennité religieuse, afin d'appeler les bénédictions du ciel sur le succès de leur grève (1). Mais, il faut bien le dire, la grande majorité des Ligues s'est constituée dans des sentiments très opposés à la foi catholique et au clergé, lequel n'a généralement pas hésité, d'ailleurs, à blâmer l'œuvre des Ligues et la politique des grèves. Ce caractère antireligieux des Ligues n'a rien qui doive surprendre, puisque c'est le parti socialiste qui les a organisées.

On ne saurait dénier aux Ligues le mérite d'avoir développé dans les campagnes certaines qualités morales, voire même certaines vertus, ce dont les écrivains et orateurs socialistes ont cherché à tirer des conclusions quelque peu exagérées. Elles ont réellement créé et avivé à un très haut degré le sentiment de la solidarité ouvrière; il se manifeste non seulement par l'accord de tous pour cesser le travail et pour le reprendre selon les instructions de la Ligue, mais encore, dans certains

(1) Discours prononcé à la Chambre des députés par M. Badaloni le 18 juin 1901.

cas, par l'assistance mutuelle donnée aux sociétaires malades sous forme de travaux des champs exécutés à leur profit, ainsi que cela est de pratique courante dans nos « Sociétés vigneronnes » de la Bourgogne et de la Touraine.

Il est recommandé aux membres des Ligues de ne pas troubler l'ordre public, de respecter la liberté d'association et la liberté du travail, d'observer une attitude déférente envers les propriétaires. On cite des Ligues qui font elles-mêmes leur propre police et n'hésitent pas à expulser les membres turbulents dont les agissements pourraient les compromettre. Les rixes et l'ivrognerie sont interdites par les règlements intérieurs des Ligues ; les sociétaires sont invités à user de courtoisie entre eux et dans leurs rapports avec les non sociétaires, à accompagner à leur dernière demeure les camarades décédés. Dans quelques régions, les vols champêtres, les délits, les crimes même sont en décroissance, et on en fait naturellement honneur à l'éducation civile et morale répandue par les Ligues qui ont créé, affirme-t-on, une *conscience populaire*, et relevé, par leurs aspirations idéalistes, la moralité du prolétariat rural.

Selon le professeur Gatti, député de la province de Mantoue, l'ouvrier agricole est en voie d'acquérir une *morale du travail* plus civilisée.

3

« Autrefois, dit-il, le travailleur était soumis
au propriétaire ; mais dans sa malice de paysan,
il cherchait à le tromper du mieux qu'il pouvait ;
aujourd'hui, au contraire, il ne sera plus assujetti
comme autrefois, il possède le sentiment de sa
personnalité humaine et juridique, mais il a aussi,
comme travailleur, la conscience d'un devoir social à remplir à l'égard du propriétaire et de la
production. J'ai entendu beaucoup de propriétaires déclarer que les paysans des Ligues, surtout là où elles fonctionnent comme bureau de
placement, travaillent avec une plus grande
conscience » (1).

S'il en était ainsi généralement, il semble que
les propriétaires n'auraient qu'à se féliciter de
l'existence des Ligues, au lieu de redouter la per-
turbation qu'elles apportent dans les conditions de
l'exploitation agricole : mais il y a sans doute des
réserves à faire sur cette appréciation de l'un des
triumvirs de la Fédération des Ligues de la province de Mantoue.

On peut estimer que les Ligues ont contribué à
élever le niveau de la vie des paysans dans l'ordre
de la civilisation, qu'elles ont par là fait œuvre
d'éducation sociale ; mais qu'elles aient, comme
l'affirment les chefs socialistes, créé une *conscience
populaire*, il serait peut-être imprudent de le

(1) Discours prononcé à la Chambre des députés le 17 juin 1901.

croire : si les Ligues ont jusqu'à présent pu, non
pas toujours, mais dans un grand nombre de cas,
s'abstenir de provoquer des désordres et demeurer
fidèles à certains principes modérateurs, nous
pensons qu'il faut surtout en faire honneur à la
discipline sévère que leurs fondateurs ont su imposer aux paysans, comme constituant le meilleur
moyen de hâter le triomphe définitif, que ceux-ci
espèrent très prochain. Rien ne prouve que cette
discipline se maintiendra, si l'âge d'or prédit par
les prophètes socialistes tarde à paraître.

3. — Ligues du Midi et de la Sicile

Dans les provinces de l'Italie du Sud, les Ligues,
qui s'y sont développées plus tardivement, pré-
sentent quelques traits distinctifs. Il est à remarquer, d'abord, que l'agglomération des paysans
dans les villes et leur contact avec les ouvriers de
l'industrie rendent la propagande socialiste infini-
ment plus facile. Les souffrances et les charges de
la population agricole, particulièrement atteinte
dans ces régions par la crise de la viticulture et
les mauvaises récoltes de l'olivier, justifient, d'ailleurs, en général, les revendications qui forment
l'objet des Ligues. Celles-ci ont surgi très nombreuses dans les Pouilles en 1902, et la même
année les a vues s'organiser en Basilicate.

Les statuts des Ligues du Midi, qui prennent plutôt la dénomination de *Ligues de résistance*, diffèrent de ceux des Ligues du reste de l'Italie, qui se sont généralement inspirées de l'organisation de la province de Mantoue. L'esprit qui les anime est aussi plus ardent, plus passionné, leurs membres, manquant d'instruction et souvent abrutis par la misère, sont plus rebelles à la discipline, moins disposés aux sacrifices personnels qu'exigent les intérêts de la solidarité ouvrière. La direction du mouvement en est rendue plus malaisée et, pour tout dire, les chefs socialistes paraissent redouter, plutôt qu'encourager les manifestations des Ligues dans les provinces du Sud.

Dans ce milieu, dont la civilisation moderne n'a pas encore adouci la rudesse, il est dangereux de déchaîner les passions populaires, car elles se traduisent très vite en attentats contre la propriété, en violences contre les personnes et en émeutes contre le gouvernement ou les administrations publiques. Les désordres sanglants qui se sont produits à Candela, Andria et Putignano en ont fourni la démonstration évidente.

Cependant, même dans les provinces des Pouilles, d'après le témoignage d'un de leurs députés, qui n'appartient pas au parti socialiste, M. de Nicolò, l'organisation créée par le socialisme a moralisé la classe des paysans et leur a

donné conscience de leur propre dignité. Depuis
qu'il s'est formé dans la ville de Bari 30 à
40 Ligues de résistance, les cabarets sont
moins fréquentés par les ouvriers, les rixes sont
plus rares, la criminalité a diminué.

L'organisation du prolétariat agricole semble
utile pour le préserver de tous les vices et de
toutes les habitudes mauvaises avec lesquels il se
trouve en contact dans les centres populeux. Bref,
ayant pris conscience de leurs devoirs, en même
temps que des véritables intérêts de leur classe,
les travailleurs agricoles sont aujourd'hui, d'après
M. de Nicolò, devenus incapables de commettre
les sanglants excès auxquels se sont livrées, à
Minervino, en 1898, des populations abruties,
sauvages et n'obéissant qu'à l'instinct de la
faim (1).

Dans la province de Foggia, la situation affecte
un caractère tout particulier. Les *Leghe di resistenza* se sont formées non seulement pour imposer aux propriétaires les conditions du travail,
mais encore, et surtout, pour se réserver le monopole des travaux à exécuter dans la province, en
faisant obstacle à l'immigration habituelle et temporaire d'ouvriers étrangers qui se produit à certaines époques de l'année, notamment au temps

(1) Discours prononcé par M. de Nicolò à la Chambre des
députés le 21 juin 1901.

de la moisson. La province de Foggia ne possède, en effet, qu'une population agricole très faible, évaluée à quinze travailleurs valides par kilomètre carré, alors qu'il en faudrait au moins le triple pour accomplir les travaux nécessaires au moment de la récolte. Il en résulte que la province voisine de Bari qui, elle, compte un excès de population agricole relativement à ses besoins, déverse chaque année, dans cette autre région des Pouilles, des milliers d'ouvriers qui franchissent l'Apennin, afin de gagner, en quelques semaines d'un rude labeur, la subsistance de leurs familles pour de longs mois (1).

L'idéal de justice et de solidarité ouvrière dont s'inspirent les Ligues, d'après le témoignage de leurs chefs socialistes, fait donc ici complètement défaut. Ce n'est pas la lutte entre ouvriers et propriétaires, la lutte des classes, qu'organisent les Ligues de la province de Foggia, c'est la lutte au sein de la classe ouvrière. Abusant des conditions privilégiées que leur assure la rareté locale de la main-d'œuvre, les travailleurs agricoles de la pro-

(1) Discours prononcé à la Chambre des députés le 13 mai 1902 par M. Eugène Maury, député de Foggia. — La ville de Foggia, qui compte 54.000 habitants, dont 18,000 ouvriers agricoles actifs, a un territoire communal de 140,000 hectares et ne possède pas un nombre de travailleurs agricoles suffisant pour la culture de cette immense étendue des terres les plus fertiles de l'ancienne Apulie.

vince de Foggia tendent à se réserver un véritable monopole, sans avoir aucun souci des besoins de leurs camarades des régions moins favorisées.

« Nous savons parfaitement, disait à ce sujet M. Maury, que souvent, par suite de la loi suprême de la demande et de l'offre, dans les années exceptionnelles comme climat ou abondance de récoltes, nous avons dû payer jusqu'à dix francs de salaire par jour à nos ouvriers pour le grand travail de la moisson ; mais nous demandons que nos ouvriers laissent à leurs frères le moyen de prendre une part de ces bénéfices. Nous combattons la manifestation du plus honteux égoïsme » (1).

Il est, d'ailleurs, trop certain qu'ainsi comprises et pratiquées, les Ligues tendraient à élever abusivement les salaires à un taux qui ne serait plus en rapport avec les profits de l'entreprise agricole, ce qui imposerait aux propriétaires l'inéluctable obligation de transformer les méthodes de culture, afin de réduire les frais de la main-d'œuvre, au grand dommage des ouvriers eux-mêmes.

A Cérignola (province de Foggia), où se trouvent les immenses et célèbres vignobles de M. Giuseppe Pavoncelli, député, ancien ministre des Travaux publics, et du duc de Larochefoucauld-Dou-

---

(1) Discours précité. La Ligue de Foggia compte 6,000 ouvriers agricoles payant une cotisation hebdomadaire de dix centimes.

deauville, il s'est formé une Ligue de 2,000 paysans ; mais elle n'a pu obtenir de travail, les propriétaires employant des ouvriers de la province de Bari (1).

Dans les Abruzzes, où la propriété est très fractionnée et où le petit propriétaire est contraint de chercher du travail au dehors, les Ligues réunissent des petits propriétaires, des métayers et des ouvriers, dont la propagande socialiste a dégagé et unifié les aspirations. Dans cette région les Ligues paraissent avoir surtout pour objet d'organiser la lutte contre l'administration ruineuse des représentants communaux et les abus de toute nature qu'ils commettent. Cette situation qui pèse lourdement sur tous les prolétaires est trop générale dans les provinces du Midi (2).

En Sicile, les *Leghe di Miglioramento* dérivent incontestablement de l'ancienne organisation des *Fasci dei lavoratori*, et elles en ont hérité une certaine tendance aux manifestations violentes. Mais tandis que les *Fasci* présentaient un caractère indéterminé et plutôt politique, les Ligues déjà très nombreuses, surtout dans les provinces de Palerme, Caltanisetta, Trapani et

(1) Déclaration de M. Pasquale Quinto, délégué de la Ligue de Cerignola, au Congrès national des Travailleurs de la Terre de Bologne.

(2) Déclaration faite par M. Santini, délégué de la Ligue de Citta ducale, au Congrès de Bologne,

Girgenti où dominent les *Latifundia*, ont un programme essentiellement économique. D'après leurs statuts, elles se proposent comme but l'amélioration rationnelle de la terre et le développement de l'instruction pratique des agriculteurs conformément aux découvertes de la science moderne. Elles poursuivent, en fait, la réforme du contrat de métayage annuel qui constitue le régime ordinaire d'exploitation du sol, l'abolition de tout prélèvement quelconque sur la masse des produits au profit du propriétaire, la suppression des exactions et des abus qui dépouillaient le travailleur d'une partie du fruit de son travail. L'application du métayage parfait, ou partage des produits en deux parts égales, a été réclamée et obtenue par certaines Ligues. L'agitation agraire s'est aussi exercée contre le déplorable mode d'exploitation suivi par les grands propriétaires qui louent leurs domaines à des *Gabelloti*, capitalistes spéculateurs, grands entrepreneurs de cultures, lesquels les morcellent ensuite pour les sous-louer aux paysans qu'ils pressurent autant qu'ils le peuvent.

Le parti socialiste a largement contribué à l'organisation des Ligues d'amélioration ou de résistance en Sicile et aux grèves qui en furent la conséquence. On y rencontre aussi d'autres éléments divers et l'influence des questions politiques et

3.

administratives qui passionnent les esprits dans
cette grande île où le problème agricole est si com-
plexe. Il existe encore à Palerme une Fédération de
paysans siciliens, *La Terra Sicula*, ayant pour but
de régler les offres de travail et de discipliner toutes
les énergies qui créent la vraie richesse de la terre.

Dans l'Enquête sur les effets de l'agitation agraire,
dirigée par la Société des Agriculteurs italiens, le
professeur V. Passalacqua, de Trapani, a émis l'opinion qu'il serait désirable de voir surgir des Ligues
de paysans et de voir le principe d'association se
propager, de plus en plus, parmi les classes
rurales, pourvu que le but de ces Ligues soit d'ins-
truire et de moraliser les paysans (1). C'est là un
vœu qui ne saurait trouver de contradicteur.

L'association des agriculteurs, elle, est digne-
ment représentée en Sicile par un grand Syndicat
agricole, le *Consorzio agrario Siciliano*, dont le
siège est à Palerme et qui rayonne sur l'île entière.
Dans la crise récente, le Syndicat agricole sicilien
a employé tous ses efforts à harmoniser les exigences des travailleurs avec les conditions de rendement actuel de la terre. L'entente est, en effet,
nécessaire entre le capital et le travail en vue de
l'accroissement de la production agricole, et les
prétentions exagérées des travailleurs sont rendues

(1) *I recenti scioperi agrari in Italia e i loro effetti economici* (Roma, tip. dell Unione cooperativa, 1902), p. 110.

injustifiables par la médiocre fertilité du sol, les faibles ressources des propriétaires qui les empêchent d'introduire les perfectionnements d'une culture rationnelle, les charges fiscales, etc. (1).

(1) Le *Consorzio agrario Siciliano*, fondé en 1893 et reconnu comme personne morale par décret du 21 décembre 1899, a pour président, nommé à vie, le commandeur Ignazio Florio, chef de la grande maison Florio et Cie (vins de Marsala), connue dans le monde entier, et pour directeur M. Filippo Lo Vetere, avocat à Palerme, qui fut, en 1893, l'un des promoteurs de l'organisation des *Fasci*. Le Syndicat compte 4,000 membres et possède un capital de 230,000 francs. Afin de développer son action sur toutes les parties de l'île, il organise, dans les communes, des associations locales d'agriculteurs qui le représentent et concourent avec lui, en facilitant l'usage du crédit agricole, en répandant les principes rationnels de la culture, l'emploi des machines perfectionnées, engrais chimiques, etc., à développer le progrès moral et économique des agriculteurs. Ces associations communales de type uniforme rendront possible et efficace la pratique du crédit agricole suivant les formes instituées par la loi spéciale qui a autorisé la Banque de Sicile à mettre des capitaux à la disposition de l'agriculture.

Le Syndicat a pris une autre initiative, de grande importance, en organisant des sociétés coopératives de production et de culture des terres en commun. Ces coopératives prennent des terres à bail et les font cultiver par leurs sociétaires, suivant un règlement qui les appelle au travail à tour de rôle. Les produits se partagent naturellement entre eux. Parmi les principales de ces associations, on doit citer celles de Caltagirone et d'Agira dans la province de Catane, Corleone dans celle de Palerme, Santa-Caterina et Pietraperzia dans celle de Caltanisetta. Elles étaient de date trop récente, lorsque nous avons visité la Sicile au mois d'avril 1903, pour que leurs résultats pussent encore être appréciés, mais on avait foi dans leur succès et on considérait le développement des méthodes coopératives comme intéressant également les propriétaires et les travailleurs, comme fournissant une des meilleures solutions de la crise agraire.

Le Syndicat a très habilement cherché à mettre
à profit le réveil de l'esprit d'association en travaillant à transformer les Ligues, vouées à une
existence plus ou moins éphémère, en sociétés
coopératives de production et de consommation et
en sociétés formées pour la pratique du crédit
agricole, dont l'influence bienfaisante sur les progrès de l'agriculture sicilienne sera durable.

4. — Ligues de femmes

A côté des nombreuses Ligues d'ouvriers agricoles il faut signaler les Ligues spéciales de
femmes, dont le rôle dans le développement de
l'agitation agraire ne fut pas sans importance. Le
professeur Colajanni constate que, dans les grèves,
« les femmes agirent en énergumènes pour moles-
ter les non grévistes » (1). MM. Ivanoe Bonomi et
Carlo Vezzani, vantant l'esprit de discipline, le
caractère calmé et pacifique des Ligues de la province de Mantoue, reconnaissent toutefois qu'on
rencontre dans les Ligues féminines une plus
grande tendance à violer la discipline, ainsi qu'une
impulsivité parfois dangereuse, ce qui s'explique
aisément d'ailleurs par la faiblesse et l'irritabilité
de la femme qui, en outre, est dressée depuis peu
à l'exercice difficile de l'organisation (2).

(1) Op. cit., p. 749. — (2) Op. cit., p. 52.

Les statuts-types élaborés par le parti socialiste pour les Ligues de femmes ne manquent pas d'idéaliser l'objet de ces associations ouvertes à toute femme âgée de plus de 15 ans et travaillant aux champs. On en jugera par les articles suivants :

« Art. 2. — Le but de la Ligue est d'améliorer progressivement les conditions économiques, morales et intellectuelles des sociétaires convaincues que l'émancipation sociale de la femme ne peut être que le fruit de lentes et graduelles conquêtes obtenues par la pratique constante des vertus de la civilisation.

Ce but, elle se propose de l'atteindre par le droit d'association et avec toutes les garanties de liberté individuelle et collective sanctionnées par le Statut du royaume d'Italie, au moyen de la solidarité de toutes les sociétaires, par la force bienfaisante de la persuasion, de la fraternité, de l'honnêteté, de la justice et de l'amour ».

« Art. 5. — Les sociétaires ont les devoirs suivants :

1) S'employer matériellement et moralement pour le bien général de toutes ;

2) Etre honnêtes, vertueuses et aimantes comme mères, épouses ou filles et se souvenir que la mission de la femme est une mission de tendresse et d'amour ;

3) User de respect à l'égard de tous, les sociétaires étant libres de professer la foi religieuse qui répond le mieux à la libre conscience de chacune ;

4) Quand elles se marient, faire précéder le mariage civil afin de ne pas donner lieu à de graves préjudices pour la famille et pour les enfants qui ne doivent naître que d'unions légitimes ;

5) Ce n'est pas l'amour qui est défendu, mais le vice et la licence — la femme doit être la conseillère et la compagne du cœur de l'homme. — Elle doit apporter tout entière sa contribution d'affection à l'amélioration morale et sociale de la famille dont la femme est l'ange tutélaire ; mère, épouse, sœur, elle est la caresse de la vie, la suavité de l'amour, consolatrice dans la douleur, initiatrice de l'avenir ;

6) Respecter le bien d'autrui, empêcher les vols ;

7) Respecter rigoureusement les présents statuts » (1).

Le programme est beau et il s'attache à ennoblir le rôle de la femme dans les rudes travaux de la vie des champs. De pareilles aspirations et de tels sentiments se rencontrent-ils couramment dans les Ligues féminines ? Il serait peut-être imprudent de le penser, les dispositions et considé-

(1) Ivanoe Bonomi et Carlo Vezzani, *op. cit.*, p. 91 et suiv.

rations statutaires n'ayant qu'une valeur toute relative. Toutefois, leurs rédacteurs ont fait œuvre
de saine éducation en rappelant à l'humble paysanne ses devoirs dans la famille et dans la société, comme en affirmant la beauté et la grandeur morale de sa mission.

D'après les renseignements fournis au Congrès
de Bologne par les délégués des Ligues féminines,
dans certaines régions ces Ligues sont combattues
par le clergé catholique, dont l'influence gêne
leur recrutement.

A Medicina (province de Bologne), les ouvrières
des rizières ont été groupées en Ligue par les socialistes ; mais, d'après leur représentante, « tout
en sentant la tristesse de leur condition, elles sont
encore très en arrière : elles craignent beaucoup
le prêtre, et c'est une des raisons pour lesquelles
elles ne se remuent pas » (1). A Isola della Scala,
San Biagio di Ferrara, etc., les Ligues féminines
socialistes se plaignent de l'hostilité du clergé qui
cherche à les désorganiser et provoque des défections dans leurs rangs. A Isola della Scala (province de Vérone), la Ligue compte 350 femmes
« toutes socialistes » (2).

Les Ligues féminines, de même que les Ligues
d'hommes, affirment nettement leur volonté de

(1) Rapport de Mme Andalò, de Medicina.
(2) Rapport d'Edvige Morganti, déléguée de la Ligue.

lutter contre les propriétaires ; elles déclarent la grève dans des conditions analogues.

A Poggio Rusco (province de Mantoue), la Ligue, composée de 290 femmes, avait soutenu une grève d'environ un mois qui se termina par la concession du tarif et du roulement réclamés. La déléguée de cette Ligue au Congrès de Bologne exprimait ainsi la satisfaction causée par cette victoire :

« L'année passée, notre journée était de 70 à 80 centimes ; cette année, nous avons eu 1 fr. 15. Donc, nous sommes contentes. Bien que nous ayons travaillé peu, nous avons gagné beaucoup d'argent. Quant aux prêtres, nous n'en avons pas peur » (1).

La proportion du nombre des Ligues de femmes à celui des Ligues d'hommes est difficile à déterminer, très variable selon les régions.

La Fédération des Ligues de la province de Vérone comptait, en novembre 1901, 43 Ligues d'hommes et 20 Ligues de femmes (2).

5. — Ligues catholiques

Parallèlement au mouvement d'organisation du prolétariat rural, entrepris avec tant de succès

(1) Rapport de Mme Bassoli, déléguée de la Ligue.
(2) Rapport de M. Todeschini, député de Vérone.

par le parti socialiste, il faut en signaler un autre
qui n'a pas été sans importance. Le parti républicain, puissant dans les Romagnes, y avait également secondé la formation des Ligues de paysans.
Son action à cet égard se distingue assez peu de
celle du parti socialiste, divisé lui-même en deux
grandes fractions, la fraction modérée, qui suit la
direction de M. Turati, avocat, et la fraction avancée, qu'inspire le professeur Enrico Ferri. Mais
un élément inattendu est apparu, qui a compliqué
encore la crise à laquelle l'Italie agricole s'est
trouvée en proie.

La fraction la plus ardente et la plus téméraire
du parti de la démocratie chrétienne, puissamment
organisé dans quelques régions de l'Italie, est
intervenue à son tour, avec un but incontestablement politique, pour organiser, là où son influence
dominait dans les campagnes, des Ligues de paysans, voire même des Ligues de femmes, dénommées « Ligues catholiques » et quelquefois
« Unions professionnelles », et provoquer des
grèves en surenchérissant, en quelque sorte, sur
les promesses et les excitations des socialistes. Un
bon nombre de jeunes prêtres se sont lancés dans
cette voie, espérant accroître ainsi leur influence
sur les travailleurs agricoles de leurs paroisses et
ne reculant ni devant les violences du langage, ni
devant celles de l'action. Cette agitation particu-

lière a été surtout signalée en Lombardie, en Vénétie et en Emilie; mais on en retrouve des manifestations, plus ou moins rares, dans bien
d'autres régions, et jusqu'en Sicile. A Palazzo
Adriano (province de Palerme), les grèves, qui
aboutirent à l'adoption du métayage absolu pour
toutes les terres et tous les travaux, furent organisées par la Ligue catholique, qui agissait dans
un intérêt de parti et non en vue d'améliorer le
sort des travailleurs de la terre (1). A Medicina et
à San Biagio di Ferrara, nous avons vu les Ligues
féminines se plaindre d'être battues en brèche par
les prêtres. C'est que les prêtres fondaient dans
ces localités des Unions professionnelles de
femmes, en opposition avec les Ligues féminines
socialistes.

« Les prêtres ont commencé à réunir les
femmes en Unions professionnelles; on distribue
des billets avec lesquels les femmes vont travailler dans les rizières. Et ainsi le travail des prêtres
embarrasse le travail des socialistes » (2).

A Novare, c'est un prêtre qui commença l'organisation des paysans et suscita une vingtaine de
grèves ; puis il disparut et les paysans recoururent
alors à la Chambre du travail de Novare, qui prit
la direction du mouvement de résistance et fit si

(1) Enquête de la Société des Agriculteurs italiens, p. 106.
(2) Rapport de Mme Andalò au Congrès de Bologne.

bien qu'en moins de trois mois, il y eut 126 ou
127 grèves agricoles (1).

M. Gavazzi, député de la province de Milan, a
constaté, à la Chambre, qu'outre les Ligues socialistes, il existe aussi dans cette province certaines
Ligues catholiques qui prêchent la haine de
classe et ne méritent pas d'être jugées plus favorablement, puisqu'elles commettent les mêmes
actes coupables. « Ainsi, à Trenno, des paysans
inscrits aux Ligues catholiques furent mis en ar-
restation pour avoir fait ni plus ni moins que ce
que firent ailleurs les socialistes, au contraire,
plutôt moins que plus » (2).

A Arcore et sur d'autres points de la Lombardie et de la Vénétie, les Ligues catholiques provo-
quèrent des grèves tumultueuses et violentes.

Dans la province de Mantoue, s'il faut admettre
à cet égard le témoignage de MM. Ivanoc Bonomi et Carlo Vezzani, les Ligues catholiques auraient pris un caractère très différent : elles auraient obtenu les sympathies et les encouragements
des propriétaires, désireux de voir les paysans
soustraits, par leur entrée dans les Ligues catholiques, à l'organisation socialiste du prolétariat.
La lutte aurait été vive, et les propagandistes de

(1) Rapport de M. Funes, délégué de la Chambre du Travail
de Novare, au Congrès de Bologne.
(2) Discours prononcé le 20 juin 1901.

la Fédération provinciale auraient le plus souvent rencontré les prêtres comme contradicteurs de leurs affirmations et de leurs doctrines dans les discours qu'ils prononçaient sur la place publique. Des conférences contradictoires entre le curé et l'orateur socialiste auraient même eu lieu dans quelques églises de villages (1).

Il est difficile de savoir quelle a été l'importance numérique des Ligues catholiques ; elles n'ont pris un développement sérieux que dans quelques provinces, spécialement dans celles de Brescia, Bergame et Milan. Le professeur Colajanni estimait, vers la fin de l'année 1902, qu'elles pouvaient être au nombre d'une centaine, possédant environ 10,000 adhérents (2). Nous ignorons si elles ont trouvé un certain appui auprès des institutions florissantes propagées dans les mêmes régions par l'activité des groupements catholiques pour l'amélioration du sort des paysans, telles que les Caisses rurales du type Raiffeisen, fondées par Don Luigi Cerutti et qui sont au nombre d'un millier, leurs banques provinciales, les « Unions agricoles catholiques », etc. (3). Mais il importe

(1) *Op. cit.*, p. 50.

(2) *Op. cit.*, p. 736.

(3) On trouvera quelques renseignements sur ces associations dans notre ouvrage *La Prévoyance sociale en Italie*, publié en collaboration avec MM. Léopold Mabilleau et Charles Rayneri (Paris, Armand Colin et Cie, 5, rue de Mézières),

de remarquer que le mouvement des Ligues et des grèves agricoles suscité par les adeptes du socialisme chrétien n'a jamais reçu du Vatican ni approbation, ni encouragement ; il a été, tout au contraire, formellement désavoué, ce qui l'a empêché de s'étendre, la plupart de ses chefs s'étant soumis et ayant abandonné leur entreprise. Semblable attitude a été naturellement observée par l'importante association de propagande catholique, *Opera dei Congressi e dei Comitati cattolici in Italia*, qui, d'ailleurs, s'est trouvée fréquemment en lutte avec les socialistes chrétiens et leur chef, l'abbé Murri (1). On peut donc affirmer que, dans

(1) Dès l'année 1894, à l'occasion de l'agitation des *Fasci* siciliens, l'Œuvre des Congrès, s'appuyant sur les doctrines de l'Encyclique *Rerum Novarum*, avait formulé, en opposition avec le programme socialiste, le programme de la Démocratie chrétienne comportant trois articles principaux : Réforme du contrat de travail, Unions professionnelles et Législation sociale ouvrière. Actuellement l'Œuvre des Congrès proclame la nécessité de donner le pas à l'organisation des Unions professionnelles, c'est-à-dire à la constitution sociale des travailleurs, de forme autonome et juridiquement reconnue, vis-à-vis des autres classes sociales. Ces Unions professionnelles seraient appelées à résoudre, dans un esprit de concorde et d'équité, tous les problèmes relatifs à l'organisation et à la réglementation du travail, voire même à régler les conflits et les grèves au moyen de commissions mixtes permanentes de patrons et d'ouvriers. Elles deviendraient, soit par elles-mêmes, soit par leurs Fédérations, le pivot des diverses institutions utiles à la classe ouvrière, telles que caisses d'épargne, banques populaires urbaines et rurales, sociétés de secours mutuels, sociétés d'assurances mutuelles, coopératives de toute nature, sociétés d'habitations à

les luttes engagées entre le capital agricole et la main-d'œuvre, à peu d'exceptions près, le clergé italien est demeuré fidèle à sa mission en prêchant la paix et l'union des classes, au lieu d'exciter les passions populaires et de faire naître de vaines espérances chez les travailleurs.

6. — Le Congrès national des travailleurs de la terre. — Aspirations et tendances qui s'y sont révélées.

Le Congrès de Bologne, qui marque le développement déjà très étendu des Ligues de paysans, va jeter un jour particulier sur l'esprit et les tendances de ce prolétariat rural si habilement orga-

bon marché, bureaux de renseignements et de placement, secrétariats du peuple, écoles d'arts et métiers, bibliothèques et conférences, sociétés de tempérance, d'éducation, de bienfaisance, etc. Des offices du travail pourraient être créés, sur la base de l'élection par les Unions professionnelles de patrons, d'une part, et d'ouvriers, de l'autre, pour l'étude des problèmes sociaux économiques et le règlement équitable des conflits.

Bref, le plan de la Démocratie chrétienne se résume à opposer aux doctrines corruptrices du socialisme et à sa politique de la lutte de classe, une reconstitution de la société dans laquelle le prolétariat relevé et émancipé, pourvu des organes nécessaires à sa vie sociale, trouverait naturellement, par suite de l'harmonie établie entre toutes les classes, la satisfaction de ses besoins et la protection de ses intérêts. Cette conception, qu'on jugera peut-être un peu idéaliste, est exposée dans une circulaire du 20 novembre 1902, signée par le comte St. Medolago Albani, de Bergame, comme président du groupe « Action populaire ou démocratique-chrétienne » de l'Œuvre des Congrès et Comités catholiques italiens.

nisé par le parti socialiste : nous allons l'y trouver docilement imprégné de ses doctrines et confiant en ses promesses.

Ce Congrès, le premier Congrès national des travailleurs de la terre, eut lieu les 24 et 25 novembre 1901, sous la présidence d'un des doyens du socialisme parlementaire, Andrea Costa, depuis plus de vingt ans député d'Imola (province de Bologne). 704 *Leghe di Miglioramento*, appartenant à 32 provinces du Royaume, mais en très grande majorité aux provinces de la Vénétie, de la Lombardie, de l'Emilie et de la Romagne, y avaient envoyé des délégués (1). En totalisant le nombre d'adhérents inscrits à chaque Ligue, on obtient le chiffre global de 144,178 travailleurs agricoles représentés au Congrès.

Le but du Congrès était de coordonner les organismes divers, issus de la propagande socialiste dans les campagnes, Ligues d'amélioration ou de résistance, Fédérations régionales ou provinciales, etc., de façon à unifier et centraliser leur action dans une représentation puissante, la « Fédération nationale des travailleurs de la terre », qui serait l'âme du prolétariat rural italien.

(1) Au Congrès d'Imola, le 7ᵉ congrès du parti socialiste italien, tenu en septembre 1902, ont adhéré 1,127 Ligues de paysans, dont 107 pour les provinces méridionales représentées seulement par quelques unités au Congrès de Bologne.

Le rapport présenté au Congrès par l'ancien charcutier Dante Coletti, l'avocat Gino Murialdi et le journaliste Gino Piva sur la constitution de cette Fédération, comme les discussions très animées auxquelles il donna lieu, fait ressortir que la lutte de classe est présentée aux travailleurs des campagnes comme unique moyen d'améliorer leurs conditions d'existence, d'assurer leur émancipation économique et sociale. Ce point étant considéré comme hors de doute, il s'agit de donner aux masses paysannes une organisation assez forte pour qu'elles puissent entreprendre la lutte contre le capital avec les meilleures chances de succès. C'est ici que se révèle l'habileté des chefs socialistes du mouvement agraire.

L'Italie est, dans la plupart de ses régions, un pays de petite propriété : on y compte trois millions et demi de petits propriétaires ruraux. Mais, en général, leur propriété, lourdement grevée par l'impôt, est insuffisante pour subvenir à leurs besoins et c'est le travail salarié qui doit leur fournir l'appoint nécessaire. Ils sont donc, tout à la fois, petits propriétaires et ouvriers agricoles. D'autre part, le métayage et les divers types du Colonat partiaire, avec partage au tiers, au quart, au cinquième, etc., selon l'usage local et la nature des produits, sont en vigueur dans beaucoup de provinces, et ce mode d'exploitation crée chez les

colons des intérêts très distincts de ceux des salariés, dont il réduit, d'ailleurs, considérablement
l'emploi local (1).

Grouper seulement les ouvriers salariés, journaliers (*braccianti*) et ouvriers engagés à l'année
(*obbligati*), c'était constituer pour la lutte de
classe une force insuffisante en nombre, insuffisante surtout au point de vue de l'effet moral à
produire sur l'opinion publique. On a donc cherché à renforcer l'armée paysanne en y englobant
ces deux autres catégories si importantes du monde
rural, les petits propriétaires et les colons partiaires. On y a, en partie, réussi, en leur persua-
dant que, dans la lutte à venir contre le capital,
leurs intérêts sont solidaires de ceux du salariat.
Il a été procédé de même à l'égard des petits fermiers qui constituent, eux aussi, un élément non
négligeable à utiliser dans la lutte contre la propriété. On a donc proposé au Congrès d'admettre
les petits propriétaires, les métayers et autres co-

(1) Au régime du Colonat partiaire (*mezzadria* ou métayage,
terziadria ou partage au tiers, etc.) il faut rattacher les types
de contrats suivants :

1° *Colonia a Miglioramento* ou métayage avec entente spéciale pour les améliorations à réaliser ;

2° « Contrats mixtes », usités en Lombardie et en Vénétie ;

3° *Boaria*, contrat de famille participant, à la fois, du Colonat partiaire et du salariat. Très pratiqué dans quelques provinces, ce mode d'exploitation des terres comporte plusieurs
variétés.

4

lons partiaires, et enfin les petits fermiers, à faire
partie des Ligues de résistance (il est bien temps
de leur restituer leur véritable nom), dont les ouvriers salariés demeurent l'élément dominant.

En fait, dans nombre de Ligues figuraient déjà
des petits propriétaires, des métayers et des petits fermiers : ils étaient largement représentés au
Congrès et ont pris part à ses votes. Mais il s'est
aussi formé quelques Ligues spéciales de petits
propriétaires et petits métayers, et ce sont ces
Ligues, réputées dangereuses pour l'intérêt du
prolétariat, qu'on a surtout voulu faire disparaître
en les fusionnant avec les Ligues d'ouvriers salariés. Le délégué de la Ligue de Reggio Emilia,
à l'initiative de laquelle est dù le Congrès de
Bologne, le déclarait formellement en ces termes :

« Attendu que dans notre province les Ligues
de petits métayers et propriétaires sont un obstacle aux Ligues de résistance des ouvriers agricoles *(braccianti)*, et constituent un retranche-
ment pour la défense des grands propriétaires,
nous avons pensé à provoquer ce Congrès pour
que dans toutes les provinces on fasse aussi entrer
dans les Ligues de résistance cette classe des petits
fermiers, métayers et petits propriétaires ».

Et il ajoutait, pour répondre à certaines objections, que cette classe est celle qu'il est le plus

nécessaire d'admettre dans la Fédération nationale des Travailleurs de la terre (1):

On observe aussi que les *braccianti,* travaillant
pour les petits propriétaires et pour les métayers,
ont intérêt à s'unir à ceux-ci dans une même
Ligue ; car de l'amélioration du sort des petits
propriétaires et des métayers dépend l'amélioration du sort des *braccianti* (2).

Mais, au point de vue de la doctrine socialiste,
cette introduction d'éléments étrangers dans le
prolétariat était difficile à mettre en harmonie avec
la rigueur des principes. Le petit propriétaire est
un petit capitaliste, encore qu'on l'ait présenté
comme pris entre deux feux, l'organisation prolétarienne d'une part, et, de l'autre, l'impôt, qui
l'étouffe et le rendra lui-même prolétaire un
jour (3). Le métayer partage avec le propriétaire
les produits de la terre qu'il cultive et, lorsqu'il
emploie des bras salariés, il est, tout comme le
fermier, une manière d'exploiteur. On a tourné
la difficulté en considérant l'ouvrier salarié, le
petit propriétaire, le métayer et le petit fermier
comme étant tous, à un degré différent, des dés-

---

(1) Compte rendu sténographique du 1ᵉʳ Congrès national des
Travailleurs de la terre (Bologne, Società coop., tip. Azzoguidi,
1902). Rapport de M. Casali, p. 3.

(2) *Ibid.* Rapport de M. Paoloni, p. 5.

(3) *Ibid.* Rapport de M. Perotti, délégué des Ligues de la
province de Pavie, p. 2.

hérités de la terre, des exploités du régime capitaliste : c'est à ce titre qu'ils peuvent figurer, côte
à côte, dans les Ligues inspirées par la méthode
socialiste de l'organisation basée sur l'idée de la
lutte de classe. D'ailleurs, les petits propriétaires
et les métayers se sont montrés généralement
sympathiques au développement et à l'action des
Ligues d'ouvriers salariés.

« Il est de fait, conclut dans son rapport l'avocat Murialdi, que les demandes d'améliorations
faites par les salariés trouvent presque toujours
un accueil favorable auprès des petits métayers
et petits propriétaires. Alors pourquoi repousser
des Ligues ces travailleurs, du moment qu'ils n'en
gênent en rien le mouvement, qu'ils peuvent
même, en cas de besoin exceptionnel, l'aider avec
des ressources financières très supérieures à celles
possédées par les autres travailleurs (suivant le
noble exemple donné par les petits propriétaires
du Polésine qui hypothéquèrent leurs propres
terres, afin de soutenir l'organisation des paysans),
et attendu qu'ils sont, en définitive, eux aussi, de
véritables exploités par la classe capitaliste puisque,
cultivant des domaines d'une certaine importance,
non seulement ils ne reçoivent pas le fruit intégral
de leur travail, mais ils mènent une vie presque
aussi misérable que celle des salariés et que même,
dans certaines circonstances, les maladies des

plantes, les accidents atmosphériques, les charges
d'impôts, la coalition des commerçants et des
industriels, qui peu à peu prend le caractère
d'un phénomène stable et continu, abaissent leurs
conditions d'existence au-dessous de celles des salariés qu'ils emploient » (1).

On voit, par là, que la tactique est très simple :
elle consiste à faciliter le plus possible le recrutement des Ligues, à les ouvrir largement à toutes
les catégories du monde rural sympathiques aux
revendications des ouvriers agricoles, sous la condition qu'elles acceptent le principe de la lutte de
classe, qui leur est présenté comme tutélaire de
leurs intérêts spéciaux. Il faut que les Ligues soient
nombreuses, fortes et pourvues des ressources
nécessaires, ce qui ne peut être obtenu que par
ce moyen.

Il était cependant utile d'établir une ligne
de démarcation entre des intérêts si divers. La
discussion ouverte sur les conclusions des rapporteurs avait révélé certains dissentiments dans le
Congrès. Quelques intransigeants combattaient
l'admission des petits propriétaires, métayers et
petits fermiers.

La classe des petits propriétaires doit être exclue de la Fédération, a-t-on dit, parce qu'elle

(1) *Ibid*. Rapport sur la constitution d'une Fédération nationale des Travailleurs de la terre, p. 20.

4.

n'est pas prolétarienne, qu'elle ne dépend pas d'un patron et qu'elle n'est pas dépouillée directement. Elle ne demande que la réforme des impôts, et à cet effet l'action qu'elle exerce n'est pas économique, mais politique. Elle n'a besoin de faire résistance à personne, tandis que les salariés qui réclament des conditions meilleures d'existence, un salaire plus humain, conforme aux besoins croissants, doivent organiser la résistance contre les exploiteurs, c'est-à-dire les capitalistes. Les petits propriétaires ne sont pas salariés, ils sont plus ou moins exploiteurs, leurs intérêts sont diamétralement opposés à ceux des travailleurs authentiques : par suite, il faut les exclure de l'organisation grandiose qui comprendra les forces renouvelées du prolétariat et qui doit demeurer prolétarienne en fait (1).

Le professeur Ferri, député, était d'avis que les petits propriétaires, partiellement, et surtout les petits métayers et fermiers doivent faire partie de la Fédération ; mais il pensait que les unir au sein des mêmes Ligues avec les ouvriers salariés, ce serait obscurcir, dans la réalité quotidienne, l'idée de la lutte de classe, que font et vivent les salariés, idée que le socialisme a le devoir de maintenir limpide dans la conscience du proléta-

(1) *Ibid.* Discours de MM. Perotti, de Stradella, et Uttini, de Parme.

riat. Il combattait également l'admission des sociétés coopératives, soit de production, soit de consommation, parce que, s'il est vrai qu'en améliorant la condition de leurs sociétaires, elles les mettent en état de mieux résister, elles ne font pas œuvre de résistance au sens que le socialisme attache à ce mot, qui est « l'organisation des travailleurs exploités (*sfruttati*) contre la classe exploiteuse (*sfruttatrice*) ». Il concluait en proposant d'organiser les travailleurs de la terre en deux sections : « 1° les *braccianti*, journaliers, salariés, les vrais travailleurs qui font la lutte de classe parce qu'ils vivent sous l'exploitation de classe ; 2° les métayers, fermiers, petits propriétaires, mais bien distincts : autrement, si nous les réunissions dans la même section, nous grouperions ensemble des intérêts économiques et, par suite, moraux et politiques, qui ont en commun le sentiment de la révolte contre l'état actuel, mais aussi des intérêts particuliers qui, bien souvent, se trouveraient en conflit » (1).

Le professeur Gatti, député, rappelait que, dès 1897, il avait soutenu, mais sans succès, que c'est pour le socialisme une nécessité d'organiser aussi la petite propriété, ce qui est aujourd'hui reconnu presque unanimement : toutefois, il n'a jamais pensé qu'on puisse grouper, en les confon-

(1) *Ibid.*, p. 23.

dant, le petit propriétaire et le travailleur salarié.
Quant à la coopération, la notion de résistance
est étrangère soit à la coopération agricole, qui
est une forme de production, soit à la coopération
de consommation. M. Gatti expose en ces termes
pourquoi le socialisme est peu favorable aux doctrines coopératives :

« Par le fait de la suppression du spéculateur,
nous éliminons la lutte de classe ; cette lutte devient précisément d'autant plus vive que nous
multiplions les Ligues de résistance, tandis qu'elle
disparaît d'autant plus que nous créons un plus
grand nombre de coopératives de consommation,
de coopératives rurales et agricoles » (1).

L'aveu est précieux à recueillir : car il est un
hommage rendu au rôle social de la coopération.

L'opportunisme, tendant à assurer prudemment
à l'organisation prolétarienne les sympathies et le
concours des catégories de travailleurs ruraux qui
en sont les plus voisines, ne manquait pas de dé-
fenseurs au Congrès. Tel l'avocat Turati, député
et chef de la fraction modérée du parti socialiste,
qui disait avec franchise :

« Le petit propriétaire est surtout une force
politique. Nous avons besoin de lui. C'est une
grande force dont nous devons absolument tenir
compte ». Et il ajoutait :

(1) *Ibid.*, p. 25,

« Le principe de la lutte de classe serait violé si nous exercions une action favorable tendant à maintenir la petite propriété contre le développement de l'industrialisme. Mais si nous nous servons de la petite propriété pour donner une aide plus intelligente, pour donner plus de force à la lutte de classe, nous restons fidèles à ce principe » (1).

On ne saurait avouer plus ingénument que la petite propriété n'est accueillie que pour jouer le rôle de cheval de renfort du prolétariat. En échange de ce service, elle ne peut espérer de lui qu'un appui, assez illusoire sans doute, à ses démarches faites en vue d'obtenir de l'Etat des dégrèvements d'impôts.

Dans sa réplique, le rapporteur Murialdi a fait observer que la résistance aux formes si complexes, si variées, de l'exploitation capitaliste peut se traduire non pas seulement par la grève, mais aussi par d'autres moyens tels que les coopératives de petits propriétaires.

« Nous n'obscurcirons pas, a-t-il dit, la conception de cette lutte en admettant les petits propriétaires qui ont témoigné leur entière sympathie pour notre idéal, mais qui ne peuvent se libérer de la petite propriété et se faire salariés. Donc la propriété n'est pas de leur choix : c'est

(1) *Ibid.*, p. 29.

une *tragique nécessité* du moment que, devant prendre la forme de propriétaires, en substance ils soient des salariés comme tous les autres ».

Et il ajoutait encore :

« La propagande cléricale organise partout les petits propriétaires sous toutes les formes de la coopération, lesquelles ne sont pas l'arme de l'émancipation, mais une arme de servitude. Nous avons trois millions de petits propriétaires : devons-nous les laisser la proie des cléricaux ou des libéraux manière Wollemborg ? » (1).

La Fédération, d'après lui, doit avoir deux branches distinctes, celle des Ligues déjà formées et celle des coopératives de résistance : toutes deux feront converger leurs efforts au même but qui est de combattre, dans l'intérêt commun, les capitalistes également unis pour leur faire face.

Bref, après un long débat, le Congrès a adopté la solution la plus large, celle d'ouvrir l'accès de la Fédération nationale des Travailleurs de la terre aux diverses catégories dont l'admission était proposée. Contrairement à l'avis des théoriciens du parti socialiste, il a voulu surtout constituer une armée puissante, sans craindre la confusion que

(1) *Ibid.*, p. 33. On sait que M. Wollemborg, député, ancien ministre, a introduit en Italie avec succès le type allemand des caisses de crédit rural, connu sous le nom de Caisse Raiffeisen (Voir *La Prévoyance sociale en Italie*, p. 171 et suiv.).

tant d'éléments disparates pourraient produire
dans ses rangs, encore qu'un lien de solidarité les
unisse tous. Afin de grouper le plus étroitement
possible les intérêts communs, deux sections seront créées au sein de la Fédération, celle de la
résistance et celle de la coopération.

L'ouvrier salarié, le métayer ou colon partiaire
et toutes les variétés de travailleurs intéressés par
une participation dans les produits du sol doivent,
pour obtenir une amélioration de leurs conditions
d'existence, développer toutes leurs énergies de
résistance dont l'expression la plus aiguë est la
grève. Quant au petit propriétaire ou petit fermier
exploitant par lui-même le fonds qu'il possède ou
qu'il a pris à bail, son action doit se développer
dans la coopération pour l'achat des machines, semences, engrais, etc., et pour la vente des produits.

On conviendra que ces deux idées ne se rapprochent par aucun point. Cette coopération d'achat
et de vente, ce n'est pas autre chose que le Syndicat agricole, impliquant seulement la résistance
contre les intermédiaires inutiles, mais non, certes,
la résistance contre le capital. Pourtant, il paraît
établi qu'en Piémont, pays de petite propriété, les
coopératives de petits propriétaires qui se livrent à
l'élevage des vers à soie ont bien le caractère de
coopératives de classe, de Ligues de résistance,

dans leurs rapports avec la filature qui emploie leurs cocons. Cela résulte de ce que ces petits propriétaires ont été préalablement gagnés par la propagande socialiste. D'après l'opinion du rapporteur Murialdi, ce sont des Ligues de résistance adaptées aux conditions spéciales du milieu, et cette résistance se manifeste à l'égard du capital industriel par l'installation de fours pour étouffer les cocons, ce qui assure l'indépendance des petits sériciculteurs dans la discussion des prix offerts par la filature (1).

Le Congrès adopta, à l'unanimité moins une voix, un long ordre du jour préparé par les rapporteurs, dont voici la partie la plus importante :

« Le Congrès,

Considérant que, nonobstant l'apparente variété des conditions qui les distinguent entre elles, les diverses catégories des travailleurs de la terre, qu'ils soient salariés, participants dans les produits, petits fermiers, métayers ou propriétaires, subissent, en substance, la même forme d'exploitation capitaliste tant dans leurs rapports avec les particuliers que dans leurs rapports avec l'État ;

Considérant que seule l'action de tous les ex-

(1) *Ibid.*, p. 33. La coopération d'assurance et la coopération de crédit ont été également mentionnées, au Congrès, comme des formes recommandables d'organisation, propres à seconder l'œuvre de la résistance.

ploités, basée sur le principe humain et civilisé de
la solidarité, peut donner efficacité à l'œuvre de
rédemption morale, politique, économique, de la
classe ouvrière, en la rendant formidable vis-à-vis
des forces et institutions qui s'opposent à son
élévation ;

Affirme la nécessité de grouper en Fédération
nationale les Ligues d'amélioration et de résistance, les coopératives de travailleurs ayant le
caractère de classe et comprenant les travailleurs
de condition, c'est-à-dire les ouvriers salariés, les
métayers et participants dans les produits, petits
fermiers, petits propriétaires, pourvu que ces
derniers cultivent eux-mêmes la terre qu'ils tien-
nent en propriété, en colonat partiaire ou à
ferme » (1).

Ainsi les petits propriétaires, les métayers et
colons partiaires, et les petits fermiers sont, au
nom de la solidarité ouvrière, invités à s'unir au
prolétariat pour la lutte de classe que celui-ci s'est
déclaré prêt à entreprendre, et cette invitation a
été acceptée par les nombreux représentants de ces
catégories rurales qui ont participé au Congrès.

Il semble que ce succès aurait dû suffire au
socialisme : il a voulu plus encore. M. Ettore
Reina, secrétaire de la Chambre du travail de
Monza, actuellement membre du Conseil supérieur

(1) *Ibid.*, p. 21.

5

du travail, a présenté et fait voter un amendement ainsi conçu :

« La Fédération se divisera en deux grandes branches : dans la première seront inscrites toutes les Ligues de résistance constituées sur la base de la lutte de classe ; dans la seconde toutes ces autres organisations de travailleurs de la terre qui acceptent comme but suprême la *socialisation de la terre*, celle-ci étant l'un des principaux moyens de production » (1).

Malgré l'opposition de l'avocat Comandini, député républicain de la Romagne, qui déclara ne pouvoir adhérer à une telle affirmation des doctrines collectivistes et se retira du Congrès, malgré l'observation, présentée par quelques membres, qu'ils n'avaient reçu de leurs associations aucun mandat pour les engager ainsi (2), l'amendement Reina fut voté à une très grande majorité, « presque à l'unanimité », d'après le compte rendu officiel du Congrès.

La portée de cette manifestation fut encore soulignée par le député Ferri : il déclara que toute confusion devait cesser, que le vote émis avait cette signification : « que les paysans authen-

(1) *Ibid.*, p. 34.
(2) M. Pirolini, de Milan, eut le courage de protester ainsi : « Si vous voulez transformer le Congrès en une affirmation collectiviste, vous faites œuvre contraire aux intérêts des travailleurs. Je déclare que votre œuvre n'est pas sincère ».

tiques réunis à ce Congrès sont, en immense majorité, socialistes », et il en exprima sa joie profonde.

Il résulte de là que cette classe des petits propriétaires, si nombreuse dans maintes régions de
l'Italie, si attachée à la terre, comme elle l'est
d'ailleurs en tous pays, possédant une influence politique et morale qui rend son concours précieux,
le socialisme a voulu l'agréger au prolétariat, mais
en prenant contre elle toutes ses garanties.

Ce n'était pas assez d'enfermer les petits propriétaires dans une section spéciale des Ligues,
où ils sont, pour ainsi dire, mis en surveillance ;
on leur a, de plus, imposé l'obligation de confesser la foi socialiste, on les a forcés à abdiquer
leur droit de propriété, à voter leur propre déchéance. C'est payer un peu cher l'honneur d'être
admis, en soldats volontaires, dans l'armée prolétarienne qui se dispose à donner l'assaut à l'ordre
social et au principe de la propriété privée.

En votant l'amendement Reina, les petits propriétaires présents au Congrès se sont livrés à
une manifestation analogue à celle de ces petits
propriétaires du Monferrat qui, réunis en très
grand nombre à Montemagno pour discuter de
leurs intérêts, poussèrent unanimement un cri que
le compte rendu du Congrès de Bologne déclare
« symptomatique en son ingénuité », le cri : « A
bas notre propriété ! » Faut-il voir là de l'ingé-

nuité, de l'incohérence ou de la duperie ? Faut-il,
au contraire, admettre que le petit propriétaire italien a fait le calcul qu'il a plus à gagner qu'à
perdre à l'avènement du collectivisme, ce régime
devant, d'après ses prévisions, lui assurer un salaire plus élevé que son revenu actuel et gagné au
prix d'une moindre fatigue ?

Le professeur G. Gatti a traité ce cas psycholo-
gique, et voici comment il l'a résolu :

« Quand un propriétaire donne son adhésion
au programme collectiviste, c'est qu'un sentiment
altruiste l'entraîne à combattre dans les rangs des
déshérités ou qu'une conviction rationnelle lui
fait prévoir un avenir où le salaire du régime collectiviste garantira des tempêtes sociales mieux
que ce manteau léger et bien râpé, d'habitude, la
petite propriété privée » (1).

Cette théorie trouverait sa confirmation dans une
observation de fait empruntée au même auteur :

« On affirme qu'en Sicile les petits propriétaires des régions à petite culture sont plus faciles
à gagner au collectivisme que les salariés agricoles des régions du *Latifundium* » (2).

Non, les petits propriétaires ne raisonnent pas
de façon si compliquée et n'escomptent pas l'avenir à si longue échéance. Le paysan a l'esprit

(1) *Le Socialisme et l'Agriculture*, traduct. française, p. 306.
(2) *Ibid.*, p. 308.

simpliste et, s'il accepte les formules du socialisme, c'est à la condition de les accommoder à son
usage. Si les ouvriers salariés, les métayers, les
fermiers et les petits propriétaires se sont trouvés
d'accord pour voter, d'enthousiasme, l'amendement Reina, le motif en est très facile à saisir.
Lorsque le socialisme lui parle de *socialisation*,
de *propriété collective*, le paysan entend ou feint
d'entendre qu'il s'agit du *partage des terres*.
L'expropriation générale ne serait que la préface
d'une nouvelle distribution de la terre opérée à
son profit. Après s'être servi de la doctrine du socialisme et de sa puissance de propagande, il lui
tournerait le dos. Ce ne sont pas là des hypothèses,
mais des idées courantes parmi les membres des
Ligues. Dans la province de Rovigo, où, d'ailleurs,
les concessions des propriétaires ont été très
faibles, les Ligues ont opéré le partage fictif des
terres entre leurs membres, sans doute en vue de
leur faire prendre patience. Dans les régions de métayage ou d'autres formes du colonat partiaire, une
nouvelle distribution des terres pourrait être mal accueillie : là, les Ligues se bornent à promettre aux
colons l'entière possession des terres qu'ils occupent ; le propriétaire dépouillé continuerait cependant à payer les impôts de ces terres, à moins que
l'Etat lui en accorde décharge. De telles conceptions
trouvent facile créance auprès des masses paysannes,

On a cité, dans la discussion qui eut lieu au Sénat sur les grèves de la province de Mantoue, ce fait qu'un groupe de femmes injuriait, de la route, des hommes qui travaillaient dans le voisinage, et concluait par cette menace : « Traîtres ! Quand on partagera la terre, vous n'aurez rien ! » (1).

Il nous semble que le Congrès de Bologne et les incidents qui ont marqué la constitution de la Fédération nationale des Travailleurs de la terre ont assez clairement dégagé l'esprit et les tendances des Ligues de paysans. Ce Congrès, qui dénote la gravité des malentendus sociaux, a été une affligeante révélation pour tous les hommes convaincus que le progrès de la civilisation et l'accession des travailleurs à un niveau supérieur de leurs conditions d'existence, qui lui est intimement lié, doivent résulter de l'Union des classes, selon la formule des sociologues, et non de la lutte des classes, selon la formule socialiste.

Les forces prolétariennes, a-t-on dit, marchent à la conquête d'un nouvel ordre social qui marquera l'avènement de la justice et de la fraternité parmi les hommes. Tel peut être, en effet, l'idéal caressé par les théoriciens du socialisme, dont plusieurs comptent parmi les brillants professeurs des Universités italiennes. Mais les masses populaires ont d'autres appétits et des vues plus pra-

(1) Séance du 30 avril 1901.

tiques. Le docteur Romeo Romei (1) a prédit que, dans un espace de temps évalué à la durée d'une génération, on parviendrait à syndiquer tous les ouvriers dans les Ligues et qu'ainsi, doucement et graduellement, le collectivisme s'établirait, la société que nous ont léguée les siècles passés devant disparaître dans un paisible coucher de soleil. Si le prolétariat devenait un jour le maître dans l'Etat, nous inclinons à croire qu'il se hâterait de secouer le joug des idéalistes et des politiciens du socialisme qui l'auraient mené à la victoire : au régime de la propriété collective il préférerait, de beaucoup, la distribution nouvelle de la propriété foncière, opérée à son profit... et l'expérience collectiviste, si laborieusement préparée, serait à recommencer (2).

(1) Médecin à Portiolo (province de Mantoue), qui fut élu membre du Comité fédéral de la Fédération nationale des associations de Travailleurs de la terre.

(2) On a manifesté quelque étonnement de la culture intellectuelle et des connaissances économiques révélées par les débats du Congrès de Bologne. Mais il faut remarquer que, dans ce Congrès de Travailleurs de la terre, les rapporteurs et orateurs étaient, le plus souvent, des députés, professeurs, avocats, journalistes, secrétaires de Chambre du travail, etc., propagandistes habituels des questions qui y furent traitées, et que le rôle des « paysans authentiques », des *contadini*, se résuma principalement à voter, de confiance et d'enthousiasme, les résolutions proposées.

Le Congrès de Bologne discuta et adopta les statuts de la « Fédération nationale des associations de Travailleurs de la terre » qui fut constituée avec un Comité fédéral de 11 mem-

CHAPITRE III

1. — Tactique adoptée par les Ligues de paysans. — Ensemble de prétentions inacceptable pour les chefs d'exploitation.

Dans les grèves agricoles qui se produisaient parfois avant la période des récentes agitations, le propriétaire se trouvait en présence d'une réclamation précise et portant sur un point bien déter-

bres siégeant à Bologne. Il discuta et vota encore divers ordres du jour plus ou moins importants, notamment sur l'émigration à l'intérieur et l'organisation d'un office central de statistique du travail, annexé à la Fédération, en vue de régler la concurrence de la main-d'œuvre et sa répartition équitable dans les diverses parties du royaume; sur les rapports des Ligues de paysans avec les Chambres du travail (dont quelques-unes, se refusant à pratiquer la politique de la lutte de classe, sont taxées de modérantisme et considérées comme suspectes); sur la législation agraire (prud'hommes agricoles, accidents du travail, travail des femmes et des enfants, hygiène des campagnes).

Enfin, avant de se séparer, aux acclamations réitérées de « Vive le Socialisme ! », le Congrès invita par une résolution spéciale les pouvoirs publics à faire exécuter promptement les grands travaux d'amélioration agricole attendus depuis de longues années et chargea son bureau de transmettre au Gouvernement sa *volonté péremptoire* à cet égard, menaçant d'exercer une efficace pression de classe dans les régions particulièrement intéressées à ces entreprises.

miné, ce qui facilitait beaucoup le règlement du
conflit. Tantôt il s'agissait d'une augmentation de
salaire ou d'une réduction de la durée du travail
ou encore d'une question de discipline dans le travail ; tantôt c'était le propriétaire qui voulait lui-
même modifier les conditions du travail, et la
grève résultait de la résistance opposée par ses
ouvriers. Depuis que les Ligues ont pris en main
les intérêts des travailleurs des champs et concrété
leurs prétentions, ou du moins celles formulées en
leur nom par les chefs du mouvement, la situation
a complètement changé.

Il ne s'agit plus de modifier une clause du contrat de travail, mais de le remanier en son entier
et de le refondre suivant les types et tarifs adoptés par les Ligues et leurs Fédérations. Les prétentions nouvelles concernent l'augmentation des
salaires, la diminution des heures de travail, le droit
revendiqué par les Ligues de choisir elles-mêmes
les ouvriers demandés par les patrons, l'interdic-
tion de l'emploi de certaines machines agricoles
comme préjudiciables à la main-d'œuvre, la suppression du travail à la tâche *(lavoro à cottimo)*,
des clauses particulières introduites dans les contrats des ouvriers engagés à l'année, bouviers ou
autres, etc. Toutes ces prétentions diverses, et
qui, par leur nature et leur objet, ne devraient
pas être connexes, sont produites concurremment,

5.

en bloc. Si le propriétaire se refuse à céder sur
l'une d'elles, si, comme il arrive souvent, tout en
se déclarant prêt à améliorer la situation de son
personnel en ce qui touche les salaires et la durée
du travail, il ne veut pas consentir à enchaîner
son droit et sa liberté de chef d'exploitation, s'il
veut rester le maître chez lui, la grève est déclarée et le travail sera suspendu. Peu importe que
la grève nuise aux ouvriers, qu'elle compromette
leurs intérêts : peut-être n'obtiendront-ils pas, par
suite de la résistance, la plénitude des avantages
que le propriétaire était disposé à leur accorder,
à l'amiable. Les meneurs de la Ligue n'en ont
cure : l'essentiel est de contraindre le patron à se
soumettre et à laisser la puissance impersonnelle
et irresponsable de la Ligue s'interposer entre ses
ouvriers et lui.

On a bien souvent blâmé les propriétaires
ruraux de n'avoir pas su faire la part du feu, de
n'avoir pas empêché ou arrêté les grèves en faisant, de bonne grâce, les concessions nécessaires.
Les améliorations de salaires réclamées étaient
modiques, dit-on : il fallait s'empresser d'y souscrire. Dans la province de Mantoue, selon le témoignage du professeur Gatti, l'élévation de salaires
réclamée était seulement de 15 ou 20 pour 100,
rarement supérieure à cette proportion ; en tout
cas, elle ne dépassait jamais 25 pour 100. Or, cette

augmentation n'a rien d'excessif, surtout si on admet qu'une hausse de 20 pour 100 ne ferait que reporter les salaires aux taux de 1886 et 1874 (1). Dans la région du Haut-Polésine, les Ligues se contentaient presque partout de demander, pour les salaires des journaliers agricoles, 80 centimes par jour, pendant les quatre mois d'hiver, et 90 centimes pendant le mois de mars ; et il s'est trouvé, paraît-il, des propriétaires qui ont préféré abandonner la culture de leurs vignes que d'accepter ces prétentions si modestes. A Trecenta, les tarifs établis, mois par mois, par les Ligues et qu'elles n'ont pu faire prévaloir que partiellement, au prix d'une grève qui a duré près de trois mois, faisaient ressortir pour les journaliers la demande d'un salaire moyen de 77 centimes par jour, étant donné que l'année de travail d'un ouvrier agricole employé seulement à la journée est d'environ 220 jours (2).

Cela peut être exact, comme il est constant, paraît-il, que certains propriétaires ont fait venir des ouvriers étrangers, payés 3 francs par jour, afin de ne pas employer les ouvriers de la localité, affiliés à la Ligue, qu'ils auraient payés un franc seulement.

(1) Discours prononcé à la Chambre des députés le 17 juin 1901.
(2) Discours de M. Badaloni dans la même séance.

Mais que prouvent ces faits ? Ils démontrent simplement que, dans les conflits nés entre le capital et le travail, la question de l'élévation des salaires n'est pas au premier plan, elle cède le pas à une préoccupation d'ordre supérieur, la sauvegarde de la liberté du chef d'exploitation. Les sacrifices nécessaires et équitables relativement au taux des salaires et à la réglementation des conditions du travail dans un sens plus favorable aux travailleurs, l'immense majorité des propriétaires est disposée à les consentir ; mais ce qu'ils ne peuvent admettre, ce sont les exigences multiples formulées accessoirement par les Ligues, c'est leur intervention forcée dans le contrat de travail qui annule l'autorité du chef d'exploitation et brise tout lien social entre lui et le personnel qu'il emploie. Ce qu'ils ne peuvent admettre, c'est l'agitation permanente qu'entretient l'action des Ligues parmi les paysans, c'est la quasi-certitude que les concessions accordées ne termineront pas le conflit, car de nouvelles demandes surgiront bientôt et se reproduiront périodiquement. C'est, en effet, la tactique ordinaire des meneurs socialistes d'user de modération dans l'établissement des tarifs des Ligues afin de ne pas s'aliéner l'opinion publique : mais ils ne se déclarent jamais satisfaits et toute concession acquise devient le point de départ d'une campagne entreprise pour

en réclamer de plus importantes. Peut-il en être
autrement puisque le but avoué est de faire la lutte
de classe, de lasser les propriétaires, de les amener à l'abandon de leurs terres le jour où les
charges excéderont les bénéfices, de préparer ainsi
la révolution sociale ?

Et même en dehors de cette raison de principe
assez sérieuse, on en conviendra, pour justifier la
méfiance des propriétaires à l'égard des Ligues, il
en est une autre de valeur non négligeable, c'est
que les Ligues sont plus ou moins mêlées au mouvement politique actuel : le chef de la Ligue
(capolega) est le plus souvent un politicien qui,
dans les conflits économiques, recherche la satisfaction soit de ses ambitions personnelles, soit de
celles de ses amis ou patrons (1).

Si on analyse de plus près les obligations
diverses que les Ligues tendent à imposer aux
propriétaires, on reconnaîtra qu'elles ne sont guère
compatibles avec les exigences de l'exploitation
agricole. La limitation des heures de travail, qui
se conçoit dans les travaux industriels, devient
inapplicable aux travaux des champs dans les circonstances où la récolte des fourrages, la moisson

(1) M. Ferri n'a-t-il pas reconnu, à la Chambre, que la lutte
entreprise par les Ligues est tout à la fois économique et politique! (Séance du 19 juin 1901).

des céréales, la vendange, etc., peuvent se trouver compromises par suite de causes atmosphériques si la plus grande activité n'est pas déployée par le personnel ouvrier, en dehors de toute préoccupation de cesser le travail à l'heure normale.

Enlever au propriétaire le choix de ses ouvriers, l'obliger à les recevoir de la Ligue, fonctionnant comme bureau de placement, cela aura d'abord pour résultat certain de détruire ces rapports de dévouement, de la part de l'ouvrier, de cordialité et de confiance, de la part du patron, nés de l'estime réciproque et de la collaboration prolongée aux soins de la même entreprise, qu'on aime à constater encore dans un bon nombre d'exploitations agricoles et qui sont si précieux pour le maintien de la paix sociale.

De cela les Ligues prennent, il est vrai, peu de souci et, si la même cause tend aussi à réduire l'influence morale exercée par les propriétaires autour d'eux, elles s'en applaudiront sans doute. Mais cette conception nouvelle des rapports établis entre les patrons ruraux et leurs ouvriers, est-elle réellement avantageuse à ces derniers? On ne saurait le penser. L'ouvrier a d'autres besoins que celui de gagner son salaire et le propriétaire rural a d'autres devoirs que celui de le payer. L'assistance matérielle et morale, le conseil, l'appui, que le propriétaire donnait à ses auxiliaires lorsqu'ils en

avaient besoin, considérant cela comme l'accomplissement d'un devoir de patronage, il n'aura plus
aucun motif de les accorder à des ouvriers qu'il
n'aura pas choisis, qui lui auront été imposés par
la Ligue et qui, d'ailleurs, se succéderont chez lui
en vertu d'un roulement déterminé.

Au point de vue des exigences de la pratique
agricole, chacun sait que tout ouvrier n'est pas
également propre à toute nature de travail. Généralement, le propriétaire affecte l'ouvrier au travail
qui paraît lui convenir plus spécialement et le
forme même, à cet effet, par une sorte d'apprentissage. Comment admettre que le choix des Ligues
puisse, sans qu'il y ait préjudice sérieux pour la
marche de l'exploitation, substituer pour un travail déterminé un ouvrier à un autre, sans tenir
compte de ses antécédents, de ses connaissances
techniques, ni de ses aptitudes? Là où il faudrait
employer un homme jeune et vigoureux, elle fournira peut-être un ouvrier âgé et débile, parce que
son tour d'inscription sera venu.

L'idée d'unifier absolument les salaires, de considérer la valeur de la main-d'œuvre comme constante et tout travailleur comme équivalent à un
autre, sans tenir compte des aptitudes physiques
et morales qui distinguent les hommes, est essentiellement chimérique. Les Ligues sont cependant
allées plus loin encore dans cette voie. Dans la

province de Plaisance, elles se sont avisées que l'égalité au point de vue des salaires doit régner non seulement entre les hommes, mais aussi entre l'homme et la femme. Elles ont, par suite, décidé que le même tarif serait imposé aux propriétaires pour les salaires des hommes et pour ceux des femmes. Il en est résulté, ce qui était facile à prévoir, que les propriétaires n'ont plus fait travailler que des hommes et ont renoncé à employer les femmes aux travaux des champs. Celles-ci ont réclamé, mais sans succès, et cette malencontreuse application des doctrines féministes a ébranlé l'influence des Ligues (1).

Les ouvriers agricoles les plus intelligents, les plus sages, sentent bien que l'intervention des Ligues, dirigées par les meneurs socialistes, entre eux et les chefs d'exploitation qui leur assurent du travail, est avilissante pour leur dignité et contraire à leurs véritables intérêts. En s'affiliant à la Ligue, le travailleur abdique toute initiative, toute liberté, toute appréciation personnelle de son intérêt dans les conflits auxquels pourra donner lieu le contrat de travail ; il remet le soin de régler ces conflits, de les provoquer même, à des personna-

---

(1) Ce fait, si extraordinaire qu'on pourrait le mettre en doute, nous a été révélé par M. le commandeur Enea Cavalieri, vice-président de la Société des Agriculteurs italiens et président de la Fédération italienne des Syndicats agricoles.

lités étrangères, souvent incompétentes, mal ren-
seignées sur ses besoins essentiels comme sur les
nécessités économiques qui dominent la solution
de ces questions, en tout cas rendues évidemment
partiales par leurs visées politiques : il se laisse
enfin jeter sur le marché du travail comme une
marchandise (*merce-uomo*).

Oui, mais tout en le comprenant, tout en le dé-
plorant, les ouvriers sensés, modérés dans leurs
ambitions, d'ailleurs bien traités par leurs patrons
et satisfaits de leur sort, n'ont pas l'énergie nécessaire pour se détacher de la foule et se soustraire à la tyrannie des Ligues. Un faux sentiment
de solidarité ouvrière et, plus encore sans doute,
la crainte des ennuis et vexations auxquels ils seraient exposés les empêchent de lutter contre les
utopies, les entraînements irréfléchis, toutes ces
passions populaires soigneusement attisées par les
chefs, et de chercher à remonter ce courant
qu'ils estiment funeste. Les exemples abondent
d'aveux recueillis de la bouche de braves paysans
déclarant que, s'ils marchent avec la Ligue, ils le
font à contre-cœur, terrorisés par les menaces et
subissant une pression morale à laquelle ils se
trouvent hors d'état de résister.

Cet organisme, qui théoriquement ne devrait
avoir d'autre but que de faciliter et généraliser
l'entente sur l'amélioration des conditions du tra-

vail entre les ouvriers et les propriétaires, exerce,
en fait, sur les uns comme sur les autres, une
pression abusive en violation des lois économiques.
Est-il possible de qualifier autrement cette prétention des Ligues consistant à exiger des propriétaires l'engagement écrit de refuser du travail à
tout ouvrier qui ne ferait pas partie de la Ligue
locale ? Et ce n'est pas seulement aux Ligues que
les propriétaires devront se soumettre, c'est encore
aux Chambres du travail lorsque, comme il arrive
souvent, la Ligue a été organisée par une Chambre
du travail et lui demeure affiliée.

Un député de la province de Plaisance,
M. Fabri, a raconté à la Chambre que dans sa
circonscription (Bettola), où, d'ailleurs, la situation des ouvriers agricoles est relativement très
satisfaisante, ceux-ci voulurent néanmoins réclamer
une augmentation de salaire. Des pourparlers
s'établirent entre la Ligue, appuyée par la Chambre
du travail (dans laquelle domine l'influence de
M. Varazzani, député socialiste), et une commission des propriétaires. La Ligue et la Chambre du
travail demandaient pour les ouvriers journaliers
un salaire minimum de 2 fr. 50 ; les propriétaires
accordaient le minimum de 2 francs. Au cours de
ces négociations, et avant que la commission des
propriétaires ait pu en référer à ses mandants pour
se faire éventuellement autoriser à une nouvelle

concession, la grève est brusquement déclarée, et
aux journaliers se joignent aussi, par esprit de solidarité, tous les hommes engagés à l'année, qui
abandonnent le travail et les animaux.

· Ce n'était pas la misère qui portait des milliers
de paysans à cesser le travail, à rompre les contrats dans de telles conditions, sans même laisser
aux propriétaires le temps d'arrêter leurs résolutions définitives. Le facteur économique était, dans
cette grève, subordonné au facteur politique. Ce
qu'on voulait surtout, c'était de faire passer, à la
Chambre du travail, tous les propriétaires, cour-
bant la tête sous la nécessité, pour leur faire signer un engagement. Le mot d'ordre était de
n'accepter des propriétaires aucun contrat, même
le meilleur possible, s'ils ne consentaient à se
rendre à la Chambre du travail ou à lui envoyer
leur engagement écrit.

· Et M. Fabri terminait son récit en citant un
colloque, déjà publié par la presse, qui eut lieu
entre un propriétaire et un paysan auquel ce propriétaire avait déjà, depuis quelque temps, accordé le salaire minimum de 2 fr. 50.

« Tu sais que je te traite bien », disait le propriétaire — et le paysan de répondre : « Vous avez
parfaitement raison ; mais on nous a donné l'ordre
que vous devez aller à la Chambre du travail » (1).

(1) Discours prononcé dans la séance du 19 juin 1901.

Ce fait permet assez bien de juger la tactique dont on use à l'égard des propriétaires : on commence par leur enlever toute autorité, les humilier, les convaincre de leur impuissance, pendant qu'une propagande active excite les paysans à réclamer de nouvelles augmentations de salaires jusqu'à ce que les propriétaires n'aient plus qu'à rejeter la propriété comme une chose inutile.

2. — Rupture des contrats annuels. — Procédés et incidents des grèves. — Tentatives d'arbitrage.

Le droit qui appartient aux ouvriers journaliers ou *braccianti* de suspendre le travail quand cela leur convient est un droit incontestable, puisqu'ils ne sont pas liés pour une durée déterminée. On peut seulement considérer comme souvent inopportun l'exercice qu'ils font de ce droit naturel. Personne ne peut contraindre un ouvrier à effectuer tel travail ou à accepter tel salaire s'il manifeste la volonté contraire.

Mais il n'en est pas de même quant à cette nombreuse catégorie d'ouvriers agricoles engagés pour des travaux plus spéciaux par des contrats qui sont le plus souvent annuels, mais parfois de durée moindre : on les nomme *obbligati*. Ils remplissent dans les exploitations rurales une fonction beaucoup plus importante que les simples journaliers et, s'ils viennent à suspendre inopinément leur service, beaucoup d'embarras et même de dommage peut en résulter pour l'exploitant. Ce sont eux qui entretiennent et nourrissent les divers animaux de ferme, conduisent les bœufs, etc., ou exécutent certains travaux de nature déterminée.

Or ces ouvriers à contrat annuel, embrigadés eux aussi dans les Ligues, ont largement participé au mouvement gréviste et n'ont éprouvé nul scrupule de rompre brusquement un pacte bilatéral, soit pour déclarer des grèves spéciales, soit pour faire acte de solidarité en s'associant aux grèves des *braccianti*. D'après le type des contrats annuels usités en Lombardie, l'engagement est ordinairement verbal ; l'échéance a lieu à la Saint-Michel (29 septembre) et le contrat ne se renouvelle pas tacitement : l'ouvrier qui désire garder son emploi aux mêmes conditions doit le demander au propriétaire ou au fermier avant la fin de mars, sinon le contrat sera résolu à la Saint-Michel suivante.

Les ouvriers engagés à l'année n'ont donc pas hésité à se mettre, eux aussi, en grève au cours du contrat qui les liait, violant des coutumes traditionnelles et causant ainsi aux chefs d'exploitation un préjudice bien plus grave que celui pouvant naître des grèves de simples journaliers. Cette violation audacieuse de la foi des contrats, que les chefs socialistes des Ligues n'ont même pas pris la peine d'essayer de justifier à l'aide de quelque prétexte plausible, et en faveur de laquelle ils réclamaient avec confiance l'intervention conciliatrice des fonctionnaires publics, a été, dans le développement de l'agitation ouvrière, l'épisode trop fréquent qui a le plus indisposé et découragé les propriétaires en leur faisant entrevoir l'incertitude, l'insécurité et les difficultés toujours renaissantes de l'avenir. Quels accords sont possibles si, du côté des travailleurs, la mauvaise foi et le mépris des engagements contractés sont érigés en principes ?

M. Sidney Sonnino, le chef du Centre, s'est fait, à la Chambre des députés, l'éloquent interprète de cette impression générale :

« Au milieu des difficultés infinies, des déconforts qu'engendrent les questions sociales et la lutte, de jour en jour plus vive et plus âpre, entre le capital et le travail, disait-il, une des principales espérances de tous ceux qui aspirent à la pacification des esprits est de substituer graduellement aux incertitudes et anxiétés du salariat précaire, d'autres formes du contrat de travail qui rendent moins instable et aléatoire la condition de l'ouvrier, qui lient le travailleur à la production et les classes entre elles par des liens de sympathie, de confiance, de stabilité, de solidarité et d'appui réciproque.

Aujourd'hui, les récentes grèves tendent malheureusement à dissiper beaucoup de ces espérances. De même qu'à Gênes et à Civita-Vecchia,
les équipages engagés par des contrats réguliers
abandonnent les navires au moment du départ,
sur les sommations de la Chambre du travail,
nous voyons aussi dans les campagnes les laboureurs et les bouviers, bien qu'ils soient liés par
des contrats annuels, abandonner fréquemment
les travaux des champs, aux moments les plus
critiques, et les animaux dans les étables, sur un
signe impérieux des Ligues de résistance » (1).

Les exemples abondent de ces faits abusifs qui
ont pour objet d'exercer sur les propriétaires une
pression violente et déloyale. Les accords annuels
sont rompus, au milieu de l'année, et si les propriétaires n'acceptent pas les prétentions nouvelles, ordre est donné par les Ligues de ne pas
conduire les bœufs et de les laisser sans nourriture. Dans le langage des paysans et par une
métaphore inspirée de l'idée de guerre des classes,
les bouviers constituent l' « artillerie des Ligues ».
Ils ont en garde un capital de grande valeur qui
peut périr rapidement. Si les bouviers, les ouvriers
engagés à l'année et les journaliers font grève en
même temps, qui portera la nourriture aux animaux ? Les propriétaires ne pourraient y pourvoir

(1) Discours prononcé dans la séance du 19 juin 1901.

eux-mêmes que les armes à la main : ils seront
donc forcés de capituler. Le fait d'abandon des animaux sans nourriture s'est produit dans la région
de Verceil (province de Novare) avec une gravité
particulière, les propriétaires s'étant trouvés ac-
culés à la nécessité de se débarrasser de leurs
bœufs en les vendant à vil prix.

Dans la province de Mantoue, ce sont les ouvriers engagés par contrat pour faucher les foins
sur les terres du comte d'Arco, sénateur, qui,
d'après l'ordre de la Ligue, déclarent la grève
malgré les travaux commencés et les avances déjà
reçues en compte. Ailleurs, et le cas est fréquent,
ce sont les équipes de moissonneurs, qui, au moment où la récolte est arrivée à maturité, où il est
urgent de la mettre à l'abri des intempéries, refu-
sent de commencer le travail ou l'interrompent en
plaçant le propriétaire dans l'alternative soit de
perdre le produit de sa terre, soit de se laisser
arracher de nouvelles concessions. Et ces concessions, elles ne sont jamais définitives, elles n'ont,
par leur nature, aucune limite fixée, puisque les
Ligues, poursuivant un idéal qui comporte la ruine
nécessaire des propriétaires, font bon marché des
lois économiques qui doivent dominer les rapports
entre le capital et la main-d'œuvre (1), puisque

(1) Au Congrès de Bologne, le délégué de la Ligue de Ga-
vello (province de Rovigo) déplorait la timidité des Ligues et

les contrats les plus régulièrement débattus avec les représentants des Ligues sont ensuite rompus sans l'ombre d'un prétexte et sans recours possible.

Que peuvent les propriétaires pour résister à ces violations de contrats qui entraînent, en droit, la responsabilité civile de leurs auteurs ? Les socialistes, le gouvernement même, par l'organe de ses plus hauts représentants, leur répondent que le recours aux tribunaux leur est ouvert, qu'ils sont fondés à réclamer les indemnités que comporte l'inexécution de conventions régulièrement faites d'après les usages établis.

Sans aucun doute, ce droit leur appartient, mais ils ne peuvent en user, car il est dépourvu de toute sanction. La législation italienne ne reconnaît pas, à l'exemple de la loi anglaise de 1875, la responsabilité pénale qui peut résulter de la violation du contrat de travail quand elle entraîne le risque d'importantes pertes de capital : il ne saurait donc s'agir que de faire condamner à des

les funestes erreurs résultant de la modération dérisoire de leurs premières demandes. Il y voyait un grave péril pour les Ligues ne possédant pas la « conscience socialiste ». Une de ces erreurs était, d'après lui, d'avoir accepté la part de 13 pour 100 dans le produit de la moisson. « C'est 20 pour 100 qu'il faudra demander, disait-il, bien que les propriétaires, qui se disent chargés d'impôts, aient considéré comme un vol l'élévation de la part des moissonneurs à 13 pour 100 » (Compte rendu du Congrès de Bologne).

6

réparations civiles, des ouvriers qui généralement ne possèdent rien. Aucun recours n'est d'ailleurs possible contre les Ligues, qui sont les instigatrices de ces actes dommageables, puisqu'elles n'ont ni existence légale, ni personnalité civile. Et la responsabilité pénale existerait-elle, il n'en serait pas moins pratiquement impossible de poursuivre et de faire condamner les milliers de travailleurs qui, dans une même province, abandonnent simultanément le travail.

Les propriétaires qui ne se sentent pas assez forts pour lutter et ne veulent pas se résigner à accepter intégralement les prétentions des Ligues n'ont d'autre parti à prendre que celui d'entrer en composition avec elles, et c'est ordinairement l'arbitrage qui leur en fournit le moyen. Dans quelques provinces, telles que celles de Mantoue, Bergame, Vérone, etc., on a cherché à rétablir l'entente entre les ouvriers agricoles et les propriétaires en instituant des offices du travail ou chambres permanentes de médiation, de conciliation et d'arbitrage composées, en nombre égal, de représentants des patrons et des ouvriers. Des municipalités, Bergame, Verceil, etc., ont suivi cet exemple. Ailleurs, ce sont, comme dans la province de Novare, les propriétaires groupés en association de défense qui proposaient de déférer la solution des conflits à des commissions arbitrales mixtes formées de délégués désignés par leur association et par la Chambre du travail pour les ouvriers agricoles.

Le conseil provincial de Mantoue, dans lequel domine l'élément conservateur et modéré, a cru devoir, pour faciliter l'accord économique des intérêts et la pacification des esprits, voter l'organisation de Chambres arbitrales agricoles qui auront pour but de prévenir et résoudre les contestations nées ou à naître entre les chefs d'exploitation et les travailleurs des champs (1). Le conseil provincial de Rovigo a, quant à lui, créé une Chambre agricole provinciale qui a constitué une commission de conciliation, subdivisée en commissions de district fonctionnant avec le concours de membres élus par les travailleurs pour chaque cas particulier.

Il ne paraît pas que cet essai de faire solutionner les grèves par des chambres mixtes de patrons et d'ouvriers ait produit des résultats appréciables. Le plus souvent, il a été fait, de part et d'autre, appel à l'intervention du gouvernement, ce qui, en principe, ne fournit pas une solution logique et libérale des conflits économiques, et ce sont ses délégués et fonctionnaires, les préfets, les inspec-

(1) Le règlement des Chambres arbitrales agricoles de la province de Mantoue a été publié par MM. Ivanoe Bonomi et Carlo Vezzani, dans les annexes de leur volume : *Il movimento proletario nel Mantovano*.

teurs de la sûreté publique, etc., qui jouèrent le
rôle prépondérant dans les négociations ayant
amené la reprise du travail. On a critiqué leur
incompétence technique à cet égard, ainsi qu'un
certain penchant à sacrifier les intérêts des propriétaires aux revendications ouvrières. Les autorités municipales, les chambres du travail et les
associations agricoles ont aussi concouru au règlement des conflits qui, fréquemment, se sont ter-
minés par l'adoption de dispositions transaction-
nelles entre les offres des patrons et les prétentions
des grévistes.

3. — La défense des propriétaires. — Echec de la grève générale de Rovigo

Dans quelques provinces, l'organisation des
ouvriers en Ligues a provoqué une contre-organisation des propriétaires et fermiers en associations défensives qui a fortement entravé le succès
des grèves. Ce fait s'est produit dans la province
de Rovigo qui eut, en 1901 et 1902, le triste
privilège d'être la province du royaume où les
grèves agricoles furent les plus nombreuses (81 en
1901 et 71 en 1902).

Le 16 juin 1901, la Fédération provinciale des
Ligues du Polésine s'était constituée à Rovigo dans
un Congrès des Ligues de la province représentant

20,000 travailleurs. Le Comité exécutif de la Fédération ne faisait pas mystère de son intention de préparer une grève générale des bouviers, dont la menace décida les propriétaires à s'unir pour une action commune. Le 16 juillet, l'Association des propriétaires et fermiers du Polésine fut fondée sous la présidence du commandeur G.-B. Casalini. Son but statutaire était ainsi défini :

« Exercer la plus ample et efficace protection des intérêts des propriétaires et fermiers ; se prêter aide réciproque pour résister — après épuisement des moyens de conciliation — à celles des prétentions des ouvriers qui seraient reconnues exorbitantes, d'après un jugement équitable et impartial, sans esprit de domination, mais aussi sans faiblesse ; donner une direction autant que possible uniforme, tout en respectant les différentes coutumes locales, à l'action des propriétaires dans leurs rapports avec les travailleurs ; se concerter avec les autres associations semblables pour exercer une action commune ».

Les sociétaires devaient payer une contribution d'un franc par hectare cultivé (1). L'association,

___

(1) Dans les associations de propriétaires et fermiers de la province de Mantoue, la cotisation des sociétaires est aussi fixée à un franc par hectare exploité. Au Congrès de Bologne, on a fait remarquer que, pour les provinces de Mantoue, Rovigo, Vérone et Ferrare, les associations de propriétaires, constituées sur la même base, réuniraient aisément un fonds d'un

6,

qui s'est surtout recrutée dans les régions spéciale-
lement atteintes par l'agitation agraire, a groupé
515 sociétaires pour une superficie territoriale de
16,645 hectares cultivés.

Une première escarmouche eut lieu presque
immédiatement. A Frassinelle, dans les premiers
jours d'août, les propriétaires furent invités par
la Ligue locale à discuter les contrats des bouviers. Jugeant que le moment n'était pas venu de
renouveler ces contrats et ne voulant pas accepter
l'intervention de la Ligue, ils s'y refusèrent. La
grève fut donc déclarée, les bouviers continuant à
donner la nourriture aux animaux, mais s'abstenant de tout autre travail. Les propriétaires réunis
à Rovigo, au siège de l'Association, se mirent
d'accord pour expulser les bouviers grévistes des
maisons qu'ils habitaient, et les citations furent
immédiatement lancées afin de faire déclarer résolus, pour inexécution des engagements pris, les
contrats verbaux de louage de travail stipulés
entre les propriétaires et les bouviers. La rémunération convenue par ces contrats consistant partie en argent et partie en nature, comprenant la
jouissance d'une maison et d'un terrain, la rupture

demi-million de francs qui leur servirait à faire venir des ouvriers du dehors et à réduire à l'impuissance les Ligues locales
(Rapport de M. Vezzani sur l'Emigration intérieure et l'Office
de statistique).

du contrat devait contraindre le bouvier à abandonner le fonds. Cette éventualité suffit à décider les bouviers à céder et à reprendre le travail, malgré les encouragements à la résistance que leur donnaient les meneurs de la Ligue.

Le 28 février 1902, le Comité exécutif de la Fédération des Ligues du Polésine notifiait à l'Association provinciale des propriétaires et fermiers qu'il était disposé à lui présenter et à discuter avec elle de nouveaux tarifs pour les journaliers et de nouveaux contrats pour les ouvriers salariés à l'année qui avaient été élaborés par les Ligues. Bien que les tarifs alors en vigueur fussent applicables pour toute l'année 1902 et que les ouvriers employés à l'année fussent engagés jusqu'au 29 septembre, que le moment parût donc mal choisi pour étudier de nouveaux tarifs et de nouveaux contrats, l'Association des propriétaires et fermiers ne se refusa pas, en principe, à la discussion ; elle demanda seulement que les propositions de la Fédération lui fussent préalablement communiquées par écrit afin qu'une commission fût nommée et chargée de les examiner. Mais le Comité exécutif de la Fédération, qui voulait la grève et non la discussion des tarifs et contrats, feignit de considérer cette réponse comme un refus des propriétaires de traiter avec les représentants des travailleurs et, le 11 mars, le Conseil

général de la Fédération, convoqué à cet effet,
votait la grève générale des bouviers, ouvriers
engagés à l'année et journaliers pour toute la province de Rovigo, sauf quelques communes où les
décisions de la Fédération n'auraient pas été
obéies.

La grève devait commencer le 13 mars ; pour
permettre aux propriétaires de pourvoir à l'entre-
tien des animaux, l'ordre du jour adopté portait que
les bouviers devraient les nourrir jusqu'au 17 mars,
mais que, ce jour-là, on suspendrait définitive-
ment le soin des animaux, si les propriétaires
n'avaient pas consenti à traiter avec le Comité exécutif de la Fédération.

Au jour fixé, la grève générale commença dans
toutes les communes de la province où existaient
des Ligues. Le Ministre de l'intérieur avait envoyé
un inspecteur général de la sûreté publique pour
veiller au maintien de l'ordre et rechercher les
moyens de conciliation. Ce fonctionnaire obtint
communication des nouveaux contrats, que le président de l'Association des propriétaires et fermiers avait vainement réclamés, et il les lui trans-
mit. Celui-ci promit de les examiner, se réservant
de faire connaître ultérieurement son opinion.

Entre temps, quoiqu'on ne fût encore qu'au
troisième ou quatrième jour de la grève, la défiance commençait à se manifester dans le camp

des grévistes. Dès le premier jour, les propriétaires avaient entamé la procédure nécessaire
pour faire expulser les bouviers, et ouvriers engagés à l'année, des maisons qu'ils occupaient. Les
causes furent inscrites pour être jugées à très
bref délai; cela impressionna défavorablement les
grévistes qui jusqu'alors avaient interprété l'attitude des autorités, en général, comme une reconnaissance de la puissance des Ligues.

D'après l'ordre du jour voté par le Conseil général de la Fédération, les bouviers devaient cesser, le 17, de nourrir les animaux : l'inspecteur
général de la sûreté publique obtint la suspension
de cette injonction barbare.

L'Association des propriétaires avait cependant
pris connaissance des projets de contrats nouveaux
présentés par la Fédération des Ligues; ils étaient,
de tous points, inadmissibles. Ainsi, par exemple,
le compte minutieux et précis des recettes et des
dépenses annuelles d'une *boaria* (exploitation de
24 hectares), sur le territoire de Rovigo, à laquelle
on aurait appliqué toutes les stipulations du contrat proposé, faisait ressortir un déficit de 960
francs, le rendement étant présumé très élevé
et les produits réalisés dans les meilleures conditions de prix. En y ajoutant les impôts et taxes,
le propriétaire aurait eu à supporter un déficit
annuel d'environ 2,000 francs. Le président de

l'Association fit donc savoir au préfet de la province, qu'elle considérait comme impossible d'ouvrir une discussion sur de telles bases. En présence de cette attitude, le Comité exécutif de la Fédération des Ligues confirma, le 18 mars, l'ordre donné aux bouviers de suspendre l'alimentation des animaux. Un petit nombre seulement de bouviers lui obéit et les propriétaires purent, en général, trouver, sans trop de peine, à les faire suppléer.

Cependant les fermiers, les petits propriétaires, avaient repris facilement la jouissance des logements des bouviers, et les instances en expulsion contre les grévistes liés par des contrats annuels se poursuivaient avec diligence. En même temps, beaucoup de propriétaires commençaient à faire venir des ouvriers des provinces voisines, et l'arrivée d'importantes équipes était annoncée. Tout cela produisit un vif découragement chez les ouvriers, qui inclinaient à comprendre que les Ligues les avaient trompés. Instruite de ces dispositions, l'Association des propriétaires se réunit, le 23 mars, pour examiner quelle conduite il y aurait lieu de tenir vis-à-vis des grévistes qui se présenteraient pour reprendre le travail. Les propriétaires penchèrent du côté de la conciliation et de l'indulgence, mais en se réservant de prendre des garanties contre toute nouvelle tentative de

violation des contrats. Le sous-comité du district
de Badia posa en principe que toute ingérence des
Ligues serait bannie des rapports entre patrons et
ouvriers et qu'il ne serait accepté aucun contrat
susceptible de léser les droits de la propriété.

Le 25 mars, la reprise du travail était générale
et les paysans, empressés à signer leurs contrats,
remettaient entre les mains des propriétaires leurs
livrets d'adhérents de la Ligue, confessant qu'ils
avaient été abusés et faisant les plus solennelles
promesses pour l'avenir. La grève avait duré 13
ou 14 jours.

Ce que voyant, le Conseil général des Ligues de
la province se réunit le même jour, à Rovigo,
avec l'adjonction des députés socialistes et du secrétaire de la Fédération nationale des Travailleurs
de la terre. Il lui plut de constater que « si la
majorité des Ligues, malgré les efforts soutenus
durant deux semaines de grève, se montre résolue
à continuer la résistance jusqu'aux derniers sacrifices, unies par leur inébranlable foi dans leur organisation, ces forces ne doivent pas être prodi-
guées dans la continuation de la lutte, aujourd'hui
que la voie paraît ouverte à un arrangement possible », et, en conséquence, il autorisa les Ligues
à traiter de la reprise du travail... qui était déjà
repris presque partout.

Ainsi se termina la lutte et « ce fut une déroute

absolue, générale », comme l'avouait dans le
journal l'*Avanti* un de ses auteurs responsables,
le journaliste Gino Piva, l'un des triumvirs de la
Fédération provinciale des Ligues du Polésine.
Elle entraîna la dissolution d'un bon nombre de
Ligues qui se reformèrent plus ou moins dans la
suite (1).

Il nous a paru bon de faire connaître, à titre
d'exemple, les péripéties de la grève générale de
la province de Rovigo, parce qu'elle démontre
avec quelle légèreté et quelle méconnaissance des
intérêts véritables des travailleurs les grèves sont
organisées par les chefs des Ligues et aussi parce
qu'elle met en évidence les résultats favorables de
la fermeté et de l'accord des propriétaires pour
repousser des prétentions injustifiables.

Est-ce à dire qu'il soit à souhaiter qu'à l'organisation des travailleurs corresponde une organisation générale et parallèle des propriétaires pour
la défense de leurs intérêts et de leurs droits menacés ? Beaucoup de bons esprits le contestent en
faisant remarquer que, si les propriétaires sui-
vaient cette tactique, s'ils opposaient leurs propres Ligues aux Ligues ouvrières, ils sembleraient

---

(1) Nous avons emprunté ces détails à l'intéressante brochure,
déjà citée, de M. Antonio Bononi, secrétaire de l'Association
des propriétaires et fermiers du Polésine, *Due anni di agitazione
agraria nel Polesine.*

accepter la lutte de classe qui leur est déclarée par les chefs socialistes dont les Ligues subissent l'influence : la nation se trouverait ainsi partagée en deux grandes armées hostiles, ce qui rendrait impossible le maintien de la paix sociale.

Les propriétaires du Polésine se sont organisés, ils se sont défendus et défendus efficacement : certes, c'était leur droit. Ils ont ainsi réussi à limiter les concessions faites aux travailleurs. Mais il ne faut pas seulement envisager l'échelle des tarifs de salaires, il faut apprécier aussi l'ensemble des résultats de cette méthode de résistance dans le présent comme pour l'avenir. Or on peut se demander si elle n'a pas contribué à développer un état général des esprits, qu'une autorité aussi compétente qu'impartiale a défini dans les termes suivants :

« En Polésine, la lutte, également animée par les passions politiques, est tenace, continue, profonde ; elle atteint et trouble la vie économique et, en partie, la vie morale du pays » (1).

4. — Milieux particulièrement favorables aux grèves agricoles. — Les grèves de métayers.

Si on veut rechercher parmi quelles catégories de travailleurs agricoles et dans quelles régions

---

(1) *I recenti scioperi in Italia e i loro effetti economici.* Enquête de la Société des Agriculteurs italiens, p. 13.

les grèves se sont principalement répandues, on est conduit à faire certaines constatations qui ne manquent pas d'intérêt. On se tromperait, tout d'abord, en admettant que les populations les plus misérables de l'Italie, celles qui gagnent les plus faibles salaires et qui souffrent des conditions d'existence les plus déplorables, ont dû fournir aux Ligues et aux grèves leurs plus forts contingents. C'est souvent, nous l'avons déjà noté, le phénomène contraire qui s'est produit. On a vu les grèves se multiplier et prendre de l'importance surtout dans les pays où les populations rurales, déjà en possession d'un bien-être relatif et d'une culture intellectuelle rudimentaire, étaient rendues plus malléables aux excitations du socialisme, accueillies avec défiance dans les milieux plus frustes. Les grèves ont particulièrement affecté les régions de grande culture intensive et irriguée, comme la vallée du Pô, le Verceillais (province de Novare), la Lomelline (province de Pavie), le Ferrarais, le Molinellais (province de Bologne), etc., où les ouvriers agricoles, en grande partie du moins, sont de simples salariés, souvent nomades et ne se sentant rattachés aux fonds qu'ils cultivent par aucun lien de sentiment ou d'intérêt. Il en est ainsi, par exemple, dans les grandes entreprises d'amélioration (*bonifica*) qui, par le desséchement et la culture, ont mis en valeur d'immenses étendues de terres marécageuses et malsaines dans la province de Ferrare. Les sociétés de capitalistes qui exploitent ces domaines, après leur desséchement, emploient un très grand nombre d'ouvriers qui, par leur agglomération et leur situation de simples salariés désintéressés dans la production, constituent le milieu le plus favorable à l'action des Ligues (1).

De ce milieu des simples journaliers ou *braccianti,* la grève s'étend généralement, avec une grande facilité, à une catégorie qui semblerait devoir lui être plus réfractaire, celle des ouvriers employés à l'année ou *obbligati,* qui, outre leur salaire fixe, jouissent d'une participation dans les produits de la terre. Les formes de ce contrat sont très nombreuses et variées, selon les régions, et elles sont très recommandables en ce qu'elles tendent à fixer l'ouvrier sur le domaine en l'intéressant à sa bonne exploitation culturale : mais cette classe, elle aussi, est rarement satisfaite de son sort, et, par esprit de solidarité, dans

(1) Les membres du Congrès international d'agriculture, tenu à Rome au mois d'avril 1903, ont eu l'occasion de visiter les gigantesques travaux d'amélioration agricole du Ferrarais, qui ont, jusqu'à présent, coûté une vingtaine de millions et transformé une partie de la province de Ferrare. Cette excursion a été l'une des plus intéressantes organisées à la suite du Congrès (Voir le volume de M. Henry Sagnier, *Excursions agricoles en Italie,* extrait des Mémoires de la Société nationale d'Agriculture de France, 1903).

l'espoir de tirer profit du mouvement d'agitation gréviste, elle fait cause commune avec les revendications des simples journaliers. Les *Boari*, qui se rapprochent déjà des métayers, mais qui inclinent cependant plus vers le salariat que vers le colonat partiaire, marchent aussi habituellement avec les catégories précédentes et, se groupant avec elles au sein des Ligues, suivent les mêmes excitations.

Dans les pays où le métayage et les autres bons types du colonat partiaire dominent, la situation est très différente. Quelques agitations s'y sont produites, plutôt par voie de répercussion que pour des causes spontanées. Les grèves de métayers doivent être mentionnées, mais elles n'ont pas présenté une bien grande importance si on les compare aux autres. C'est que le métayer a trop d'intérêt à récolter ce qu'il a cultivé pour compromettre cet intérêt par la cessation du travail ; on peut aussi considérer que, dans les régions de métayage, les traditions et les rapports de cordialité régnant ordinairement entre métayers et propriétaires opposent un frein naturel aux prétentions excessives.

Cependant, beaucoup de petits métayers font entendre de vives doléances et s'organisent pour faire prévaloir leurs revendications. A Imola, ils se sont groupés, sur l'invitation de la Chambre du

travail, et ont présenté aux propriétaires ce qu'ils ont
appelé un « plan de capitulation » (*schema di capi-
tolato*). Leur représentant au Congrès de Bologne
déclarait que le régime du métayage laisse aux paysans très peu pour vivre : « Nous produisons du
blé, disait-il, et nous mangeons la *polenta*, nous
produisons du vin et nous buvons de l'eau, et nous
avons encore à combattre la pellagre » (1).

Dans la province de Ravenne, où le métayage
est généralement en vigueur, on a signalé, à
Forli, une des premières grèves de métayers. Unis
dans une puissante ligue ou *Fratellanza*, ils déclarèrent la grève, au moment du renouvellement
du contrat annuel, se fondant, pour appuyer
leurs revendications, sur le préjudice que leur
causait la substitution de la culture de la betterave à celle du maïs, en les empêchant de continuer à nourrir des porcs ; afin d'être mieux
armés pour négocier avec le Comice agricole représentant les propriétaires, ils eurent soin de favoriser l'organisation parallèle des *braccianti* qui
se déclarèrent solidaires de la grève de la betterave, les deux groupes ne devant jamais se faire
concurrence l'un à l'autre pour la main-d'œuvre (2). Ainsi les journaliers se refuseraient à

(1) Compte rendu du Congrès de Bologne, p. 3.
(2) Compte rendu du Congrès de Bologne. Rapport de M.
Zambianchi, p. 7.

exécuter, au compte des propriétaires, les travaux
abandonnés par les métayers, de même que ceux-
ci n'accepteraient plus, dans les nouveaux contrats de métayage, l'obligation de faire un certain
nombre de journées de travail pour le service du
propriétaire.

Les conditions dans lesquelles est pratiqué le
régime du métayage varient beaucoup selon les
provinces de l'Italie ; elles sont, par exemple, in-
finiment plus dures pour le métayer dans la Romagne qu'en Toscane où fleurit le métayage le
plus équitable et le plus rationnel *(mezzadria
perfetta)*. Souvent aussi, il faut bien le reconnaître, les propriétaires ont aggravé les anciens
contrats, violé les usages traditionnels en augmentant les charges de leurs métayers ou en réduisant leur part dans les produits. Ainsi, dans la
province de Pérouse, ils ont voulu imposer au
métayer la charge de fournir le bétail, et ailleurs,
ils ont émis des prétentions très peu justifiables.

« Il existe des propriétaires avides et aussi des
propriétaires avares, disait à la Chambre M. En-
gel, député radical de la province de Bergame ;
mais la publicité a guéri bien des choses, et c'est
un mérite qu'a eu le parti socialiste, il ne faut
pas le nier » (1).

De nombreux métayers cherchent à se sous-

(1) Séance du 21 juin 1901.

traire aux prestations spéciales et variées, dénommées *appendizi*, *onoranze* ou *regalia*, que leur contrat les oblige à fournir sans aucune rémunération, et en quelque sorte comme hommage au droit de propriété. On remarque cette tendance dans la plupart des grèves de métayers, mais on y trouve souvent aussi des revendications plus sérieuses, affectant les bases même du contrat, telles que la contribution aux dépenses générales, notamment aux impôts, achats d'engrais, etc., et la participation aux produits. Toutefois, ainsi que nous l'avons déjà noté, les grèves de métayers se sont généralement présentées comme accessoires des grèves faites par les autres catégories de travailleurs agricoles : elles ont été essentiellement des grèves de solidarité paysanne, et cela seul leur a donné de l'importance.

Dans son rapport présenté au Congrès de Bologne sur la constitution d'une Fédération nationale des Travailleurs de la terre, M. Murialdi n'a pas célé que l'arme de la grève peut être dangereuse dans la main des métayers et que, sans atteindre le but, elle est susceptible de leur causer de très graves dommages. La méthode préconisée par les Ligues consiste à demander la réforme du contrat de travail, au moment même où pressent les travaux agricoles indispensables dont la suspension peut entraîner la perte de la récolte et détruire tout le bénéfice du propriétaire. S'il s'agit de métayers, l'obstination du propriétaire à ne pas céder est susceptible de porter la ruine dans leurs familles. Le dommage causé à la récolte par le retard des travaux, le métayer le supportera sur sa part de produits. En outre, pour vaincre la résistance des métayers, le propriétaire a son recours devant les tribunaux, qui pourront lui accorder le séquestre du mobilier, des instruments de culture, du bétail, de la part devant revenir au métayer dans les récoltes non réalisées, l'autoriser même à l'expulser. Malgré ces graves inconvénients, M. Murialdi estime que « la grève ne doit pas être exclue comme moyen de lutte pour les métayers ; elle doit être utilisée avec beaucoup de circonspection et d'habileté, non pas comme un procédé ordinaire, mais seulement lorsque concourent certaines circonstances déterminées de complète solidarité entre les associés, de grande influence morale sur le public, d'urgence absolue des travaux, et enfin de malléabilité (*duttilita*) relative des propriétaires » (1).

L'aveu n'est pas sans valeur. En tout cas, qu'elles aient été une simple répercussion des grèves d'ouvriers salariés ou que, beaucoup plus rarement, elles aient été spontanées, les grèves de métayers se sont surtout produites dans les ré-

(1) Compte rendu du Congrès de Bologne, p. 17.

gions où le contrat de métayage appelle d'assez sérieuses réformes : dans les pays de bon métayage, tel que le métayage toscan, elles n'ont eu qu'une faible importance (1).

5. — Excès, violences et abus divers relevés dans les grèves

Ainsi qu'on doit le présumer, les grèves d'ouvriers agricoles n'ont pas été exemptes de violences, excès et abus de diverse nature ; il ne faut cependant pas en exagérer l'importance. Si on considère l'énorme effectif de travailleurs agricoles embrigadés dans les Ligues (on a pu l'évaluer à environ un million d'hommes), le nombre des grévistes qui souvent atteignait, au même moment, plusieurs dizaines de mille dans une seule province, les passions surexcitées chez les travailleurs par l'idée de lutte de classe et les espérances dont les grisaient leurs chefs, ces manifestations ne se sont pas départies d'un calme relatif qui témoigne de la discipline des Ligues. Le mot d'ordre était de résister avec la puissance

(1) On pourra consulter avec intérêt, au sujet de l'évolution du métayage en Italie, le rapport présenté au Congrès international d'Agriculture de Rome par le professeur Prospero Ferrari, de l'Institut technique de Florence, sous le titre : « Le Métayage et l'Agriculture moderne » (7e *Congrès international d'Agriculture. Rapports et Communications*, vol. I, 2e partie. — Turin, Vincenzo Bona, éditeur, 1903).

7.

de masses fortement organisées, mais en s'abstenant de toute violation du droit civil ou pénal, de toute atteinte aux principes du Statut de l'Etat, qui aurait infailliblement alarmé l'opinion publique et provoqué l'intervention répressive des autorités. Il a été, en général, fidèlement suivi et on a pu s'étonner de voir, à l'encontre des anciennes agitations agraires, tumultueuses et affectant rapidement un caractère de révolte, le mouvement actuel se dérouler presque tout entier dans le cadre de la légalité. Une violence morale très grande a été exercée assurément, mais la violence matérielle a été presque nulle.

Ce n'est pas à dire que les grèves agricoles n'aient pas fourni de nombreux exemples des regrettables abus qui semblent malheureusement inséparables de la suspension du travail dans les grandes agglomérations ouvrières.

Nous avons déjà signalé la rupture des contrats de la part des ouvriers engagés à l'année, la pression exercée sur les propriétaires et fermiers par la déclaration de grève survenant dans les phases les plus urgentes de l'exploitation agricole. Si la liberté du propriétaire a été violemment entravée, celle des ouvriers qui, ne s'étant pas affiliés aux Ligues, auraient voulu continuer le travail ne l'a pas été moins gravement. Ces ouvriers indépendants, réfractaires à l'embrigadement socialiste, on les qualifiait du nom de *Krou-mirs* : soit qu'ils appartinssent à la localité ou à des centres éloignés d'où les propriétaires aux abois les appelaient pour l'exécution des travaux délaissés par les grévistes, ils étaient menacés, injuriés, souvent maltraités jusqu'à ce qu'on les eût contraints de se retirer, eux aussi.

Le *boycottage* est une forme de violence morale employée par les Ligues à l'égard des ouvriers dissidents et même des propriétaires qui les emploient. Quelques paysans refusent-ils leur adhésion à la Ligue, ou l'abandonnent-ils après avoir constaté ses visées politiques, l'exagération de ses demandes, ou encore en sont-ils exclus pour avoir résisté à la grève? Le boycottage sera leur châtiment; ils ne pourront plus trouver de travail : car le chef d'exploitation qui consentirait à les employer se verrait refuser par la Ligue tout le personnel ouvrier dont il aurait besoin. Si ces malheureux exercent en même temps quelque métier ou commerce accessoire, tel que celui de menuisier, mercier, barbier de village, etc., le boycottage leur fera perdre toute leur clientèle et ils se verront contraints de fermer leur atelier ou leur boutique.

En fait, d'ailleurs, la prétention qu'ont les Ligues de devenir partout les intermédiaires obligatoires entre le chef d'exploitation et la main-d'œuvre, de substituer le contrat collectif de travail au contrat individuel et enfin de fournir les ouvriers de leur choix, même pour les contrats annuels, tend à réserver aux membres des Ligues le monopole absolu du travail agricole. Il faudra s'affilier aux Ligues ou renoncer à gagner sa vie dans les travaux des champs : c'est l'oppression brutale de la minorité par la majorité refusant de lui reconnaître le droit au travail, c'est-à-dire le droit de vivre.

Dans quelques régions, les ouvriers en grève ont détruit ou endommagé les machines agricoles — on sait que beaucoup de Ligues émirent la prétention de restreindre l'emploi des machines comme faisant concurrence à la main-d'œuvre, prétention qui fut généralement repoussée par les propriétaires (1) — coupé des plantations de mûriers, dispersé les engrais, abandonné sans nourriture les animaux dont ils avaient la garde, etc. Il y eut même des incendies et surtout des menaces d'incendie employées comme moyen d'intimidation à l'égard des ouvriers qui, malgré l'ordre des Ligues, voulaient continuer le travail. Bref, malgré l'éveil

(1) Dans l'enquête de la Société des Agriculteurs italiens, à la demande si beaucoup de machines agricoles avaient été introduites à la suite des grèves, la Ligue de résistance d'Ariano Destro (province de Ferrare), répondait : « On introduit beaucoup de machines pour voir les travailleurs mourir de faim » (Inchiesta, p. 33).

de cette « conscience socialiste » dont les Ligues
se sont fait honneur, on a pu relever beaucoup de
procédés déloyaux, de basses vengeances, d'actes
de vandalisme, auxquels aurait assurément répu-
gné la conscience individuelle des travailleurs si sa
délicatesse n'avait pas été oblitérée par la solidarité
et l'irresponsabilité des masses.

Après avoir contesté aux propriétaires la liberté
de faire travailler chez eux dans telles conditions
qu'il leur convenait d'adopter, on leur a contesté
le droit de ne pas faire travailler ; on a même travaillé ou voulu travailler sur leurs terres malgré
eux. Dans les provinces méridionales, on a vu des
ouvriers en chômage travailler malgré les propriétaires et réclamer impérieusement leurs salaires.
Le Comice agricole de Gallipoli (province de Lecce)
a fait, à l'Enquête de la Société des Agriculteurs
italiens, la curieuse réponse qui suit :

« En raison de la crise produite par la faible
récolte de la vigne et de l'olivier, le travail manque
et fréquemment des masses de paysans piochent
abusivement les terres d'un propriétaire, se con-
tentant ensuite d'un salaire de 60 à 70 centimes
pour 5 heures de travail » (1).

Le salaire est modique assurément, mais il n'en
constitue pas moins une lourde charge pour le
propriétaire auquel il est imposé et qui ne consi-

(1) *Inchiesta*, p. 103.

dérait pas comme utile la façon donnée à sa terre.
En tout cas, c'est là une atteinte au droit de propriété.

La Société des améliorations ferraraises *(Societa
delle bonifiche ferraresi)* voulait prendre
200 ouvriers, payés à la tâche 25 francs par hectare, pour la culture de la betterave. Ces
200 ouvriers se présentèrent, mais accompagnés
de 400 autres qui demandaient à être engagés
pour le même travail et aux mêmes conditions.
Sur la réponse qu'on ne pouvait en employer que
200, ils répliquèrent : « Dans ce cas, personne ne
travaillera ». Et immédiatement ils débauchèrent
les 200 ouvriers qui avaient signé des contrats (1).

A Molinella, après une grève qui avait duré
environ un mois et demi sans qu'aucun travail
pût être exécuté dans les champs, un grand nombre
de propriétaires prirent le parti d'abandonner le
blé et le riz envahis par l'herbe et de ne pas faire
la récolte. Ils furent accusés de faire grève à leur
tour, et M. Bissolati, député socialiste, au lieu de
chercher à faire comprendre aux ouvriers que,
pour s'être mis en grève, ils avaient perdu le bénéfice du travail de la moisson, se croyait fondé à
dégager la morale de cet incident dans les termes
suivants :

(1) Discours prononcé à la Chambre des députés par M. Turbiglio le 19 juin 1901.

« Le fruit de la grève est d'avoir mis en évidence les contradictions du droit de propriété de quelques privilégiés avec le droit de vivre des multitudes entières, contradiction qui a pour unique solution la propriété collective, le socialisme » (1).

C'est avec cette bonne foi que les chefs socialistes jugent les conséquences des grèves provoquées par leurs excitations.

Nous avons mentionné quelques-uns des abus les plus courants qui ont accompagné les grèves agricoles. Il y en eut malheureusement de plus graves. La rigide discipline des Ligues n'a pu empêcher de se produire, çà et là, des troubles violents dégénérant en émeutes et entraînant des collisions entre les grévistes et la force armée. Le sang coula dans plusieurs de ces émeutes, à Berra (province de Ferrare), à Burago (province de Milan), à Andria et Candela (province de Foggia), à Putignano (province de Bari), à Syracuse. Des excès commis contre les personnes, des incendies, des actes de vandalisme dirigés contre la propriété obligèrent les carabiniers et les autorités municipales à intervenir pour empêcher ces violences révolutionnaires de se propager. Il y eut, entre les grévistes et la troupe, des conflits qui laissèrent

(1) Discours cité de M. Turbiglio.

sur le terrain plusieurs morts et un assez grand nombre de blessés (1).

Il nous semble inutile d'insister sur ces douloureux événements qui eurent un profond retentissement en Italie, sans inspirer beaucoup de modération aux hommes qui engagent si inconsidérément les masses populaires dans des voies périlleuses, souvent pour le seul profit de leurs ambitions personnelles.

Toutefois, il est à remarquer qu'à la suite des grèves révolutionnaires survenues dans les Pouilles, les chefs socialistes s'alarmèrent et que, dès lors, contrairement à leur tactique ordinaire, tous leurs efforts tendirent à empêcher les grèves de se produire dans les provinces méridionales, où elles prenaient trop facilement une tournure inquiétante qui provoquait la répression.

Sauf ces regrettables exceptions, les grèves agricoles se sont, en général, déroulées dans le calme, et sans être accompagnées de désordres matériels. La répression de tous les faits délic-

_____

(1) A Berra, il y eut 2 morts et plusieurs blessés, 8 carabiniers blessés à Putignano, d'après M. Colajanni (*loc. cit.*), 2 paysans tués à Burago, d'après Alessandro Schiavi. Selon M. F. Lepelletier, 7 carabiniers et 1 syndic auraient été tués dans les troubles d'Andria et de Putignano ; 5 morts et 11 blessés auraient été les victimes de l'émeute de Candela, 2 morts et plusieurs blessés celles de la grève des ouvriers agricoles de la campagne de Syracuse (*Réforme sociale* des 16 juillet et 1er novembre 1902).

tueux ou criminels semble avoir été vigilante si
on en juge par la déclaration que M. Giolitti,
ministre de l'Intérieur, faisait à la Chambre :

« Du 15 février au 10 juin 1901, disait-il, il a
été intenté 123 poursuites pénales pour violation
de la liberté du travail : 956 personnes ont été
dénoncées à l'autorité judiciaire, 301 furent arrêtées, 195 condamnées et 180 acquittées ; 65 procès sont encore pendants » (1).

Jamais, selon M. Giolitti, un mouvement si
vaste, s'étendant à plus de 600,000 ouvriers dans
des conditions si difficiles et si neuves, ne s'est
développé en Italie avec moins de dommages et de
violations des lois.

M. Alessandro Schiavi a relevé un certain nombre
de procès intentés pour violation de la liberté du
travail, envahissement de propriétés privées, etc.
Il a signalé que, dans 17 localités, appartenant
presque toutes à la Haute-Italie, 400 travailleurs
environ furent condamnés à des peines diverses.

Pendant l'année 1902, les procès motivés par
les grèves agricoles furent relativement peu nombreux. Quelques femmes encoururent des condamnations assez graves. A Sarteano, des paysans
furent punis d'un an de prison pour avoir abandonné des bestiaux. L'émeute ensanglantée de
Candela donna lieu à un procès qui se termina par

(1) Discours prononcé le 21 juin 1901.

l'acquittement de 53 des inculpés, parmi lesquels le chef de Ligue, et la condamnation de 21 autres à des peines variant de 3 à 11 mois (1).

6. — Attitude du Gouvernement et des fonctionnaires

Il importe enfin de déterminer quelle fut, à l'égard des Ligues et des grèves agricoles, l'attitude réellement observée par le Gouvernement et ses fonctionnaires ; car elle a suscité bien des récriminations.

Cette attitude a fait l'objet d'un grand et solennel débat qui se produisit dans la Chambre italienne, à l'occasion de la discussion du budget du Ministère de l'intérieur, du 17 au 22 juin 1901, et qui, après avoir provoqué l'intervention d'éloquents représentants de tous les partis, se termina par un vote favorable au Gouvernement rendu à une majorité de 80 voix.

Le cabinet libéral présidé par Giuseppe Zanardelli ne pouvait, dans les conflits survenus entre le capital et le travail, suivre une autre politique que celle de la neutralité : maintenir l'ordre public, protéger la liberté, observer lui-même et faire observer les lois de l'Etat. Personne, à vrai dire, ne songeait à attendre de lui une attitude

(1) Alessandro Schiavi, *Lavoratori e padroni nel 1902* (*La Riforma sociale*, 15 février 1903).

différente. Personne n'est venu lui demander de dissoudre les Ligues, de réprimer les grèves, qui sont l'exercice du droit légitime des travailleurs, ou d'y intervenir, directement ou indirectement, de manière à modifier artificiellement l'effet des lois économiques qui régissent les salaires et la nature des rapports que les circonstances variables déterminent entre le patron et l'ouvrier. Personne n'a songé à lui proposer de renouveler l'intervention d'un cabinet précédent qui envoya des soldats à Molinella pour faire la moisson et sauver ainsi la récolte compromise par une grève. Outre que cet expédient devient pratiquement impossible lorsque les grèves se généralisent, tout le monde s'accorde à reconnaître que la force armée ne peut être détournée de sa mission normale que pour assurer, en cas d'urgence, les besoins d'un grand service public : or, si importante que soit pour la richesse et la vie économique du pays la réalisation des récoltes, elle ne saurait passer pour un service public.

La neutralité du Gouvernement, en ce qui concerne les grèves, est donc absolument justifiée. Mais de ce que, dans les précédentes agitations agraires, le Gouvernement avait coutume d'intervenir en faveur des propriétaires par la dissolution des associations de résistance et même par des poursuites judiciaires (ce qui était d'ailleurs une façon abusive d'empêcher la hausse des salaires de se produire naturellement), il résulte que la situation antérieure s'est trouvée modifiée au désavantage de la propriété et à l'avantage de la main-d'œuvre : les propriétaires ont pu se croire abandonnés par l'Etat, tandis que les ouvriers ont pu se considérer comme protégés et encouragés par lui dans leurs revendications. Cette équivoque s'est, en effet, produite, et elle a été habilement exploitée, du côté des travailleurs, par le parti socialiste qui dirigeait leur organisation.

Le marquis de San Giuliano, ancien ministre, définissait ainsi cette étrange situation :

« Aujourd'hui, c'est un fait qu'il existe dans les deux classes en désaccord deux impressions très répandues et opposées, mais identiques en substance, précisément parce qu'elles sont opposées. Dans la classe des travailleurs, comme dans celle des propriétaires, personne ne croit que le Gouvernement soit, comme le serait son devoir, impartial ; les travailleurs croient, à tort ou à raison, que le Gouvernement leur est favorable, tandis que les propriétaires, à tort ou à raison, croient que le Gouvernement leur est hostile : mais pour juger que le Gouvernement n'est ni impartial, ni neutre, les deux classes en conflit se trouvent d'accord » (1).

(1) Discours prononcé à la Chambre des députés le 20 juin 1901. D'après les conclusions de l'enquête de la Société des

Il est facile de comprendre combien cette opinion généralisée dut fortifier les uns et affaiblir les autres dans une lutte économique touchant par tant de points à la politique. On ne saurait imaginer l'audace des bruits répandus dans les campagnes par les meneurs socialistes.

Dans le Ferrarais, selon le témoignage du professeur A. Aducco, titulaire de la chaire ambulante d'agriculture de Ferrare, les chefs des Ligues avaient convaincu les ouvriers agricoles que, si les propriétaires ne cédaient pas à toutes leurs demandes, ils seraient arrêtés par ordre du roi (1).

Ailleurs, il se disait couramment que non seulement le Gouvernement souhaitait le succès des Ligues, qu'il soutenait toutes leurs aspirations sociales et politiques, mais encore qu'il appuierait les candidatures de leurs chefs dans les élections (2).

Ces aberrations trouvaient facile créance dans les âmes simples des paysans, grisés par leurs premiers succès et confiants dans la force de leur organisation.

Agriculteurs italiens « les plaintes sont presque générales et souvent très vives, de la part des propriétaires, tant contre les méthodes et les demandes excessives des Ligues, et en particulier de ceux qui les dirigent, que contre la *tolérance* du Gouvernement » (p. 24).

(1) Enquête de la Société des Agriculteurs italiens, p. 69.
(2) Discours prononcé au Sénat par M. Guarneri, le 30 avril 1901.

Assurément le Gouvernement ne considérait pas sa volonté bien arrêtée de garder une stricte neutralité dans les conflits entre le capital et le travail comme un obstacle à remplir ses fonctions normales de police et d'ordre public, parmi lesquelles figure au premier rang le soin de garantir la liberté du travail, pour les ouvriers indépendants des Ligues, et les droits de la propriété.

Il faut reconnaître que la colossale organisation du prolétariat rural lui a rendu souvent malaisé l'accomplissement de ce devoir : il a dû se préoccuper, tout d'abord, de maintenir l'ordre matériel et compter principalement sur l'influence inéluctable des lois économiques pour résoudre tôt ou tard les difficultés d'une situation qu'il n'avait en rien créée.

On a cependant reproché à M. Giolitti deux affirmations peut-être imprudentes, en tout cas très contestables.

Au début du grand discours qu'il prononça à la Chambre le 21 juin 1901, ayant fait remarquer que les grèves, pratiquées, de longue date, par les ouvriers de l'industrie, s'étaient récemment propagées chez les ouvriers ruraux, il ajouta :

« C'est parce qu'il s'agit d'un phénomène nouveau que ce phénomène alarme les classes conservatrices. Mais le mouvement des ouvriers des campagnes est *un mouvement fatal qu'aucune force ne pourra réussir à arrêter* et qui intéresse la grande masse des travailleurs ».

Et, plus loin, faisant le compte des améliorations de salaires résultant, directement ou indirectement, des 511 grèves, comprenant au moins 600,000 ouvriers, qui avaient eu lieu et s'étaient terminées du 1er janvier au 17 juin 1901, il en concluait que le mouvement gréviste avait valu à ces ouvriers une augmentation de salaires d'environ 48 millions par an.

Les propriétaires ont relevé, non sans amertume, cette double appréciation : elle leur a semblé de nature à encourager les paysans tant à développer encore leur organisation à laquelle, selon le ministre de l'intérieur, aucune force ne peut être opposée, qu'à poursuivre des revendications déjà couronnées d'un si rapide et brillant succès. Evaluer ainsi en bloc un gain, souvent plus apparent que réel, obtenu par la grève, sans faire entrer en ligne les pertes résultant du chômage, c'est se livrer à un calcul de fantaisie, qui offre le grave inconvénient d'exciter les masses ouvrières à faire grève en leur montrant des perspectives trompeuses. Tel ne peut être le rôle d'un Gouvernement résolu à garder la neutralité.

Mais le ministre avait fait, peu de temps auparavant, cette autre déclaration devant le Sénat :

« Je reconnais, et je l'ai dit dès le principe, que

l'existence des Ligues constitue un péril ; cela je
ne le conteste pas » (1).

Il serait donc injuste de suspecter le cabinet
Zanardelli d'avoir penché du côté des Ligues : il
a pensé, et peut-être n'avait-il pas tort, que la
liberté saurait elle-même guérir les maux qu'elle
engendre ; il s'est dit que l'abus des grèves finirait
par tuer la grève et que de cette dure expérience
il pourrait ressortir d'utiles enseignements pour
les ouvriers aussi bien que pour les propriétaires.

Mais l'attitude des fonctionnaires qui ont eu
mission d'intervenir pour faciliter la solution des
conflits a donné lieu à des plaintes plus justifiées,
semble-t-il. On a reproché à ces fonctionnaires,
préfets des provinces, inspecteurs de la sûreté
publique, etc., d'avoir imparfaitement observé la
neutralité et d'avoir souvent exercé une sorte de
pression sur les propriétaires et fermiers pour les
déterminer à céder aux revendications des grévistes. De nombreux témoignages recueillis par
l'Enquête de la Société des Agriculteurs italiens
tendent à faire considérer ce fait comme établi,
au moins dans certaines provinces. Mais n'est-ce
pas là un vice inhérent à l'intervention même des
agents du Gouvernement pour le règlement des
conflits ? Ces fonctionnaires étaient en général,
comme on l'a justement remarqué, dépourvus de

(1) Discours prononcé au Sénat le 30 avril 1901.

suffisantes connaissances techniques et économiques pour apprécier le bien fondé des prétentions ouvrières et les motifs de la résistance des chefs d'exploitation ; ils inclinaient à envisager la controverse, surtout au point de vue de l'ordre public, d'où cette conséquence que trouvant les paysans unis, forts, tenaces dans leurs demandes, énergiquement appuyés par les députés socialistes et les Chambres du travail, et, d'autre part, voyant les propriétaires divisés, irrésolus, mal armés pour la lutte et peu soutenus par l'opinion publique, ils s'employaient à leur arracher des concessions afin d'éviter qu'une plus longue résistance augmentât le désordre en irritant les grévistes. Ce qui leur importait, ce n'était pas tant d'amener un arrangement équitable entre les deux parties que d'amener la fin rapide de la grève et de s'en faire honneur auprès du ministre.

Dans les provinces de Novare, Mantoue, Rovigo, Ferrare, etc., et, en général, dans les régions où les esprits étaient les plus excités et où la lutte était la plus ardente, l'intervention des fonctionnaires a été ainsi appréciée.

Pour la province de Mantoue « on a déploré la pression exercée sur les propriétaires et l'incompétence technique des pacificateurs » (1).

(1) Enquête de la Société des Agriculteurs italiens. Résumé et conclusions générales, p. 11.

8

Dans la province de Ferrare « la solution des
controverses les plus graves s'est souvent opérée
sous la présidence du préfet ou d'un délégué du
Gouvernement, avec l'intervention des représentants ouvriers ayant mandat impératif, ce qui
était une entrave. L'action gouvernementale a été
accusée, par beaucoup de personnes, de s'être
produite de parti pris, d'avoir exercé une pression sur les propriétaires » (1).

Lorsque les fonctionnaires cherchent à apaiser
un conflit d'ordre économique, il est fatal qu'ils
le fassent en s'inspirant d'un principe politique
plus que des principes économiques qui, seuls,
devraient être en cause. C'est ce qui devrait faire
condamner l'intervention du Gouvernement en
pareille matière, outre que le Gouvernement, assu-
mant une mission à laquelle il est impropre, incli-
nant vers certains intérêts lorsqu'il devrait à tous
une égale protection, provoque nécessairement
des inimitiés et compromet l'autorité publique en
cas d'insuccès.

C'est à des institutions spéciales, organisées de
façon à fournir aux deux parties des garanties
égales, qu'il faut confier le soin de rétablir l'accord entre le capital et le travail lorsqu'il a été
rompu par la grève.

Mais ces institutions, de quelque nom qu'on

(1) *Ibid.*, p. 14.

veuille les désigner, Chambres mixtes d'arbitrage, Conseils de prud'hommes, Syndicats, etc.,
n'existaient nullement dans l'agriculture italienne :
il a fallu les suppléer. Les chefs d'exploitation ne
possédaient le plus souvent aucune organisation
qualifiée pour les représenter dans le conflit, les
Comices, Syndicats et autres associations agricoles n'ayant pas reçu mandat à cet effet et mani-
festant une tendance marquée à pratiquer l'abstention. Fréquemment aussi, les propriétaires se
refusaient à traiter avec les Ligues, parce qu'ils
ne voulaient pas les reconnaître comme la représentation des travailleurs.

Dans une telle situation, il a fallu chercher l'élément pacificateur là où on pouvait le trouver :
c'est pour cela que les fonctionnaires et délégués
du Gouvernement se sont vus moralement obligés
d'intervenir, ce qu'ils ont fait ordinairement avec
le concours des autorités locales, des municipalités, des Chambres du travail et quelquefois même
du clergé et des Ligues catholiques. Mais l'expérience n'a pas été heureuse pour les propriétaires,
et il semble de toute nécessité qu'il soit pourvu
normalement, et par une procédure régulière, au
règlement équitable des conflits entre le capital et
le travail, ce qui sera le fait d'institutions mixtes permanentes, dans lesquelles les deux parties seront
représentées par des délégués dûment accrédités.

CHAPITRE IV

1. — Etat d'esprit des propriétaires ruraux

La première et la moins contestable conséquence des agitations agraires qui ont troublé l'Italie depuis le commencement de l'année 1901, est qu'un profond découragement s'est révélé chez les propriétaires ruraux qui, jadis, et ils étaient nombreux, consacraient leur temps, leurs efforts et une partie de leurs ressources à améliorer leurs terres et à en accroître la production. Les épreuves traversées, les vexations endurées, les pertes subies, les embarras de toute nature qu'il a fallu surmonter, les inquiétudes pour l'avenir, ont détruit l'amour de l'agriculture. A tous les aléas qui menacent la production et rendent précaire le bénéfice de l'exploitation agricole, est venu s'ajouter le difficile problème de la main-d'œuvre. Il se pose à tout instant, et même lorsqu'il a été résolu au prix de lourds sacrifices imposés au propriétaire, celui-ci ne saurait se flatter que l'accord soit stable.

Instruit à élever progressivement ses prétentions, endoctriné par la politique de la lutte de classe, le travailleur agricole ne se considérera jamais comme satisfait ; les concessions des propriétaires seront toujours insuffisantes, et de nouvelles grèves demeureront latentes. S'il existe un calme apparent, on peut être assuré que le feu couve sous la cendre. Il va de soi que le propriétaire a perdu toute influence sur son personnel soumis à la discipline des *Leghe di Miglioramento*. Les bons rapports anciennement établis entre le patron et l'ouvrier, la solidarité née des communs intérêts créés par la production agricole, ont disparu pour faire place à un sentiment de défiance réciproque. Le lien se trouve rompu entre les classes agricoles, la paix sociale est compromise.

Comme l'a dit avec beaucoup de raison M. Sonnino, la tentative, faite par les Ligues, de substituer, toujours et partout, le contrat collectif de travail au contrat individuel tend à diviser peu à peu la nation entière en deux grandes armées permanentes, qui se trouveront en état de perpétuelle hostilité, interrompue à peine par des trèves momentanées (1).

Et si l'ordre public n'a pas encore été troublé gravement, sauf en des cas exceptionnels, que ne doit-on pas craindre, pour l'avenir, du développe-

(1) Discours prononcé à la Chambre le 19 juin 1901.

8.

ment de cet esprit de révolte politique et sociale, de cette haine entre les classes, que, sous la direction des chefs politiques du socialisme, les Ligues propagent si rapidement au sein de populations ignorantes et impulsives ?

L'impartiale enquête entreprise par la Société des Agriculteurs italiens nous apporte, d'ailleurs, un témoignage non équivoque au sujet des divisions profondes que les grèves ont créées dans le monde agricole.

Voici comment elle conclut l'analyse des réponses reçues pour la province de Mantoue :

« L'impression qui se dégage, avec une grande sûreté, des renseignements fournis est que, dans les deux classes, les esprits se sont notablement aliénés les uns des autres, et que la lutte a pris un aspect et une discipline politiques ; les cultures tendent à se transformer sensiblement. pour échapper au renchérissement de la main-d'œuvre, jugé incompatible avec les cultures et les dépenses actuelles ».

Et en ce qui concerne la province de Ferrare : « La lutte est profonde et elle divise paysans et propriétaires en deux camps, qui se considèrent hostilement ; l'objectif et les limites économiques de la grève se confondent avec des aspirations et desseins politiques qui dépassent cet objectif et ces limites ; arrêt du développement de la production, diminution des capitaux et du travail rural ; âpreté des esprits, qui rend plus difficile encore le rétablissement de l'équilibre moral et économique ; hardiesse, d'un côté, par suite de l'appui et de la sympathie du Gouvernement, dont on croit pouvoir se targuer, défiance, de l'autre côté, parce qu'on considère que, pour des raisons politiques ou parlementaires, le Gouvernement a abandonné la légitime protection de la propriété et de la liberté du travail » (1).

(1) La *Societa degli Agricoltori Italiani*, dont le siège est à Rome (53, p. p. Via Poli), date de 1895 ; elle a pour président le marquis Raffaele Cappelli, député, ancien ministre des affaires étrangères, et pour secrétaire général le professeur Francesco Coletti. Comme la Société des Agriculteurs de France, à l'exemple de laquelle elle a été organisée, elle se divise en douze sections. Le 9 janvier 1902, la société ouvrait une enquête sur les trois points suivants : 1° effets économiques des récentes grèves agraires ; 2° modifications les plus importantes accordées ou réclamées dans le contrat de travail et dans les contrats d'exploitation agricole (*patti agrari*) ; 3° mesures réclamées pour la solution des conflits entre paysans et chefs d'exploitation et au sujet des Ligues de paysans. Une circulaire et un questionnaire furent envoyés, au nombre d'environ 2,200, aux principales associations agricoles, aux chaires ambulantes d'agriculture et à un choix d'agriculteurs, d'une part, aux Chambres de travail et aux Ligues suffisamment connues, d'autre part (l'enquête étant établie contradictoirement), et enfin à quelques importantes maisons de machines agricoles et d'engrais chimiques. La société reçut, jusqu'au 19 mars 1902, jour de la clôture de l'enquête, 201 réponses émanant des associations agricoles ou des propriétaires, 53 des Chambres de travail et des Ligues, 34 des fabricants ou commerçants. Elles furent dépouillées et examinées par une commission dont le président était le comte Eugenio Faina,

Dans quelques régions l'exaspération des propriétaires est allée jusqu'à la menace de refuser le paiement des impôts si le Gouvernement ne se décidait pas à protéger efficacement la liberté du travail.

Les conséquences de cet état d'esprit sont faciles à déduire. L'absentéisme ira croissant et les propriétaires déserteront leurs domaines pour échapper aux ennuis et vexations que leur apporterait le séjour à la campagne. Le progrès agricole et la bienfaisance en pâtiront. Au lieu d'exploiter eux-mêmes leurs terres et d'y donner souvent l'exemple profitable des bonnes méthodes de culture, les propriétaires les affermeront, se désintéressant de la production du domaine et de son

sénateur, vice-président de la société. Cette commission rédigea, pour chaque province ou région, un résumé des renseignements fournis par les correspondants, et formula ensuite les conclusions générales qui lui semblèrent se dégager, avec sûreté, de l'ensemble des données recueillies. Cet exposé très remarquable, dû à la plume du professeur Fr. Coletti, a été publié, suivi de toutes les réponses classées par grandes régions et provinces, sous le titre *I recenti scioperi agrari in Italia e i loro effetti economici, Inchiesta eseguita dalla Societa degli agricoltori italiani* (Roma, tip. dell' Unione cooparativa editrice, 1902, brochure de 112 pages, in-8°).

La Société des Agriculteurs italiens a également publié en 1903 les résultats de la grande enquête à laquelle elle a procédé sur les projets de loi présentés par le gouvernement relativement aux contrats agricoles et au contrat de travail. Ce volume de 238 pages a pour titre : *I contratti agrari, e il contratto di lavoro agricolo in Italia,*

administration. Or ce régime est, par essence, moins favorable à l'ouvrier agricole que l'exploitation directe, puisqu'outre le capital et la main-d'œuvre, il doit encore rémunérer le fermier intermédiaire.

Il nous a été affirmé que déjà, dans la Haute-Italie, des fondations charitables ont été supprimées, des domaines ont été vendus, par suite du découragement des propriétaires et de leur résolution d'abandonner la vie des champs. De plus en plus, si les circonstances actuelles ne se modifient radicalement, les placements mobiliers, qui ne donnent aucun souci, seront préférés à la terre. Depuis une vingtaine d'années, de grands efforts et de grands sacrifices d'argent avaient été faits dans diverses régions de l'Italie, afin de mettre le sol en valeur ou d'accroître sa productivité, au bénéfice du développement de la richesse nationale. On constate actuellement un arrêt, qui bientôt sera un recul, dans l'affectation des capitaux aux améliorations foncières. La tendance à engager dans la culture le moins possible de capitaux est assez générale.

Telles étaient encore, du moins pour les provinces qui ont été le plus troublées par l'agitation agraire, les impressions dominantes chez les propriétaires, au printemps de 1903.

Elles se sont, depuis lors, modifiées plus favorablement, à mesure que s'améliorait la situation. On

doit, d'ailleurs, constater qu'au moment le plus
aigu de la crise les propriétaires ruraux n'ont pas
cédé partout au découragement. Ainsi, dans la
province de Crémone, la confiance aux progrès de
l'agriculture n'a pas faibli et, grâce à une certaine
modération gardée de part et d'autre, les propriétaires et chefs d'exploitation ne se sont pas refusés
à reconnaître les Ligues ni à traiter avec leurs
représentants. On a constaté également qu'en Lombardie surtout, bon nombre de propriétaires ne
témoignent nul ressentiment contre les grévistes,
dont ils n'ont pas jugé les prétentions exagérées.
C'est dans cette région qu'on semble avoir commencé à comprendre, parmi les propriétaires, que
la meilleure solution à donner à la crise ouvrière
consiste à chercher les moyens d'accroître la production du sol afin de pourvoir ainsi au renchérissement de la main-d'œuvre.

Comme l'observe avec raison l'enquête de la
Société des Agriculteurs italiens, « dans ces milieux, la lutte économique devient l'occasion et le
stimulant du progrès de la production, elle tourne
donc au bénéfice de tous, des propriétaires comme
des travailleurs. Et il est à remarquer qu'en pareil
cas les augmentations de salaire peuvent réellement
être considérées comme acquises pour les ouvriers
et profitant à l'amélioration des conditions d'existence de leurs familles, tandis qu'on peut douter

de la durée des conquêtes excessives et violentes,
ainsi que de l'emploi sain et normal de ces gains
imprévus ; rarement ils se traduisent en accroissement de vigueur physique et de capacité de travail qui devrait fournir une compensation à la
hausse des salaires (1) ».

Là où les travailleurs agricoles ont eu la sagesse de fermer l'oreille aux excitations socialistes
et de ne pas transformer en conflit politique un
différend d'ordre purement économique, leurs
demandes ont été généralement raisonnables et un
accord stable a pu se conclure entre eux et les
propriétaires, comme il se fera toujours aisément
lorsque n'interviendront pas entre eux les éléments
politiciens qui, au lieu de chercher l'apaisement
des querelles, ne visent qu'à les envenimer. Malheureusement les grèves qui se sont déroulées
dans ces conditions régulières forment l'exception,
quand on considère le vaste mouvement d'agitation qui a troublé les campagnes italiennes.

**2. — Tentatives de contre-organisation chez
les propriétaires. — Les Congrès de Ferrare
et de Modène.**

En présence de l'organisation si étendue, si
complète, donnée au prolétariat agricole, devant

(1) Enquête de la Société des Agriculteurs italiens, Conclusions générales, p. 22.

les indéniables témoignages de la discipline des Ligues de paysans, les propriétaires et chefs d'exploitation ont-ils cherché à se concerter, à s'organiser, eux aussi, afin de défendre leurs intérêts et leurs droits menacés? Il semble qu'aucune entente véritable n'a pu, à cet effet, s'établir entre les propriétaires, sauf dans quelques cas exceptionnels. Tandis que les ouvriers étaient unis dans leurs prétentions, la plus grande division se constatait chez les propriétaires quant à l'attitude à observer à leur égard. Fallait-il ou non reconnaître les Ligues? Quelle devait être la limite des concessions à accorder? Les uns s'affolaient et étaient disposés à tout accepter; les autres, au contraire, ne voulaient céder sur aucun point. Ce défaut d'entente affaiblissait encore les propriétaires, tandis qu'il profitait à l'action des masses disciplinées de travailleurs.

Des tentatives furent cependant faites pour amener les agriculteurs à se grouper afin d'étudier en commun les mesures que pouvait comporter la situation. Le premier Congrès national des Travailleurs de la terre, tenu à Bologne, provoqua l'organisation du premier Congrès interprovincial des agriculteurs, qui eut lieu à Ferrare le 2 février 1902.

Ce Congrès réunit un nombre important d'adhésions parmi les associations agricoles et parmi les propriétaires. La circulaire envoyée par le Comité d'organisation définissait son principal but dans les termes suivants :

« Des chantiers, des ateliers et aujourd'hui des champs, jusqu'alors tranquilles, s'élève la puissante voix des travailleurs dont les demandes n'ont pas de limites, tandis que les propriétaires (il faut le confesser) n'ont pu encore que protester vivement, mais isolément, ou faire entendre des plaintes stériles sans avoir jamais exercé une action bien dirigée, concordante, utile.

« Il est urgent que les propriétaires prennent clairement conscience de leurs droits et de leurs nouveaux besoins en rapport avec les temps et les institutions, qu'ils pourvoient, sans inertie comme sans intolérance, à leur défense commune et qu'ils précisent leurs propres aspirations en les concrétant au moyen de vœux et de demandes. Il appartiendra ensuite au législateur, également instruit de tous les besoins, de trouver la formule qui les coordonne et les satisfasse, selon les principes de justice et d'équité, et dans les limites du possible.

« Faire entendre au pays et au Gouvernement la voix de tous ceux qui possèdent et veulent défendre leur propriété, ce n'est pas augmenter les discordes, ni aigrir les différends ; c'est, au contraire, coopérer à une œuvre d'ordre et de pacification :

9

car lorsqu'une règle sage et opportune aura discipliné le travail, protégeant efficacement la liberté et prévenant les bouleversements, lorsque la confiance en cette loi aura pénétré la conscience publique, alors seulement on verra la fin de ces conflits et de ces périls qui aujourd'hui agitent si profondément la vie nationale » (1).

Le Congrès de Ferrare s'est ouvert par un éloquent discours de M. Pietro Niccolini, syndic de Ferrare, qui a montré combien la grève, phénomène purement économique se produisant dans le libre jeu de la demande et de l'offre, diffère essentiellement de la grève organisée, disciplinée, mobilisée avec le caractère et le but de la lutte de classe et de la conquête du pouvoir. Il reconnaît à l'agitation agraire un triple programme. Le programme minimum, simplement économique, concerne le taux des salaires ; le programme moyen vise la déchéance de tous les usages, liens et traditions qui formaient la base séculaire des rapports établis, dans l'agriculture, entre le capital et le travail ; enfin le programme maximum a pour objet la lutte de classe systématique, la conquête du pouvoir politique, la réduction progressive du revenu net et, finalement, le partage des terres entre les seuls travailleurs.

(1) Compte rendu du premier Congrès interprovincial des Agriculteurs (Ferrare, G. Bresciani, éditeur, 1902).

De ce triple programme, élaboré par le socialisme, c'est uniquement le programme moyen qu'un congrès de propriétaires doit prendre pour thème de ses délibérations. Car il ne saurait méconnaître la légitimité des prétentions des travailleurs de la terre en tant qu'elles ont pour objet le relèvement du niveau des salaires. Il ne demande à l'Etat aucun privilège, aucun droit spécial ; il ne réclame que la justice et l'application du droit commun, c'est-à-dire le règne de la loi substitué au régime actuel de confusion et de violence. Enfin il veut empêcher que la crise des rapports entre le capital et le travail devienne une *crise de l'agriculture*, crise inévitable si l'état de guerre actuel et l'incertitude du lendemain arrêtent le progrès des cultures, crise qui serait fatale au développement économique du pays tout entier, en même temps que, par le jeu de forces supérieures à la volonté humaine, elle rejetterait infailliblement dans la misère le peuple des campagnes (1).

Le Congrès de Ferrare discuta et adopta un vœu sur le contrat de travail agricole (forme, capacité de s'obliger, exécution du contrat) ; il se déclara favorable à l'institution de conseils de prud'hommes (*Probiviri*) agricoles, à la recon-

---

(1) P. Niccolini, *Ragione e programma di un Congresso d'Agricoltori*, Ferrara, ditta G. Bresciani, 1902.

naissance juridique des Ligues et, en général, de toutes les associations de travailleurs agricoles.

Enfin le Congrès discuta et adopta le vœu suivant, concernant la création d'associations de propriétaires :

« Le Congrès,

Convaincu qu'en présence de l'organisation des travailleurs, est nécessaire et urgente l'organisation des propriétaires et exploitants de fonds ruraux, pour réclamer et obtenir la légitime protection des droits et intérêts de l'agriculture ;

Convaincu que seules l'organisation et la solidarité peuvent paralyser les effets dérivant de l'inégalité existant entre les grands et les petits propriétaires et fermiers ;

Convaincu que l'organisation pourra contenir les exorbitantes prétentions des travailleurs, aussi bien que les exigences excessives de certains propriétaires ;

Emet le vœu :

1° — Que dans chaque province il se crée des associations de propriétaires et fermiers qui travaillent à exercer une action uniforme et concordante, inspirée et dirigée par une Fédération des associations provinciales ;

2° — Qu'à ces associations, constituées entre propriétaires et exploitants, la reconnaissance juridique soit accordée avec des règles analogues à celles concernant les Ligues ouvrières ;

3° — Que ces associations aient pour principal but de rétablir des rapports plus satisfaisants entre les propriétaires et les travailleurs ;

4° — Que, dans le plus court espace de temps possible, il se forme un parti agraire italien fort et vigoureux » (1).

Le Congrès de Ferrare s'était séparé après avoir, sur la proposition du commandeur Enea Cavalieri et du sénateur comte Arrivabene, décidé que ses membres formeraient le noyau d'une grande Fédération ayant pour but de défendre leurs propres intérêts, de rappeler à eux les travailleurs du sol et de préparer la pacification des campagnes ainsi qu'un meilleur avenir pour l'agriculture italienne. Le 27 avril 1902, un second Congrès de propriétaires-agriculteurs se tint à Modène en vue de donner suite à cette résolution.

Le professeur Marozzi, rapporteur du projet de constituer une Fédération nationale des associations de propriétaires ruraux, définissait son objet dans les termes suivants :

« L'organisation des propriétaires n'est pas conçue pour exaspérer la lutte et, encore moins, la haine entre les classes sociales ; elle n'a pas le ca-

(1) Compte rendu du premier Congrès interprovincial des Agriculteurs.

ractère politique, elle tend simplement, dans le champ économique, en opposant une organisation à une autre, à établir l'équilibre entre les forces qui sont au service de tendances contraires ; elle représente ainsi non pas une réaction, mais un progrès très notable vers des formes plus parfaites de rapports économiques et sociaux. Bref, la Propriété ne se refuse pas à marcher dans la voie du progrès, elle veut seulement empêcher qu'on aille à une véritable révolution économique » (1).

Après une vive discussion, le Congrès de Modène adopta le principe de la constitution d'une Fédération nationale des associations de propriétaires ruraux et de leurs coïntéressés. Les statuts de la Fédération furent ensuite votés, article par article, dans une réunion spéciale de délégués des associations agricoles représentées. Mais ce grand effort n'eut aucune suite : la Fédération ne donna jamais signe de vie.

Si cette idée, peut-être chimérique, de former une organisation centrale de résistance a échoué, il n'en est pas moins constant que les troubles agraires ont provoqué, surtout dans les provinces les plus gravement atteintes, telles que celles de Mantoue, Rovigo, Ferrare, etc., la création de nombreuses associations de propriétaires et d'ex-

(1) Compte rendu du second Congrès des Propriétaires-Agriculteurs (Modène, typ. Bassi et Debri, 1902).

ploitants groupés en vue d'un action défensive qui
fut parfois couronnée de succès. Ailleurs, l'inertie
et le manque d'initiative empêchèrent toute organisation chez les possesseurs du sol. Ils ne surent
qu'exhaler leurs doléances amères contre le Gouvernement qui les abandonnait et lui reprocher
sa tolérance à l'égard des Ligues de paysans.

3. — Effets généraux de la crise du travail sur la situation de l'agriculture. — Les bénéfices de l'exploitation agricole.

La situation réelle de l'agriculture italienne
comporte-t-elle des augmentations de salaires aussi
brusques, aussi importantes en soi comme dans
leurs conditions connexes, que celles réclamées
généralement par les Ligues de paysans ? C'est là
une question préjudicielle qu'il nous est impossible de traiter, d'une façon sérieuse, sans franchir
les limites de cette étude.

Il est évident que le taux des salaires doit, dans
une très large mesure, correspondre à la prospérité de l'exploitation agricole, s'élever quand
croissent les bénéfices du propriétaire rural, s'a-
baisser quand ils fléchissent. Or l'agriculture italienne qui, dans quelques régions de la Lombardie,
de la Toscane, de l'Emilie et même des Pouilles,
offre un grand nombre d'exploitations modèles,
n'est pas encore généralement parvenue à mettre

en pleine valeur, par des méthodes rationnelles d'exploitation, les richesses naturelles du sol. Les écrivains socialistes eux-mêmes sont contraints de reconnaître que « les revendications des travailleurs de la terre rencontrent, pour de longues années encore et dans de vastes zones, l'obstacle le plus sérieux, un obstacle naturel et automatique, dans la triste condition de l'agriculture et des propriétaires » (1). Cela est si vrai qu'au moment même où les ouvriers réclamaient, à grands cris, l'élévation de leurs salaires, certains grands propriétaires annonçaient comme prochaine la banqueroute de la propriété succombant sous le poids de la dette hypothécaire et des impôts. Les deux parties étaient donc loin de pouvoir s'entendre. La crise dont souffre l'agriculture italienne (elle a été, d'ailleurs, atténuée par la majoration des tarifs douaniers, qui n'a nullement profité aux salariés) dérive surtout du manque de capital nécessaire au fonds de roulement et aux améliorations culturales et de l'exagération des impôts. On estime qu'en Italie les impôts directs et indirects absorbent, en moyenne, 25 pour 100 du revenu net total, et ces charges écrasantes sont très inégalement réparties, car on cite des propriétés foncières pour lesquelles l'impôt direct seul dépasse le tiers du revenu du sol. La dette hypo-

(1) Napoleone Colajanni, *Il movimento agrario in Italia,*

thécaire, dont la propriété agricole supporte la plus lourde part, dépasse 15 milliards et demi, avec un intérêt qui, modéré dans les provinces du Nord, oscille, pour celles du Midi, entre 7 et 10 pour 100.

M. Gatti, député socialiste de la province de Mantoue, disait, à la Chambre, que les progrès de la science agronomique ont créé un nouveau devoir moral pour les propriétaires des campagnes, un devoir auquel ils ne peuvent se soustraire, celui d'intensifier les cultures afin d'accroître la richesse sociale et de pouvoir mieux rémunérer les agents salariés de la production. « Si dans les siècles passés, disait-il, la culture extensive n'était pas une faute, elle en est devenue une aujourd'hui » (1).

Mais le même professeur Gatti n'a-t-il pas démontré, dans un livre qui fait autorité (2), que l'agriculture italienne sort à peine d'une longue crise, datant de l'année 1870, pendant laquelle la production tout entière a diminué ou est demeurée stationnaire, qu'elle est écrasée par le fisc, qu'elle manque de l'outillage mécanique nécessaire, qu'elle a immobilisé dans les exploitations un ca-

---

(1) Discours prononcé le 17 juin 1901.
(2) *Agricoltura e socialismo*. Une traduction française de cet ouvrage a été publiée sous le titre *Le Socialisme et l'Agriculture* (Paris, V. Giard et E. Brière, libraires-éditeurs, 1902).

9.

pital énorme pour longtemps improductif, qu'elle est endettée, etc. ? Lorsqu'une telle situation vient à se compliquer des exigences nouvelles de la main-d'œuvre et de toutes les alarmes que l'agitation agraire autorise pour l'avenir, comment les propriétaires pourraient-ils être tenus d'intensifier la production, de remplir ce devoir moral qui leur incombe pendant les temps prospères et calmes ?

Le régime de la propriété, dans une grande partie de l'Italie, est encore celui des vastes domaines (*Latifundia*) que leurs possesseurs sont, le plus souvent, dans l'impossibilité absolue de transformer ou améliorer, faute de capitaux nécessaires. N'y a-t-il pas là un obstacle presque insurmontable au développement de la production, dont la hausse des salaires serait la conséquence ?

Un publiciste français a donné de l'Italie agricole une définition qui, en peu de mots, fait nettement saisir les causes et aussi les difficultés de la crise ouvrière actuelle :

« Pays de grande propriété et de petite culture, à main-d'œuvre beaucoup plus abondante que le capital, c'est ainsi qu'on peut caractériser l'Italie » (1).

---

(1) M. Henri Sagnier, *Excursions agricoles en Italie*, p. 93. Il serait plus exact de dire : « Pays où la grande propriété est ordinairement exploitée en petite culture »; car dans bien des régions, la petite propriété domine et on compte environ 3 millions de propriétaires payant moins de 20 francs d'impôt d'État et de surtaxes provinciales (G. Gatti, *loc. cit.*).

On discute souvent sur les profits de l'exploitation agricole : ils ne sont pas, sauf dans les cas exceptionnels, plus considérables en Italie qu'ailleurs. M. Masè-Dari, professeur à l'Université de Messine, a établi, d'après les données de la statistique officielle, que, dans la province de Mantoue, la terre rend, en moyenne, 3,28 0/0 et que pour les meilleures années ce revenu peut monter à 3,70 0/0. Voilà ce que rapporte la propriété agricole aux privilégiés qui ne sont pas grevés de dettes hypothécaires (1). Un député agriculteur du Polésine, M. Papadapoli, disait, à la Chambre : « On a parlé de propriétaires qui gagnent 6 0/0 ; quant à moi, je n'en connais pas qui gagnent plus de 3,5 0/0 » (2). Cette appréciation n'est pas seulement celle des propriétaires qui peuvent être suspectés de vouloir dissimuler une partie de leurs bénéfices. Au Congrès national des Travailleurs de la terre de Bologne, M. Scarpa, délégué des paysans de la région industrielle du Milanais, soutenait la nécessité d'y organiser des sociétés coopératives plutôt que des Ligues de résistance, pour la raison que l'intérêt du capital agricole y est limité et ne permet pas les améliorations.

« Chez nous, disait-il, comment peut-on résister

(1) *La situazione agricola, e il possibile rimedio*, étude publiée dans la *Riforma sociale* du 15 mars 1902.
(2) Discours prononcé le 18 juin 1901.

quand on sait que les plus grands tyranneaux de village (*tirannelli*) ont seulement 2 ou 3 0/0 d'intérêt sur leurs fonds ? Les paysans eux-mêmes le comprennent et demandent qu'on crée des coopératives » (1).

Ne demander aux propriétaires que des sacrifices en rapport avec la situation de l'exploitation agricole, c'est, de la part des ouvriers, un acte de modération et de sagesse qui leur serait très naturel s'ils ne se laissaient diriger par l'influence des Ligues, auxquelles les considérations pratiques sont ordinairement indifférentes. M. Filippo Lo Vetere, avocat à Palerme et secrétaire du Syndicat agricole sicilien (*Consorzio agrario Siciliano*), nous disait que les grèves agricoles de la Sicile se sont terminées en faveur des ouvriers, ceux-ci ayant obtenu des propriétaires, impuissants à résister, les augmentations de salaires qu'ils demandaient ; mais ces augmentations ont été modestes, les ouvriers ne voulant pas abuser de leur force à raison de la crise agricole dont souffrent les propriétaires.

Comme conclusion du discours dont nous venons de citer un passage, le professeur Gatti avait formulé le programme des revendications paysannes, d'une façon qui était irréprochable :

« Nous croyons, disait-il, (et l'œuvre des socia-

(1) Compte rendu du Congrès, p. 26.

listes sera dominée par cette conception), que les
travailleurs doivent réfréner leurs exigences dans
des limites proportionnelles au revenu que rendent possible les présentes conditions techniques
et économiques de l'agriculture, en même temps
que les propriétaires doivent tendre à élever ce
même revenu » (1).

Si ce sage conseil avait été suivi, et si les
chefs qui le donnaient ne l'avaient eux-mêmes
trop souvent oublié, la solution des conflits entre
le capital et le travail eût été bien facilitée. C'est,
d'ailleurs, la méthode à laquelle il faudra nécessairement revenir pour réaliser l'apaisement des
esprits en satisfaisant, dans ce qu'elles ont de
fondé, les demandes des travailleurs.

Mais, avant d'en arriver là, nous devons mentionner d'abord les conséquences que les agitations, les prétentions exagérées des Ligues, la
violation des contrats, l'insécurité de l'avenir et
les obstacles de toute nature apportés à l'exploitation du sol ont eues sur la situation de l'agriculture italienne.

4. — Transformations de la culture.
Conséquences économiques et sociales

Quelle a été, jusqu'à ce jour, l'influence des
grèves sur l'évolution de l'agriculture italienne,

(1) Discours prononcé le 17 juin 1901.

sur le progrès ou le recul de ses procédés d'exploitation ? Quelle pourra être leur répercussion sur la production générale et la richesse du pays, par suite, sur le sort même des travailleurs ?

Avec l'enquête de la Société des Agriculteurs italiens, si compétente à cet égard, nous avons déjà noté qu'en certains cas et sur quelques points, le mouvement d'agitation agraire, se modérant spontanément, avait agi à la façon d'un stimulant et avait déterminé les propriétaires ruraux à améliorer par de nouvelles avances leurs conditions d'exploitation, afin d'être en mesure de pourvoir à la hausse des salaires grâce à l'accroissement du produit net. Mais c'est là un fait exceptionnel, et l'effet des grèves a été le plus souvent tout différent.

Dans les zones où les agitations ont été particulièrement graves et ont causé de sérieux embarras aux chefs d'exploitation, on remarque une tendance très marquée à transformer les cultures, de façon à réduire l'emploi de la main-d'œuvre et à mieux garantir contre ses exigences l'indépendance de l'exploitant. C'est ainsi qu'à la culture des céréales, du riz, du chanvre, de la vigne même sur quelques points, on substitue très largement la création de prés artificiels et l'élevage du bétail. Les machines agricoles, jusqu'alors assez peu utilisées, par suite de l'abondance et du

bas prix de la main-d'œuvre, se répandent partout,
malgré l'opposition de certaines Ligues, et plus
particulièrement les faucheuses, moissonneuses,
etc., qui permettent d'exécuter les grands travaux agricoles impossibles à différer, sans avoir à
lutter contre les prétentions nouvelles produites à
cette occasion.

Le professeur Giovanni Raineri, directeur de la
Fédération des Syndicats agricoles italiens *(Federazione italiana dei Consorzi agrari)*, dont le
siège est à Plaisance, l'atteste dans sa déposition
à l'enquête de la Société des Agriculteurs italiens:
« L'usage des machines à récolter a reçu, dit-il,
une énorme impulsion par le fait des grèves.
Deux années de grèves ont plus aidé à les propager que vingt années de propagande technique » (1).

Les faucheuses, faneuses et râteaux à cheval
ont résolu, à peu près complètement, le problème
de la récolte mécanique des fourrages. Quant aux
moissonneuses et moissonneuses-lieuses, leur emploi rencontre plus de difficulté, en raison de la

(1) Enquête de la Société des Agriculteurs italiens, p. 78 La
Fédération des Syndicats agricoles italiens, présidée par le
commandeur Enea Cavalieri, est un groupement moral de 300
à 400 syndicats ou autres associations agricoles de toutes les
parties du royaume; elle fonctionne en même temps comme
magasin coopératif de gros (Wholesale), à l'avantage des associations qui lui sont affiliées.

verse des céréales, si fréquente dans le Nord de
l'Italie. Cependant, M. Eugenio Maury, député
des Pouilles, nous apprend qu'en 1902 on a vu
les moissonneuses-lieuses arriver par milliers. On
se propose également de développer le labourage
à vapeur sur les vastes domaines qui s'y prêtent,
comme les terres améliorées *(bonifiche)* de la
province de Ferrare. Enfin, tous les instruments
propres à travailler la terre, à sarcler les récoltes,
à arracher les racines, etc., deviennent d'un
usage général, ce qui constitue un progrès incontestable de l'outillage agricole en ce qu'ils fournissent un travail plus rapide, plus parfait et
moins coûteux, mais ce qui a surtout pour but la
réduction de la main-d'œuvre.

Beaucoup d'entreprises d'amélioration agricole
ont été arrêtées ou suspendues, par suite de l'inquiétude des propriétaires et de la défiance des
capitalistes qui abandonnent les placements ruraux. En général, les chefs d'exploitation s'ingé-
nient à réduire au minimum l'emploi de la main-
d'œuvre salariée, et ils s'abstiennent de faire exécuter tous les travaux qui ne sont pas rigoureusement nécessaires à la culture ; parfois même, à
leur grave préjudice, ils renoncent à certains travaux indispensables. C'est une période d'incertitude et d'attente, qui ne saurait se prolonger sans
entraîner de fâcheuses conséquences pour la

bonne exploitation du sol. Les cultures industrielles réclamant beaucoup de bras ne semblent pouvoir être continuées que dans des conditions où les ouvriers y soient intéressés par une participation au produit. Les rizières tendent à disparaître de l'Emilie pour faire place au trèfle ou à la luzerne, sauf sur les terres les plus fertiles. Il en résultera une perte énorme pour la main-d'œuvre et aussi une diminution considérable de la production. Enfin on signale déjà, sur quelques points, des terres laissées incultes, et nombreuses sont les associations agricoles qui déclarent, comme le Comice agricole de Modène, que la culture intensive tend à devenir extensive par suite du retrait des capitaux (1).

Ces conséquences pratiques indéniables des grèves permettent de craindre qu'il se produise un arrêt ou même un recul dans la production agricole, à moins que le mouvement social des campagnes ne trouve son frein en lui-même ou dans la prudence de ceux qui le dirigent. La substitution des prés artificiels à des cultures plus riches, l'arrêt des entreprises de mise en valeur et d'amélioration du sol, la désertion des capitaux, tout cela tend, à coup sûr, à réduire la production.

« Si cette tendance s'accentuait encore, l'économie agraire italienne serait frappée dans sa vi-

(1) Enquête de la Société des Agriculteurs italiens, p. 75.

talité en ces régions qui ont adopté les systèmes modernes de la culture intensive et industrielle : ainsi serait envenimé le vice de toute l'économie nationale, vice qui a des répercussions générales et profondes sur toutes les manifestations de notre vie, et spécialement sur le bien-être des classes ouvrières, c'est-à-dire l'abaissement relatif de la production de la richesse » (1).

Mais ce qui fait moins doute encore, c'est que les transformations imposées par les agitations grévistes à l'exploitation agricole auront pour effet nécessaire de laisser en chômage une partie des travailleurs qu'elle employait précédemment.

Si la production agricole rétrograde, si la culture, au lieu de mettre à profit tous les progrès conquis par la science moderne, retourne aux méthodes primitives, pourra-t-on vraiment s'en étonner ! Le professeur Gatti a déclaré coupables les propriétaires qui, de nos jours, pratiquent la culture extensive : il leur accordera, du moins, le bénéfice des circonstances atténuantes s'il les y voit contraints par les agissements de ces paysans qu'inspire et dirige le parti socialiste. Il est bien évident qu'un chef d'exploitation agricole, de même qu'un chef d'industrie, ne peut produire à perte. Si les exigences de la main-d'œuvre anéan-

(1) Enquête de la Société des Agriculteurs italiens, p 21.

tissent le profit de certaines cultures, il lui faut
renoncer à ces cultures. Déjà le risque est grand
pour l'agriculteur, dont les récoltes sont soumises
à tant d'aléas divers avant de parvenir à leur maturité ; il s'aggrave encore par l'incertitude de
pouvoir récolter si la grève éclate inopinément.
Les concessions qui lui seront alors arrachées par
la crainte de voir sa récolte perdue modifieront, à
son détriment, les conditions de la production et
pourront le constituer en perte : il n'est vraiment
pas surprenant qu'il cherche à se prémunir, par
des transformations culturales, contre des éventualités menaçantes qu'il ne dépend pas de lui
d'écarter.

D'ailleurs, dans l'exploitation agricole, toute
façon culturale, toute intervention de la main-
d'œuvre, qui n'est pas indispensable, doit être
largement rémunérée par le profit qu'elle assure ;
sinon, elle deviendrait une surcharge. Ainsi le
sarclage des blés est une excellente pratique,
mais non indispensable. Elle accroît la production
et la qualité du grain. Seulement si les frais du
sarclage, par suite des exigences de la main-
d'œuvre, s'élèvent jusqu'à dépasser l'excédent de
récolte qu'on peut en attendre, le propriétaire re-
noncera naturellement à faire exécuter ce travail.
Qu'en résultera-t-il ? Le propriétaire verra son
rendement diminué, l'ouvrier perdra les salaires

qu'il aurait gagnés et il y aura, par suite, double perte pour la richesse générale du pays. Toute suppression de travaux jusqu'alors en usage dans la culture perfectionnée engendrera les mêmes effets.

Quand nous aurons signalé que le chômage croissant se traduira nécessairement par une plus grande misère dans les campagnes et par une poussée nouvelle de l'émigration, nous aurons suffisamment mis en lumière les funestes résultats que les transformations culturales imposées par les grèves produiront sur l'état économique et social de l'Italie.

5. — Quel a été le gain réel de l'ouvrier agricole ?

Les travailleurs agricoles ont-ils, du moins, tiré d'importants avantages immédiats de cette campagne de grèves qu'ils ont menée avec un trop médiocre souci des conséquences qu'elle entraînerait pour un avenir plus ou moins éloigné ? L'effet des grèves et des abstentions de travail a été assurément très marqué : « Partout la situation des paysans serait améliorée, mais plutôt en ce qui concerne les salaires et les heures de travail qu'en ce qui touche les contrats agraires (contrats d'exploitation) moins faciles à modifier » (1).

(1) Enquête de la Société des Agriculteurs italiens, p. 19.

C'est ici que nous rencontrons la légende du gain annuel de 48 millions de salaires que, d'après le grand discours prononcé à la Chambre, le 21 juin 1901, par M. Giolitti, alors ministre de l'intérieur, le mouvement gréviste aurait valu aux ouvriers agricoles jusqu'au mois de juin 1901 (1). A la vérité, cette évaluation, qui a pu encourager les agitations ultérieures, n'a été admise par personne. Ces calculs nous transportent en pleine fantaisie. Il n'est pas aisé de faire le compte de ce que les ouvriers agricoles ont pu réellement gagner par suite d'une grève. Il faudrait, d'abord, inscrire au passif tout ce que leur a coûté la grève, dont la durée a pu être longue, tout ce qu'ils ont perdu ou manqué de gagner en suppression de salaires pendant cette période.

La grève étant supposée terminée par l'adoption de tarifs et de conditions plus favorables aux ouvriers, il s'agit de savoir jusqu'à quel point, et pour quelle durée, ces accords se réaliseront dans la pratique, et combien de travailleurs, parmi ceux qui ont déclaré la grève, seront admis à en bénéficier. Les augmentations de salaire obtenues à l'aide de pression violente exercée sur

(1) Les grèves de 1902 auraient dû accentuer encore l'augmentation de salaires obtenue par les ouvriers agricoles : MM. Bolton King et Thomas Okey l'estiment, en effet, à 75 millions par an, dans leur livre *Italy to-day* (Londres, 1902.)

les propriétaires, placés dans l'alternative de céder ou de perdre leur récolte, ne peuvent, à aucun degré, on le conçoit sans peine, passer pour des conquêtes durables. L'ouvrier fait la loi au moment des grands travaux urgents qui ne peuvent être différés et dont dépend le sort de la production ; mais le chef d'exploitation redevient le maître, sur le marché de la main-d'œuvre, dès le commencement de la mauvaise saison : il est libre alors d'échelonner les travaux, de les répartir comme il lui convient et aux conditions qu'il lui semble raisonnable de fixer. Il supprimera ceux qu'il ne juge pas indispensables et, comme les besoins de la vie mettent alors en concurrence des travailleurs nombreux pour des travaux raréfiés, souvent il arrivera que ceux-ci proposeront eux-mêmes l'abaissement des tarifs qu'ils ont précédemment imposés.

Et si le propriétaire est amené à supprimer ou réduire certains travaux qu'il faisait habituellement exécuter pendant l'hiver, ce ne sera pas comme représaille de la violence qui lui aura été faite à l'époque de la fenaison, de la récolte des céréales, de la vendange, etc. : ce sera tout simplement parce que la modicité de ses ressources lui rendra nécessaire une économie de main-d'œuvre, préjudiciable d'ailleurs à la bonne exploitation du domaine.

Lorsqu'on établit le compte des avantages que les travailleurs ont pu tirer d'une grève, il ne faut donc pas négliger d'y faire figurer, en regard des éléments visibles ou plutôt apparents, ceux qu'on ne voit pas, ceux qui apparaîtront plus tard comme conséquences inéluctables et n'en ont que plus de réalité. C'est là ce qui permettait à M. Fracassi, député, de dire, à Montecitorio :

« Je suis persuadé que si, dans quelque région, les ouvriers avaient réussi à obtenir un salaire supérieur à celui qui serait juste selon les lois économiques, en faisant leurs comptes à la fin de l'année, ces ouvriers trouveraient qu'avec des salaires plus élevés ils auraient gagné moins que dans les années où les salaires étaient plus bas » (1).

Il y a donc lieu de limiter considérablement, dans la pratique, la portée des améliorations de salaire et autres avantages obtenus par les travailleurs agricoles à la suite des grèves. Mais peut-on, même avec ces restrictions, considérer comme stables, comme acquises, les conquêtes des grèves ? En aucune façon : non pas que les chefs d'exploitation entendent suivre l'exemple de violation des contrats qui leur a été si largement fourni par les Ligues, encore qu'ils puissent invoquer, pour le faire, la violence morale qu'ils ont

(1) Discours prononcé dans la séance du 18 juin 1901.

subie. En général, les propriétaires respecteront les engagements qu'ils ont pris ; mais la durée de ces engagements est limitée, les contrats arriveront à leur terme, les tarifs de salaire sont revisables, et alors, mieux organisés, instruits par l'expérience, les propriétaires ne consentiront peut-être pas à renouveler les concessions faites en des heures de péril et d'affolement. C'est ce qui s'est produit déjà dans bien des cas. Dans un pays d'abondante main-d'œuvre, aucune lutte violente né saurait fausser, d'une façon prolongée, l'application de la loi économique de l'offre et de la demande.

Ainsi il faut avoir en grande défiance le mirage des nombreux millions de salaires gagnés par les ouvriers agricoles. C'est, d'ailleurs, l'avis des socialistes eux-mêmes : le professeur Colajanni reconnaît, avec une grande bonne foi, que les accords et les élévations de salaire sont seulement *nominaux*.

« Le plus souvent,. la hausse des salaires n'est pas durable, et tandis qu'on met tout le soin possible, dans un but de propagande, à annoncer les améliorations obtenues, on fait le silence sur les reculs qui, parfois, furent plus importants que les progrès précédents. Cela est arrivé, spécialement, dans le Midi de l'Italie, où l'élévation du salaire ne fut pas durable en raison des tristes conditions

de l'agriculture, du manque de travail et de la
surabondance des bras. On sait que dans les
Pouilles, où les résultats des accords officiels ont
été si bruyamment célébrés, les paysans sont venus offrir de travailler pour un salaire très infé-
rieur à celui qui avait été convenu » (1).

C'est pourquoi M. Colajanni ne se fait pas
faute de railler les statisticiens convaincus qui
ont prétendu chiffrer, province par province et
même localité par localité, les gains que les travailleurs agricoles auraient obtenus par le fait des
grèves.

Ces gains ont été réels sur certains points, on
ne peut le nier ; sur d'autres, les grèves ont
échoué pour des causes diverses, fâcheuse situation de l'agriculture, organisation de résistance
opposée par les propriétaires à l'organisation des
paysans, prétentions inacceptables, exagérées,
nuisibles même à l'intérêt des travailleurs, formulées par les chefs socialistes des Ligues. On doit
aussi considérer, pour apprécier exactement l'influence des grèves sur les salaires, que le mouvement d'agitation et de revendications ouvrières a
entraîné bien des concessions faites par les propriétaires en dehors de toute grève et afin de les
prévenir.

Pour l'avenir, il semble que les conquêtes du

(1) *Il movimento agrario in Italia*, loc. cit., p. 751.

10

prolétariat agricole devront, lorsqu'un niveau raisonnable des salaires aura été atteint, rencontrer
fatalement l'un ou l'autre de ces deux obstacles
également sérieux : l'impossibilité de subir une
nouvelle hausse du prix de la main-d'œuvre, chez
les propriétaires qui exploitent leurs terres dans
de mauvaises conditions économiques, et chez
ceux dont la culture est plus prospère ou qui disposent d'un certain capital, la substitution, aussi
généralisée que possible, de la machine agricole,
l'*homme de fer*, aux bras de l'ouvrier des champs.

Ainsi, par leurs prétentions excessives, les paysans tendent à détruire eux-mêmes l'effet qu'ils
poursuivent. « La diminution des capitaux agricoles et, en particulier, du capital-salaires, la diminution correspondante. de la demande de bras
mène à une plus grande concurrence entre les
masses rurales et à une pression toujours plus
forte exercée par elles sur les salaires. D'où une
douloureuse et tragique lutte, avec. alternatives de
résistance et de soumission, entre la volonté des
organisations paysannes et les inexorables fatalités
des lois économiques » (1).

(1) Enquête de la Société des Agriculteurs italiens, p. 23.

CHAPITRE V

MOYENS PROPOSÉS POUR REMÉDIER A LA SITUATION

Le trouble anormal et profond subi par l'agriculture italienne depuis le commencement de la
période d'agitation agraire, c'est-à-dire depuis le
printemps de l'année 1901, devait naturellement
provoquer les hommes politiques, les économistes
et les agriculteurs eux-mêmes à étudier tous les
moyens propres à rétablir l'harmonie entre le capital et le travail des champs, et par là la tranquillité et l'unité morale du pays si fortement
ébranlées. Les remèdes que comporte une semblable situation sont d'ordre et d'importance variables. Les uns affectent la législation et sont
subordonnés à l'entente entre les pouvoirs publics ;
les autres dépendent de l'initiative privée ou de
celle des groupements intéressés ; plus faciles à
appliquer, ils se montrent souvent aussi d'une
efficacité supérieure ou, du moins, plus immédiate.

Nous passerons d'abord en revue, parmi les
solutions proposées, celles qui comportent nécessairement l'intervention de l'Etat.

1. — Reconnaissance juridique des Ligues

Les Ligues d'amélioration ou de résistance
(comme on voudra les dénommer), qui ont réalisé
l'organisation du prolétariat rural et servi de base
à toute la campagne des grèves, sont de simples
associations de fait, basées sur la liberté d'association proclamée par le Statut de l'Etat, mais
non reconnues par la législation et dépourvues
de toute capacité juridique. Si la loi ne les reconnaît pas, elle ne les interdit nullement, car
leur existence ne viole aucun principe admis : elle
se contente de les ignorer. Cela est-il bon pour
l'ordre public, cela est-il conforme à l'intérêt des
tiers et à l'intérêt des Ligues elles-mêmes ? Puisqu'on se plaint des pratiques abusives des Ligues,
de leurs violences matérielles et morales, il est
naturel de penser que la réglementation de ces
organisations ouvrières ferait disparaître tout ou
partie de ces inconvénients. L'enquête de la Société des Agriculteurs italiens avait posé la question dans les termes suivants :

« Etant donnée l'existence des Ligues de
paysans et d'autres associations semblables, semble-t-il opportun que l'Etat les reconnaisse et les
discipline par une loi, déterminant ainsi leur responsabilité pénale et civile ? »

La majorité des correspondants s'est déclarée

favorable à la reconnaissance des Ligues. De la part des propriétaires, on insiste pour qu'elles soient rendues responsables en cas d'atteinte aux droits de la propriété ou à la liberté du travail, qu'elles soient épurées de tout élément étranger, c'est-à-dire de l'élément politique, et qu'elles ne poursuivent qu'un but économique. Quant aux Ligues elles-mêmes, la plupart d'entre elles acceptent et réclament la reconnaissance juridique, pourvu qu'on les laisse fonctionner librement et qu'on ne les détourne pas de leur objet.

Le Congrès interprovincial des Agriculteurs, tenu à Ferrare, avait voté la reconnaissance juridique des Ligues. « Aujourd'hui, disait le commandeur Cavalieri, nous nous trouvons en présence de personnes qui prétendent parler au nom des ouvriers et qui n'en ont jamais porté le vêtement. Quand les Ligues seront reconnues et réglementées, les représentants des ouvriers seront choisis sérieusement et soigneront mieux leurs intérêts » (1). Investies du droit de posséder, de contracter, etc., administrées par des travailleurs ruraux et non par des politiciens, les Ligues se garderont de déclarer la grève à la légère, elles éviteront d'employer à des luttes stériles leurs propres ressources et l'épargne de leurs sociétaires.

Les Ligues sont donc, au moins en majorité,

(1) Compte rendu du Congrès de Ferrare, p. 59.

10.

favorables à leur propre - reconnaissance juridique, si elle ne leur impose pas une servitude
et n'entrave pas leur développement. Quant aux
chefs socialistes qui les dirigent, leur attitude à
cet égard est flottante et embarrassée. Ainsi, au
Congrès des Travailleurs de la terre de Bologne,
un projet de résolution réclamant une loi sur la
reconnaissance des Ligues fut repoussé ou ajourné,
d'après l'avis des députés Gatti, Cabrini et Turati :
ceux-ci s'élevèrent contre les conséquences de la
tutelle de l'Etat et de l'action de la magistrature,
« qui pourrait faire payer aux Ligues les frais de
la guerre soutenue contre les patrons. C'est pourquoi, a ajouté le professeur Cabrini, le Congrès
fera bien de repousser toute reconnaissance qui
ne soit pas imposée par notre force » (1).

Il est évident que les socialistes se soucient fort
peu de voir les Ligues juridiquement reconnues,
parce qu'ils sentent très bien qu'elles échappe-
raient ainsi à leur influence. N'étant ni reconnues,
ni organisées, les Ligues ne peuvent encourir aucune responsabilité, du fait de leurs actes ; elles
constituent donc une arme excellente pour la
lutte de classe. Le jour où elles seront réglementées, autorisées à posséder et à administrer
leurs ressources, elles auraient à répondre des
dommages causés aux patrons ruraux par la rup-

(1) Compte rendu du Congrès de Bologne, p. 66.

ture du contrat de travail. Leur rôle politique
serait terminé. On conçoit que les meneurs, les
politiciens de place publique (*politicanti di
piazza*), préfèrent le maintien du *statu quo*.

Chez les propriétaires, il en est aussi un bon
nombre, il faut l'avouer, qui ne désirent pas la
reconnaissance juridique des Ligues, estimant, à
tort ou à raison, que la consécration qui leur
serait donnée par les pouvoirs publics accroîtrait
leur puissance et assurerait leur stabilité ; ils
craignent de voir, par là, rendue permanente et
plus générale encore cette organisation du prolétariat rural qu'ils considèrent comme due à une
campagne politique et à des circonstances éphémères. Le Gouvernement ne semble pas avoir
pris parti sur cette question : car il n'a pas, à
notre connaissance du moins, présenté de projet
de loi relatif à la reconnaissance juridique des
Ligues.

Reconnues par la loi, les Ligues de paysans
deviendraient sans doute, très rapidement, si les
propriétaires se décidaient à accepter loyalement
leur existence et à leur faire bon visage, des associations stables, animées d'un esprit plus pratique, plus sage et plus modéré, de véritables
« Ligues d'amélioration », au lieu d'être ce qu'elles
sont réellement, des « Ligues de résistance ».

L'idée funeste de la lutte de classe s'évanouirait en même temps que l'influence du parti socialiste. A la tête des Ligues seraient placés d'authentiques travailleurs agricoles, pénétrés du sentiment de leur devoir et de la responsabilité dérivant pour eux de la confiance de leurs camarades ; comme la situation véritable des chefs d'exploitation ne leur serait pas moins bien connue que les besoins de la classe ouvrière, l'accord se ferait facilement, sur les salaires et les conditions du travail, entre le capital et la main-d'œuvre solidarisés dans l'intérêt commun de la production agricole.

Les Ligues de paysans seraient ainsi appelées à jouer, dans la vie économique et sociale de l'Italie rurale, un rôle analogue à celui des associations ouvrières qui se sont développées dans les autres pays, les *Trades-Unions* en Angleterre, les Syndicats professionnels en France, les Unions professionnelles en Belgique, etc. « De même que les Sociétés de secours mutuels qui, considérées avec défiance à leur origine, puis bientôt protégées et guidées par la bourgeoisie, sont devenues rapidement un élément important de la civilisation italienne » (1), de même que les sociétés ouvrières de production *(Società operai)*, dont l'Etat favorise le concours aux adjudications des entreprises

(1) Discours prononcé par M. Turbiglio, député, le 17 juin 1901.

de travaux publics, les Ligues pourraient devenir un facteur utile à la prospérité publique.

« Le fait que les travailleurs agricoles, a dit M. Sidney Sonnino, s'associent et s'organisent pour la défense de leurs intérêts et dans le but d'obtenir, par le groupement de leurs forces, des améliorations supérieures à celles qu'ils pourraient espérer conquérir à l'aide de l'action individuelle ne se présente pas, en soi, comme un mal; il peut même exercer un effet utile sur les conditions générales de civilisation du pays en réveillant les énergies morales chez des populations trop déprimées, comme aussi en obligeant la classe des propriétaires et des chefs d'exploitation agricole à se préoccuper davantage des conditions d'existence des hommes dont le concours leur est nécessaire pour l'utilisation de leurs terres et de leurs capitaux » (1).

Les tendances des Ligues font présumer que leurs initiatives se porteront surtout vers le développement de la coopération de production agricole, appelée en Italie à un grand avenir.

2. — Collèges de Prud'hommes agricoles

Après la reconnaissance juridique des Ligues, une solution très généralement proposée aux difficultés de la crise agraire a été le vote d'une loi

(1) Discours prononcé à la Chambre le 19 juin 1901.

étendant à l'agriculture le bénéfice de l'institution des Conseils de prud'hommes *(Collegi di probi-viri)* organisés pour l'industrie par la loi du 15 juin 1893, due à l'initiative de l'ancien ministre Lacava. M. Lacava lui-même et M. Pozzato, député, ont présenté des projets de loi rendant applicable à l'agriculture l'institution des prud'hommes dans leur double fonction de conciliation et de jugement (1). M. Alessio, député, est l'auteur d'une proposition beaucoup plus large, déposée en 1902, sur la juridiction des prud'hommes agricoles et l'arbitrage obligatoire.

L'intervention des prud'hommes agricoles est jugée insuffisante dans les circonstances très graves telles que la suspension préméditée des travaux de la moisson. Dans ce cas, beaucoup de propriétaires réclament la création d'une magistrature spéciale, plus compétente et plus autorisée, qui assurerait la continuation du travail en garantissant aux parties intéressées prompte et entière justice. C'est là une innovation hardie, mais justifiée par les con-

(1) La loi sur les prud'hommes de l'industrie n'a pas fourni tous les résultats qu'on pouvait en attendre. Ceux qu'elle a produits ne sont cependant pas négligeables. A la fin de 1900, il existait en Italie 98 conseils de prud'hommes et l'organisation de 20 nouveaux conseils était à l'étude. A Milan, ils fonctionnent particulièrement bien. La proposition de M. Lacava sur les prud'hommes agricoles remonte au 23 novembre 1893, celle de M. Pozzato a été prise en considération par la Chambre le 25 mai 1901.

ditions particulières dans lesquelles s'exerce l'industrie agricole, surtout la culture des céréales. Cette magistrature serait composée de trois arbitres, dont deux choisis par la magistrature locale sur deux listes de désignation présentées par les classes intéressées et le troisième choisi dans la magistrature ordinaire. Le Congrès interprovincial des Agriculteurs de Ferrare a émis à cet égard le vœu « que le Parlement institue des prud'hommes conciliateurs et, pour les cas plus graves, une magistrature spéciale à laquelle l'une des parties ait toujours le droit de recourir pour résoudre ses controverses avec l'autre, en obligeant celle-ci à se présenter devant elle, ainsi qu'à respecter et exécuter le *statu quo ante* jusqu'à la solution de la question » (1).

Le Congrès des Travailleurs de la terre de Bologne a également voté un ordre du jour portant que l'institution des Conseils de prud'hommes doit être rendue obligatoire, que le président de chaque Conseil doit être électif et que des mesures doivent être prises pour empêcher que l'abstention intentionnelle de l'une des classes puisse entraver le fonctionnement du Conseil (2).

Dans l'enquête de la Société des Agriculteurs italiens, la très grande majorité des correspondants

(1) Compte rendu du Congrès de Ferrare, p. 53.
(2) Compte rendu du Congrès de Bologne, p. 63.

a réclamé avec instance la création des prud'hommes agricoles ; un certain nombre voudraient que
l'arbitrage fût rendu obligatoire. Dans les provinces
de Novare et de Crémone, on demande la création
de commissions arbitrales mixtes de propriétaires
et de paysans, qui résoudraient les conflits relatifs
au contrat de travail et garantiraient l'exécution
réciproque des contrats. Comme l'a fait remarquer
avec raison le commandeur Enea Cavalieri, l'arbitrage obligatoire suppose une organisation générale
et préalable des travailleurs en *Trades-Unions*,
Syndicats ou Ligues, de même qu'une organisation
analogue des patrons (1). Ce serait la consécration
de l'état de lutte permanente établi entre le capital
et le travail.

Le projet de loi sur l'institution de Collèges de
prud'hommes pour l'agriculture, présenté le 14 mai
1902 par M. Guido Baccelli, ministre de l'Agriculture dans le cabinet Zanardelli, confère à ces Collèges la double fonction de concilier les différends
et, au besoin, de les juger. Ils doivent être divisés
en deux sections, dont la première formée de représentants des propriétaires et des autres chefs
d'exploitation, d'une part, et de représentants des

(1) M. Cavalieri a traité, avec la sagacité et l'élévation de
vues dont il est coutumier, la question des *probi-viri* et de
l'arbitrage dans un article publié par la *Nuova Antologia* du
15 mars 1902, « *Scioperi, arbitrati e Leghe* ».

ouvriers, de l'autre, aurait compétence pour connaître des controverses dérivant du contrat de travail agricole; la seconde section, dans laquelle les délégués des propriétaires seraient en présence de ceux des exploitants, connaîtrait des controverses relatives aux contrats agraires (1).

3. — Projets divers intéressant la législation sociale des campagnes

Bien d'autres projets de loi actuellement soumis au Parlement italien ont un rapport direct ou indirect avec la solution de la crise provoquée par l'organisation nouvelle du prolétariat rural. Il faut citer en première ligne les deux projets de loi sur le contrat de travail et sur les contrats agraires déposés par le Gouvernement le 26 novembre 1902. Ces projets, très sérieusement étudiés par une Commission spéciale nommée dès 1893-1894 et reconstituée en 1901, ont donné lieu à la publication d'importants travaux préparatoires et d'enquêtes spéciales (2). Les projets du Gouvernement

(1) Nous croyons devoir rappeler ici l'intéressante étude de M. V. Racca, *L'arbitrage et la conciliation en Italie*, publiée comme supplément aux *Annales* du Musée social (septembre 1903).

(2) Nous mentionnerons ici les publications suivantes :

1° *I contratti agrarii in Italia*, publication du ministère de l'agriculture (Rome, typ. G. Bertero, 1891, 1 vol. in-8° de plus de 800 pages);

2° *Commissione per lo studio dei contratti agrari e del con-*

11

sur les prud'hommes agricoles, les contrats agraires et le contrat de travail (1), ainsi que la proposition Alessio sur l'arbitrage en cas de grèves, sont à l'état de rapports approuvés par les Commissions chargées de leur examen, et leur discussion figure à l'ordre du jour de la Chambre, ce qui ne signifie pas qu'elle doive être prochainement abordée, étant donnée la lenteur ordinaire du travail parlementaire.

Parmi les documents législatifs intéressant la solution de la crise de la main-d'œuvre agricole, il faut encore mentionner le projet de loi, si remarquable au point de vue social, présenté le 13 avril 1897 par M. le marquis di Rudini, président du Conseil, ministre de l'Intérieur, pour faciliter la création des communes rurales et des bourgs autonomes qui, au grand détriment de la population agricole, n'existent, pour ainsi dire, pas dans les provinces méridionales. De même, on ne saurait

tratto di lavoro — Osservazioni e notizie, par l'avocat Camillo Cavagnari, juge au tribunal de Milan (Rome, impr. D. Ripamonti, 1901);

3° *I contratti agrari e il contratto di lavoro agricolo in Italia*, Enquête ouverte par la Société des Agriculteurs italiens et rapport du professeur Francesco Coletti, secrétaire général de la Société (Rome, typ. de l'*Unione cooperativa*, 1903, 1 vol. gr. in-8°).

(1) Le rapport sur le projet de loi relatif au contrat de travail a été rédigé par M. Chimirri, le savant président de la commission : il a été déposé sur le bureau de la Chambre dans la séance du 26 mars 1903.

omettre la proposition de loi due à M. Maggiorino
Ferraris, ancien ministre, sur la Réforme agraire
à entreprendre par l'organisation d'Unions agraires,
qui exerceraient les fonctions des syndicats agricoles français et serviraient, en outre, d'agents
pour la distribution du crédit agricole, très largement doté de subventions de l'Etat, par analogie
avec les systèmes pratiqués en France et en Allemagne ; le crédit serait réalisé, au bénéfice des
membres des Unions agraires, par l'ouverture d'un
compte courant d'avances, dont le montant serait
proportionnel à celui de leur impôt foncier (1).

Le projet de loi de M. di Rudini n'a pas abouti :
mais le but auquel il tendait se trouve partiellement visé dans un projet récent du ministre de
l'Agriculture proposant au Parlement d'exempter
de l'impôt foncier, à dater du 1er juillet 1904 et
jusqu'à la confection d'un nouveau cadastre, tous
les immeubles servant à une exploitation culturale
dans les provinces méridionales et en Sicile. Le
Gouvernement entend favoriser ainsi la construc-

(1) La proposition Maggiorino Ferraris a été prise en considération par la Chambre des députés, dans la séance du 14 mars
1901, après un brillant discours prononcé par son auteur. Elle
a motivé une enquête de la Société des Agriculteurs italiens
sur la rente et la valeur de la terre en Italie pendant la dernière période de vingt années. Cette enquête, précédée d'une
introduction de M. Francesco Coletti, a été publiée en supplément du Bulletin de la Société des Agriculteurs italiens du
31 octobre 1900.

tion des habitations de cultivateurs sur le lieu
même de leur exploitation et, conformément à une
pratique déjà ancienne qui a fourni d'excellents
résultats pour le développement des institutions de
coopération et de mutualité, il a ouvert un premier concours de récompenses pour la construction de maisons d'habitation à l'usage de cultivateurs s'établissant, d'une façon permanente, sur
les terres exploitées par eux dans certains districts
déterminés.

La bienfaisante loi sur les habitations ouvrières,
due à M. Luzzatti, dont l'initiative est toujours en
éveil pour le développement du progrès social, a
été votée le 31 mai 1903.

Nous ne pouvons énumérer ici que les principaux points par lesquels l'action législative est
susceptible d'intéresser la solution de la crise du
travail agricole : celle-ci dépend moins du concept
des lois que de l'évolution des esprits et des
mœurs.

Sans doute, il est opportun d'étudier une législation sociale des campagnes, qui institue en
faveur des travailleurs ruraux les garanties et
avantages dont jouissent déjà les ouvriers des
villes et des centres industriels. Mais les questions
économiques ne sauraient être négligées et la
législation du travail est manifestement arriérée
et insuffisante en Italie. En même temps qu'il y

sera pourvu par le vote de lois sur le contrat de travail agricole et sur les contrats agraires, il faudra sérieusement s'occuper d'améliorer la situation si précaire des petits propriétaires, « actuellement mécontents, irrités parce que, comme l'a dit à la Chambre le marquis de San Giuliano, ils voient leur lopin de terre en péril et qu'ils éprouvent le sentiment douloureux de se sentir descendre d'un degré sur l'échelle sociale » (1). La nécessité s'impose de consolider et défendre la petite propriété par tout un ensemble de mesures rationnelles, de réformer le contrat d'emphytéose, beaucoup plus sagement réglé par l'ancien Code des Deux-Siciles, de faciliter l'arrondissement des petits domaines et les échanges de parcelles comme en Allemagne, de fournir le crédit agricole à un taux équitable, de favoriser l'organisation de sociétés coopératives de petits propriétaires, et enfin de constituer le *Homestead*, qui garantit l'indivisibilité et l'insaisissabilité de l'unité culturale (2).

On prête au ministre de l'Agriculture du cabinet Giolitti l'intention de présenter un projet de loi relatif au *Homestead*. Quant au crédit agricole, il a été voté une loi du 21 décembre 1902, créant à Rome une institution de crédit agricole pour le

(1) Discours prononcé le 20 juin 1901.
(2) *Ibid.*

Latium, c'est-à-dire pour l'*Agro Romano* et toute
la province de Rome (1). D'autres combinaisons
ont été adoptées ou sont à l'étude pour faire participer, d'après des bases analogues, les agriculteurs des provinces méridionales aux services du
Banco di Napoli et les agriculteurs siciliens aux
services de la Banque de Sicile. Mais dans l'ensemble du pays, le crédit agricole n'existe pour
ainsi dire pas, sauf en des cas exceptionnels, où il
a été très remarquablement organisé par les Banques populaires, les Caisses d'épargne et les diverses Caisses rurales du type Raiffeisen (2).

Si la nécessité d'améliorer les salaires et les
conditions d'existence des travailleurs ruraux impose aux propriétaires de coûteuses transformations culturales, il est évident que, pour un grand
nombre d'entre eux, dépourvus des capitaux nécessaires, cette évolution ne sera possible qu'avec
les ressources du crédit agricole fonctionnant à
taux modéré. Or, dans une bonne partie de l'Italie, c'est-à-dire dans les provinces situées au sud

(1) Cette loi, due à l'initiative de M. Luzzatti, a pour objet
des opérations de crédit à traiter avec des syndicats agricoles,
comices, caisses rurales, etc., empruntant pour leurs propres
opérations ou endossant les effets souscrits par leurs membres.
Son principe est de placer entre les agriculteurs et l'institution
de crédit la garantie d'un intermédiaire obligatoire, syndicat
ou autre association légalement constituée.

(2) Voir notre volume déjà cité, *La Prévoyance sociale en
Italie.*

de Rome et dans les îles, les propriétaires les plus solvables ne peuvent trouver de crédit sans payer le taux moyen de 8 ou 9 0/0, tout compris, avec hypothèque (1).

Dans certaines provinces, celle de Mantoue, par exemple, les Ligues ont la prétention d'obtenir, sans doute grâce à l'influence de leurs chefs socialistes, membres du Parlement, « qu'une loi oblige les propriétaires à ne pas laisser leurs terres incultes et à appliquer les progrès de la science à l'agriculture » (2). L'intervention législative à cet égard se concilierait mal avec le *jus uti et abuti* qui est de l'essence du droit de propriété. Mais, tout en admettant comme légitime le vœu des travailleurs agricoles relatif à l'intensification des cultures, il faut convenir que les propriétaires ont grand besoin d'être aidés et encouragés à de telles entreprises par une bonne organisation du crédit agricole, d'une part, et, de l'autre, par la cessation de la crise de la main-d'œuvre et de la lutte de classe.

La loi du 29 juin 1902 a institué, au ministère de l'Agriculture, de l'Industrie et du Commerce, un Office du travail et un Conseil supérieur du

(1) Discours prononcé à la Chambre par le marquis de San Giuliano, le 20 juin 1901.

(2) Enquête de la Société des Agriculteurs italiens. — Réponse adressée par la Ligue de résistance des laboureurs de Pegognaga et par quelques autres Ligues de la province de Mantoue.

travail. L'Office du travail est organisé depuis quelques mois et fonctionne sous la direction du professeur Giovanni Montemartini ; il prépare une statistique très complète des grèves, ainsi qu'une étude sur l'organisation et la situation actuelle des Ligues de paysans. Il a inscrit à son programme, pour l'année 1903-1904, des recherches sur le chômage, l'urbanisme et les migrations intérieures produites périodiquement par les grands travaux agricoles. Le Conseil supérieur du travail a ouvert sa première session le 14 septembre 1903, sous la présidence de M. Luzzatti. Il aura à s'occuper des intérêts du travail agricole, comme de ceux du travail industriel ; il compte parmi ses membres quatre représentants des ouvriers et paysans (1).

4. — Grands travaux publics. — Colonisation agricole intérieure et extérieure. — Projets de colonisation coopérative en Erythrée.

Nous avons mentionné les principales réformes législatives, proposées ou en voie de réalisation, qui intéressent les rapports entre le capital et le

(1) Dans sa première session, sur le rapport de M. Cerruti, sénateur, il a déjà émis un vœu pour que le travail dans les rizières soit réglementé par une loi protectrice de la santé et de l'hygiène des ouvriers, qui serait substituée à la loi insuffisante de 1866 (*Atti del Consiglio superiore del Lavoro. — 1ª Sessione ordinaria dell' anno 1903*, Roma, tip. naz. di G. Bertero, 1903).

travail agricole. Il est permis de compter non seulement sur l'effet direct que pourront avoir ces lois, mais sur leur influence éducative toujours très réelle, lors même que l'efficacité pratique de leurs dispositions n'apparaît pas tout d'abord ou qu'elle est lente à se manifester.

Nous devons signaler encore comme étant du même ordre, parce qu'elles dépendent des pouvoirs publics ou ont besoin de leur concours, un certain nombre de mesures propres à donner du travail aux ouvriers ruraux en chômage, ou à constituer de nouvelles exploitations agricoles, au double bénéfice de la main-d'œuvre et de la production nationale.

Beaucoup de bons esprits estiment que la mise en valeur des terres dans les provinces méridionales, si déshéritées, doit être préparée par l'exécution d'un ensemble de grands travaux publics, qui seraient essentiellement productifs pour le développement de la richesse de l'Italie, en même temps qu'ils tendraient à détruire ou atténuer l'antagonisme politique, si regrettable, existant entre le sud et le nord du royaume. Déjà la loi spéciale votée par le Parlement en faveur des malheureuses populations de la Basilicate, sur la proposition du cabinet Zanardelli, a constitué un premier pas dans la voie de la rédemption du Midi. Il y aurait lieu de la poursuivre, en réalisant tout un pro-

11.

gramme de construction de chemins de fer et de
routes, d'endiguement de fleuves, d'entreprise de
canaux d'assainissement, de reboisement, de régularisation de torrents, etc., qui aurait en même
temps l'avantage d'occuper, au moins temporairement, un très grand nombre de bras, destinés à
trouver ensuite leur emploi permanent dans l'extension des cultures résultant de ces travaux.

On pourrait également, dans bien des régions
de l'Italie, organiser des entreprises de colonisation
à l'intérieur pour l'exploitation de tant de terres
incultes ou presque incultes qui, souvent, constituent des foyers de propagation de la fièvre ou de
la malaria, et qui, assainies, livrées à la culture,
fourniraient du travail et du pain à de nombreuses
familles. Au moyen d'arrangements à prendre
avec les propriétaires de ces *latifondia*, de grandes
étendues de ces terres pourraient être concédées
à des groupements ouvriers, formant des sociétés
coopératives de travail, en vue d'une exploitation
agricole collective. M. Giuseppe Garibotti, de Crémone, membre du Conseil supérieur du travail
comme délégué de la Ligue nationale des Sociétés
coopératives italiennes (dont le siège est à Milan),
est l'auteur d'un projet de colonies agricoles à
créer pour cet objet, et le Syndicat agricole sicilien
a, comme nous l'avons déjà noté, réalisé très heureusement cette idée par l'organisation d'un cer-

tain nombre de sociétés coopératives de production, qui prennent des terres à bail et les cultivent collectivement (1).

Enfin, la colonisation au dehors se présente encore comme un dérivatif à la crise du travail agricole et un moyen de diminuer les inconvénients qu'engendre l'excès de la population ouvrière.

On sait que l'émigration annuelle, résultant du chômage et de la misère, s'est accrue récemment dans des proportions énormes, ce qui est dû assurément, en grande partie, à la situation nouvelle des rapports entre le capital et le travail, créée par le fonctionnement des Ligues de paysans et par les grèves agricoles.

Pour l'année 1900, l'émigration *totale*, permanente et temporaire, a été de 352,782 individus ; elle s'est élevée à 533,245 en 1901 et à 531,509 en 1902, la dernière année pour laquelle a été établie la statistique. Dans la période décennale

(1) Il serait fort intéressant d'étudier et comparer les diverses applications, déjà assez nombreuses, données en Italie à cette forme de la coopération de production ou de travail. Quelques Ligues de paysans commencent à la pratiquer. D'autre part, plusieurs coopératives catholiques ont pris à bail, afin de les cultiver, d'importants domaines en Sicile, dans la province de Côme et dans d'autres régions de l'Italie. Il en a été fait mention dans le journal *Cooperazione Popolare*, organe mensuel des Coopératives catholiques italiennes, dirigé par M. Giuseppe Micheli, de Parme (publié à Trévise).

de 1886 à 1895, elle était seulement, en moyenne, de 239,000 individus par an (1).

L'émigration à titre permanent se porte principalement, et par rang d'importance, vers les États-Unis, le Brésil et la République argentine. Le Gouvernement italien a interdit le transport gratuit des émigrants au Brésil, ce qui a beaucoup diminué le courant dirigé vers ce pays.

La loi sur l'émigration a, d'autre part, constitué un « fonds pour l'émigration », formé par une contribution obligatoire imposée au transporteur pour chaque émigré transporté. Ce fonds, qui, en deux années, a déjà dépassé quatre millions de francs, doit être affecté à protéger les émigrés, tant avant le départ et au moment même du départ, que pendant le voyage et à l'arrivée. Il est question d'utiliser ce fonds spécial pour encourager les entreprises de colonisation au dehors. Les uns voudraient tenter cette œuvre dans l'Amérique du Sud, où déjà l'émigration italienne est organisée en vertu d'habitudes traditionnelles, les autres donneraient la préférence à la colonie africaine de l'Erythrée, qui pourrait devenir un centre de riche production si elle était fécondée par les bras de ces travailleurs de la métropole que

(1) Statistique publiée par le marquis di Rudini comme annexe de son projet de loi relatif à la constitution de communes rurales et de bourgs autonomes.

laissent disponibles le chômage et l'accroissement si rapide de la population. Nous nous contentons de signaler cette tendance, sans entrer dans l'examen des diverses objections qu'elle a provoquées.

Les Ligues de paysans semblent assez favorables à la colonisation dans l'Erythrée. L'avocat Ploner, syndic socialiste de la commune de Molinella, où, par suite de la limitation de la culture du riz et de la réaction des propriétaires contre les procédés des Ligues, les ouvriers agricoles sont en chômage dans la proportion de 50 0/0, et les femmes dans la proportion de 55 0/0 (1), s'est fait l'ardent propagateur de la colonisation agricole en Erythrée. A cet effet, il a constitué entre ouvriers ruraux de Molinella une société coopérative, divisée en trois sections : production et travail, crédit, consommation. Le plan en fut soumis à M. Luzzatti, qui l'approuva. Reconnue dans les formes régulières par le tribunal de Bologne, elle existe légalement depuis le 8 juin 1902. Elle aura pour but d'organiser, avec le bienveillant concours du Gouvernement, l'émigration des paysans de Molinella (et, par extension, d'autres communes de la partie

(1) Les paysans affiliés aux Ligues socialistes sont les plus fortement atteints par le chômage, puis viennent les ouvriers ne faisant partie d'aucune organisation. Les membres des Ligues catholiques sont plus favorisés et souffrent moins du chômage.

basse de la province de Bologne) dans l'Erythrée pour s'y livrer à la colonisation agricole.

Une mission d'études sera envoyée en Erythrée, au mois de septembre 1904, pour reconnaître si l'exploitation agricole des terres de cette contrée peut promettre une amélioration économique des conditions ordinaires d'existence des travailleurs ruraux en Italie. Puis, une première expérience sera faite par l'envoi de quinze familles associées.

Le mécanisme de la coopération appliquée à la colonisation agricole est ingénieux, et le système apparaît comme prévoyant et moral tout à la fois. La section de production et de travail de la Société coopérative sera dirigée par un conseil technique. La situation du travailleur ne sera pas celle d'un salarié, mais celle d'un associé qui, chaque jour, acquerra un crédit sur le produit collectif. La section de crédit lui escomptera ce crédit et lui fournira ainsi le moyen de payer ses dépenses dans la section de consommation.

« C'est, on le voit, une sorte de *truck system* anglais : mais si cette combinaison n'est pas à approuver quand les patrons s'en servent pour gagner sur le dos des ouvriers en les payant avec les produits, elle est, au contraire, très recommandable lorsqu'il s'agit d'une coopérative dans laquelle tous les membres sont également patrons et dont aucun n'a intérêt à tromper l'autre. Elle est morale, parce que tous sont obligés de travailler s'ils veulent acquérir le crédit nécessaire pour vivre. Elle est prévoyante parce que les pertes éventuelles se répartissent sur toute la société et, aussi, parce que la vente de fortes quantités de produits est plus facile et plus rémunératriçe que celle de petites quantités qui doivent passer par les mains des intermédiaires avant d'arriver dans celles du gros commerçant » (1).

. La forme coopérative semble donc particulièremant bien adaptée à un essai de colonisation rationnelle du haut plateau de l'Erythrée (2).

Ainsi comprise et pratiquée, l'émigration perdrait beaucoup de son amertume et cesserait d'être cette solution désespérée, imposée par la misère du prolétariat, qui enlève à la patrie italienne tant de ses enfants les plus vigoureux. Ces colonies de familles, se soutenant et s'assistant

(1) *La colonizzazione cooperativa dell' Eritrea*, article publié par le journal *L'Economista* de Florence, n° du 28 février 1904.

(2) Les projets du syndic de Molinella ne sont pas accueillis avec la même faveur par toutes les fractions des partis avancés qui se servent des Ligues de paysans en feignant de les servir. M. Ploner a raconté à un rédacteur du *Giornale d'Italia* qu'il s'est vu excommunier par une feuille révolutionnaire en raison de ce qu'il cherche à améliorer la condition des ouvriers, même par l'émigration. Il ne manque pas de meneurs qui voudraient maintenir les travailleurs dans un perpétuel état de tension et de révolte en les faisant souffrir de la faim (*Giornale d'Italia* du 17 février 1904).

mutuellement, jouiraient du bénéfice de l'administration italienne et demeureraient rattachées à
la métropole dont elles contribueraient à développer les ressources. On espère que, tôt ou tard,
les produits agricoles de l'Erythrée seraient admis
en Italie en franchise des droits de douane qui
les frappent actuellement.

**5. — Remèdes dérivant de l'initiative privée.
— Création d'associations diverses. — Emploi
des machines agricoles.—Assurance mutuelle
contre le risque de grève. — Amélioration
des contrats, etc.**

Il nous faut maintenant dire quelques mots des
moyens divers que l'initiative privée, s'exerçant
dans son domaine propre et sans faire aucun
appel au concours des pouvoirs publics, a employés ou proposés comme susceptibles de remédier aux difficultés de la situation.

Nous avons déjà mentionné les Chambres mixtes
d'arbitrage instituées par quelques Conseils provinciaux ou administrations communales, afin de
suppléer à l'inexistence des prud'hommes agricoles. Ces Commissions permanentes étaient composées de représentants des propriétaires et de
délégués des ouvriers, appelés en nombre égal : il
ne semble pas que leur mission de médiation, de
conciliation et d'arbitrage ait eu grand succès. A

Mantoue cependant, les Chambres arbitrales agricoles, organisées par le Conseil provincial, ont fonctionné. On peut estimer que ces institutions, suffisantes sans doute pour résoudre les différends en temps normal, manquent du prestige et de l'autorité nécessaires pour intervenir utilement lorsque les rapports entre le capital et le travail sont profondément troublés et que les passions sont surexcitées.

Des associations nouvelles de propriétaires et de fermiers se sont créées en grand nombre dans les provinces où l'influence des Ligues s'est fait le plus sentir sur l'ensemble des travailleurs agricoles. Dans quelques cas, ces associations ont énergiquement défendu les intérêts de leurs membres et réduit à peu de chose les avantages obtenus par les Ligues. Ailleurs, les chefs d'exploitation n'ont pas su s'organiser, par suite de leur apathie, de leur défaut d'entente et de solidarité, ou ils ne l'ont pas voulu, par crainte de déchaîner la guerre civile en opposant à l'organisation militante du prolétariat celle du capital. D'après l'un des correspondants de l'Enquête ouverte par la Société des Agriculteurs italiens, « si les propriétaires et autres chefs d'exploitation avaient autant d'ardeur et de solidarité que les paysans et leurs représentants, il serait facile de résoudre les controverses ; actuellement, tout conseil serait inu-

tile » (1). Selon M. Pietro Niccolini, syndic de
Ferrare, « les propriétaires de cette province ont
dû concéder tout ce que les socialistes ont, jusqu'à présent, réellement voulu leur imposer, parce
qu'ils n'ont pas encore trouvé le courage, l'accord
ou la solidarité nécessaires pour une résistance
sérieuse, ferme, durable. Quant à l'avenir, tous
s'attendent au pire » (2).

On a conseillé également aux propriétaires de
créer non pas des associations défensives, à l'encontre des Ligues de paysans, mais des associations de progrès technique et économique tout à
la fois, susceptibles de grouper les travailleurs et
les chefs d'exploitation. Dans le Polésine, où une
remarquable entente des propriétaires a fourni de
bons résultats, on avait d'abord songé à organiser, en opposition aux Ligues, une association
mixte, une sorte de « Syndicat agricole » français,
dans lequel seraient entrés les propriétaires et les
travailleurs désireux de ne pas s'inféoder aux
Ligues. Mais la situation était trop tendue, c'est
pourquoi les idées de conciliation ont dû céder le
pas à des idées plus pratiques de défense et de
résistance (3). Le parti catholique a cherché aussi

(1) Réponse de M. Giuseppe Sacchi, de Moglia, province de
Mantoue, p. 39 de l'Enquête.
(2) Enquête de la Société des Agriculteurs italiens, p. 70.
(3) Antonio Bononi. — *Due anni di agitazione agraria nel
Polesine*, p. 5.

à faire de la conciliation en propageant les « Unions professionnelles » : il n'a obtenu que de fort maigres résultats.

On a encore proposé de provoquer la création de contre-Ligues entre les travailleurs indépendants, qui se considèrent comme satisfaits des concessions obtenues des chefs d'exploitation : c'est ce que nous appelons des *Syndicats jaunes* (1). L'intimidation exercée par les Ligues socialistes rendrait leur constitution bien difficile et de graves désordres pourraient résulter du fonctionnement parallèle de ces deux fractions hostiles de la classe ouvrière.

Dans la province de Foggia, les controverses entre les propriétaires et les ouvriers agricoles ont été réglées par un moyen bien simple qui se recommande également comme propre à empêcher ces difficultés de naître : un tarif de salaires a été fixé par une Commission mixte composée de propriétaires et de délégués des paysans (2). Accepté par tous, ce tarif fait loi sur le marché de la main-d'œuvre ; il est susceptible d'être revisé lorsque se modifient les conditions économiques de la production agricole.

(1) Enquête de la Société des Agriculteurs italiens. — Réponse de M. Giuseppe Piana, de Badia Polesine, p. 51.
(2) Enquête de la Société des Agriculteurs italiens. — Réponse du professeur Lo Re, de Foggia, p. 102.

Les transformations culturales ayant pour effet de limiter l'emploi de la main-d'œuvre et de mieux garantir par là l'indépendance de l'exploitant ont dû, nous l'avons déjà noté, être envisagées comme l'une des solutions directes de la crise du travail agricole, et il est hors de doute que l'évolution commencée eût été bien plus générale si l'opinion n'avait pas prévalu que le mouvement d'agitation gréviste serait purement transitoire. Mais si la substitution des cultures pauvres aux cultures riches n'a pas encore pris une grande importance dans l'économie rurale italienne, l'outillage mécanique des exploitations est en voie de transformation complète, au bénéfice du progrès technique et au détriment de la main-d'œuvre.

« La résistance de la classe des propriétaires, a dit le professeur Masè-Dari, de l'Université de Messine, ne fut ni obstinée, ni aveugle ; elle fut la résistance de soldats avisés de l'approche d'un secours libérateur. Et ce secours vient de la possibilité de substituer à la main-d'œuvre peu habile et trop coûteuse un capital technique agile, hautement productif et de prix relativement restreint » (1).

Ainsi, dans la province de Mantoue qui fut, au début, la plus troublée par les grèves agricoles,

_____

(1) *La situazione agricola e il possibile rimedio*, étude publiée dans *La Riforma sociale* du 15 mars 1902.

le représentant italien de la Compagnie Deering, de Chicago, avait vendu, pendant le printemps de 1901, environ 400 machines agricoles, faucheuses, râteaux à foin, moissonneuses, moissonneuses-lieuses, etc. D'autres négociants et le Syndicat agricole de Mantoue en avaient, en même temps, placé un nombre encore plus considérable chez les moyens et grands propriétaires, de telle sorte que l'agitation agraire tend à rendre cette province la plus avancée de l'Italie au regard de l'emploi des machines agricoles, comme elle est la province la plus entièrement acquise au socialisme.

Les machines automobiles, le labourage à vapeur et les grandioses applications de l'énergie électrique et des forces hydrauliques à la culture semblent aussi devoir se propager sur les vastes domaines, y réduisant au minimum l'emploi du travail humain.

L'usage des machines a pris un développement plus grand encore pendant les années 1902 et 1903. Si l'on songe qu'avec une moissonneuse-lieuse un seul homme peut exécuter le travail de 16 moissonneurs à bras, on appréciera, d'une part, l'indépendance qu'un outillage perfectionné assure à l'exploitant et, de l'autre, la perte qui en résulte pour la main-d'œuvre. Aussi le professeur Masè-Dari, qui voudrait voir les propriétaires italiens adopter cette devise : « Un puissant capital technique et de bons salaires à une main-d'œuvre limitée », n'éprouve aucune inquiétude au sujet des difficultés suscitées aux agriculteurs par les prétentions des travailleurs ruraux : il estime même que la classe des propriétaires devrait savoir, à celle des paysans, gré de son organisation à laquelle sont dus le réveil du progrès technique et la rapide propagation des machines agricoles (1).

(1) *Ibidem*. Malheureusement la presque totalité des machines agricoles importées en Italie sont des machines de fabrication allemande, anglaise ou américaine. Nos excellents constructeurs français n'ont, pour ainsi dire, pas bénéficié de ce nouveau débouché, sauf en ce qui concerne quelques spécialités telles que trieurs, pressoirs, pompes, etc., bien qu'ils n'aient pas à supporter de tarif douanier plus élevé que les constructeurs des autres pays. C'est que les maisons étrangères ont installé des dépôts de leurs machines dans les principales villes d'Italie, tandis que les nôtres n'y sont guère représentées. Cependant, pour celles qui reculent devant les frais de l'installation d'un dépôt, il leur serait possible de trouver de bons représentants, le moment étant particulièrement propice à l'établissement de relations suivies d'affaires entre la France et l'Italie. Ainsi la *Federazione italiana dei consorzi agrari*, dont le siège est à Plaisance et le directeur M. le professeur Giovanni Raineri, représente déjà une maison française de construction de trieurs à céréales ; elle accepterait sans doute de représenter d'autres constructeurs de notre pays : or cette Fédération possède une clientèle considérable, celle des 300 à 400 associations agricoles diverses qui lui sont affiliées et auxquelles elle fournit les engrais, tourteaux, machines agricoles, etc.

Un ingénieur agronome français, expert en mécanique agricole, qui représenterait en Italie un de nos grands cons-

Ce n'est pas uniquement l'emploi des machines agricoles qui permet, sans recul pour le progrès, de réduire l'emploi de la main-d'œuvre. Les grands travaux de mise en valeur des terres (*lavori di bonifica*), aujourd'hui en partie suspendus par suite de la crise, sont ceux qui occupent le plus grand nombre de bras ; après l'exécution de ces travaux qui laissent les terres mouillées, la première culture pratiquée est celle du riz, laquelle réclame une main-d'œuvre moindre, mais encore très importante puisqu'un hectare de rizière exige, en moyenne, 175 journées de travail. Lorsque la

tructeurs de machines agricoles, qui serait en état d'établir, pour les propriétaires, des plans et devis d'installation de caves, d'huileries, de distilleries, etc., qui pourrait diriger des entreprises d'irrigation, de labourage à vapeur, qui saurait prévoir les besoins d'outillage nouveau devant résulter de la transformation des cultures, qui se tiendrait en bonnes relations avec les syndicats agricoles, sociétés d'amélioration des terres, entreprises de colonisation agricole, coopératives d'exploitation du sol, etc., pourrait assurément créer en Italie un débouché très important pour les machines françaises, notamment pour toutes celles qui intéressent la viticulture et la vinification.

Ces considérations, accompagnées de renseignements pratiques, ont été développées par M. Georges Carle, ingénieur-agronome, stagiaire à la Station d'essais de machines agricoles, dirigée à Paris par M. Ringelmann, dans une « Note sur la vente des machines françaises en Italie », rédigée à la suite des excursions agricoles du Congrès international d'agriculture de Rome et publiée par le *Bulletin de la Chambre syndicale des constructeurs de machines agricoles de France* (nº d'octobre 1903).

rizière fait place aux cultures sèches, c'est-à-dire aux céréales, au chanvre, à la prairie, 93 journées de travail suffisent par hectare (1). Ainsi l'évolution naturelle tend à diminuer la demande de la main-d'œuvre agricole. Les propriétaires peuvent encore, et c'est un moyen très efficace de résistance, cesser d'exploiter leurs terres eux-mêmes et les donner en métayage ou autre type du colonat partiaire. Nul système d'exploitation n'est plus propre à réduire les frais de la main-d'œuvre; car le colon partiaire ne fait appel aux ouvriers salariés qu'en cas d'absolue nécessité, et son travail est plus productif que celui du simple journalier, atttendu qu'il est intéressé dans les résultats de la production.

Un moyen assez ingénieux de réparer les pertes que la grève peut infliger aux propriétaires ruraux a été proposé au Congrès des Propriétaires agriculteurs de Modène par M. Ettore Gentili et au Congrès international d'agriculture de Rome par le marquis Giuseppe Roi, de Vicence : c'est la formation, entre les propriétaires, d'une société d'assurance mutuelle contre le risque de la grève. On solidariserait ainsi les intérêts des propriétaires qui trouveraient dans la mutualité une protection efficace et reprendraient confiance dans l'avenir de

(1) Journal l'*Economista* du 21 février 1904.

l'agriculture. Les dommages causés aux récoltes du fait des grèves seraient garantis par le paiement d'une prime de 1 à 3 pour 100 de la valeur des récoltes assurées, c'est-à-dire très inférieure aux primes de l'assurance contre la grêle. C'est là une application de l'idée, souvent émise déjà en Allemagne et en Autriche et suivie de quelques tentatives de réalisation, notamment à Vienne et à Leipsick, qui consisterait à organiser des sociétés industrielles assurant aux patrons des indemnités en cas de grève. Comme il importe de ne pas encourager l'iniquité des personnes qui exploitent sans scrupule les travailleurs qu'elles emploient, la société d'assurance mutuelle contre les dommages causés par les grèves n'accepterait d'assurer que les propriétaires ayant avec leurs ouvriers des conventions clairement exprimées, conformes aux usages locaux, justes et humaines.

Les organisations ouvrières recourent souvent à la grève, dans leur conviction qu'elle est beaucoup plus dommageable au propriétaire qu'aux grévistes et qu'ainsi le propriétaire sera contraint par son propre intérêt à accorder les concessions qui lui sont réclamées. Il n'en serait plus de même lorsque l'assurance mutuelle fonctionnerait et, le but que visent les ouvriers se trouvant manqué, ils ne se mettraient plus en grève à la légère.

Le rapport de M. Roi conclut en ces termes :

12

« Non, ce n'est pas en obtenant par force, au moyen de grèves, des accroissements de salaires, que les conditions matérielles s'amélioreront. Le progrès des salaires doit être le résultat normal d'une demande naturelle, et c'est seulement quand le capital, tranquille et confiant, recherchera un placement dans l'agriculture et l'industrie, que se produira le mouvement ascensionnel, calme et durable, des salaires, comme le résultat forcé d'une plus grande demande de main-d'œuvre. Le but est donc double : si, au moyen de l'assurance, le capital se prémunit contre des pertes imprévues, d'un autre côté, la main-d'œuvre obtiendra nécessairement une compensation croissant toujours avec la demande de travail » (1).

Enfin, d'excellents conseils ont été donnés aux propriétaires ruraux sur les diverses mesures à prendre pour diminuer l'intensité de la crise. Ils peuvent, comme les y a engagés M. Sonnino, substituer, dans toute la mesure possible, les longs contrats, avec clause de dédit à terme préfix et clause d'arbitrage en cas de désaccord sur l'interprétation, les contrats annuels, aux contrats provisoires ou de durée indéterminée ; ils doivent

(1) 7ᵉ Congrès international d'agriculture. — Rapports et communications. Vol. I, 1ʳᵉ partie (Rome, impr. de l'*Unione cooperativa*, 1903).

traiter, en tout cas, longtemps d'avance et de manière à garantir l'entière exécution du travail faisant l'objet du contrat (1). Les associations agricoles ont recommandé aux propriétaires de renoncer
à l'ancienne pratique des contrats verbaux, dont
il est si difficile de réclamer judiciairement l'exécution, et de passer leurs contrats en la forme
légale, devant notaire, ce qui donne plus de garanties aux deux parties. Les ouvriers, qui ont
conservé un certain respect pour les formalités de
l'acte notarié, se sentent ainsi beaucoup plus liés
et seront moins enclins à manquer à leur engagement.

On a conseillé avec raison aux propriétaires
d'opposer au principe anti-social de la lutte de
classe le principe de l'association entre le capital
et le travail : il est facile d'intéresser le travailleur
au résultat de l'entreprise agricole, facile de réglementer en sa faveur une participation dans les
bénéfices. Déjà elle est fréquemment stipulée dans
les contrats d'engagement à l'année et la grande
variété de types de ces contrats permettrait de
donner à ce mode de rémunération si moral, si
profitable à l'entente entre le capital et le travail,
plus d'extension et d'importance encore. Dans
l'Enquête de la Société des Agriculteurs italiens,
l'ingénieur Giovanni Torregiani, syndic d'Asola,

(1) Discours prononcé à la Chambre le 19 juin 1901.

province de Mantoue, répondait que le système
d'intéresser les travailleurs par une répartition
dans les produits de l'exploitation agricole devrait
suffire pour apaiser les conflits si les grèves avaient
le caractère seulement économique et non politique (1).

Enfin l'Académie agraire de Pesaro (Marches),
engageait les propriétaires « à se faire eux-mêmes,
au prix de quelques sacrifices, les promoteurs des
réformes aptes à améliorer les conditions économiques, hygiéniques et morales dès travailleurs, à
opposer à la propagande socialiste une contre-pro-
pagande de conférences, de publications et d'en-
tretiens familiers destinée à éclairer les travailleurs
de la terre sur les maux qu'ils peuvent susciter
par leurs prétentions exagérées » (2).

Certes, le conseil est un des meilleurs qui se
puissent donner et les propriétaires ruraux ne sauraient trop se convaincre, que, comme le leur a
éloquemment rappelé M. Gavazzi, « la parole de
haine portera ses fruits là où ne pénétrera pas la
parole d'amour » (3).

(1) Page 40 de l'Enquête.
(2) Page 90 de l'Enquête.
(3) Discours prononcé à la Chambre le 20 juin 1901.

CHAPITRE VI

1. — Evolution du mouvement d'agitation agraire

L'année 1901 marqua l'apogée du succès des Ligues de paysans. Elles se multipliaient, à l'envi, dans les diverses parties du royaume, enrôlant et disciplinant les travailleurs de la terre épris de l'idée nouvelle. A peine organisée, la Ligue dictait ses conditions aux propriétaires : sur leur refus d'y souscrire, elle déclarait la grève qui réussissait fréquemment et dont les résultats favorables recevaient ensuite une bruyante publicité. Parfois aussi, la grève était préalable à la constitution de la Ligue et avait pour but de la faciliter. Beaucoup de grèves eurent pour cause réelle moins les prétentions spéciales formulées au nom des ouvriers que l'occasion très opportune, ainsi fournie, d'embrigader rapidement, et même par contrainte, la masse des travailleurs ruraux dans les cadres de la Ligue. Cette période fut vraiment l'âge d'or des agitateurs socialistes.

La statistique officielle avait enregistré, après le

12,

chiffre de 27 grèves agricoles seulement pour l'année 1900, celui de 660 pour 1901 et les trois premiers mois de 1902. En 1902, le nombre des grèves agricoles s'est abaissé à 307. D'un rapport présenté, le 15 juin 1903, à la Chambre des députés, au nom de la Commission du budget, par M. Mazza, sur les dépenses du ministère de l'Intérieur il ressort qu'en 1902 les grèves agricoles ont été, comme nombre et comme importance, en grande diminution relativement à celles de l'année précédente, mais qu'elles ont affecté surtout les mêmes provinces (1). Elles ont eu aussi, dans l'ensemble, des résultats moins favorables aux revendications ouvrières. Cela était d'ailleurs à prévoir. M. Alessandro Schiavi, ancien rédacteur du grand journal socialiste *Avanti*, a lui-même reconnu que les échecs furent très supérieurs aux succès et cela, en partie, par la faute des paysans qui ne surent pas comprendre que les conditions de lutte et les forces de leurs adversaires étaient bien différentes de ce qu'elles étaient en 1901. Les propriétaires se sont ressaisis, organisés, et ils ont cherché à retirer une partie des concessions qu'ils avaient dû faire dans la surprise des grèves

(1) C'est la province de Rovigo qui a tenu la tête en 1902 avec un total de 71 grèves agricoles ; viennent ensuite les provinces de Pavie avec 39 grèves, Novare avec 31, etc. (Rapport de M. Mazza).

de l'année précédente. Ils se sont donc refusés à
renouveler les contrats sur les mêmes bases et,
après la grève déclarée, à traiter avec les comités
des Fédérations de Ligues représentant les organisations ouvrières. Les Fédérations furent obli-
gées de céder sur ce point et les négociations
s'ouvrirent, dans chaque localité, entre les propriétaires et les paysans réunis au Municipe sur
l'invitation du syndic (1).

Les Ligues ont continué à organiser la grève
avec beaucoup d'imprévoyance et de légèreté :
leurs procédés à cet égard ont encouru le blâme
des socialistes eux-mêmes. Le député socialiste
Varazzani a fait une juste critique des erreurs
commises, et dans leur longue énumération il est
piquant de le voir signaler « le système, désor-
mais généralisé, de recourir — à peine la grève
ayant éclaté ou même dans l'imminence prédé-
terminée de son explosion — à l'invocation thau-
maturgique du député, dont l'omnipotence présu-
mée aiguise la tendance à la grève même,
affaiblissant le sentiment du devoir et de la responsabilité directe » (2). Il blâme encore la facilité
avec laquelle sont organisées des grèves dites *de
solidarité*, à seule fin de créer une base artifi-

(1) *La Riforma sociale* du 15 février 1903. — *Lavoratori e
padroni nel 1902*, par Alessandro Schiavi.
(2) Journal *Avanti* du 24 mai 1902.

cielle à des mouvements qui manquent absolument
d'énergie et de préparation ; la procédure trop
précipitée et comminatoire employée pour vaincre
les résistances des propriétaires ; l'obstination à
soutenir des exigences de pure forme en renon-
çant, au besoin, à des avantages essentiels ; l'habitude trop générale de hâter, pour sortir de la
situation intolérable résultant de la proclamation
inconsidérée de la grève, la conclusion d'un accom-
modement boiteux qui laisse les travailleurs mécontents et disposés à renouveler leurs tentatives,
comme elle laisse les propriétaires défiants et mieux
préparés à se défendre, etc.

M. Napoleone Colajanni constate, de son côté,
que les proportions prises par les grèves agricoles,
en 1901 et 1902, alarmèrent non seulement les
conservateurs et les propriétaires, qui s'y trouvaient directement intéressés, mais même les socialistes qui avaient vu en elles un moyen si efficace de propagande. De là leurs conseils réitérés,
donnés aux travailleurs, d'éviter le plus possible
l'abandon du travail, toute grève non justifiée ou
mal préparée devant se traduire en échec moral
et matériel. Ce fut, dit-il, une véritable épidémie
de grèves qui s'étendit à toutes les classes ouvrières.
Les grèves s'engendraient les unes les autres par
une sorte de contagion des esprits, par simple
imitation, par l'effet de la publicité que donnait

la presse à leur développement et à leurs résultats : tantôt elles se propageaient de la campagne à la ville, tantôt en sens inverse (1).

Ces jugements sévères, émanés de notabilités du parti socialiste italien, nous dispensent d'insister.

Dans la seconde moitié de l'année 1902, les Ligues de paysans commençaient à perdre du terrain, la confiance diminuant en raison de la faible importance des résultats obtenus. Une grève déclarée à San Nazzaro dé Burgondi, province de Pavie, se terminait par l'acceptation de faibles améliorations, « la résistance étant devenue insoutenable, selon M. Alessandro Schiavi, par suite du grand nombre des défections » (2). Des idées plus sages, plus modérées, se manifestaient çà et là. Le Conseil fédéral des Ligues de la province de Bologne proclamait « l'utilité des accords qui, éliminant les occasions de conflits, encourageraient une large et intensive culture des terres » (3). La tendance des petits propriétaires à améliorer leur situation à l'aide des ressources de la coopération s'accentuait.

L'année 1903 se passa dans le calme et les grèves agricoles furent peu importantes. Est-ce à

(1) *Il movimento agrario in Italia*, p. 747.
(2) *Lavoratori e padroni nel 1902*, loc. cit., p. 141.
(3) *Ibid.*, p. 143.

dire que l'apaisement s'était fait dans les esprits et
que les rapports entre le capital et la main-
d'œuvre avaient repris leur état normal antérieur à
la crise, comme le beau temps succède à l'orage?
Il est difficile de le penser. Mais il y avait, de part
et d'autre, une grande lassitude, avec le désir d'é-
viter ou, tout au moins, d'ajourner de nouveaux
conflits. Les propriétaires s'accommodaient du
statu quo qui leur permettait de se recueillir et
de s'organiser en vue des éventualités futures. La
combativité des paysans s'était dépensée en luttes
souvent stériles ou dont le profit avait été bien
maigre en comparaison de l'effort et de l'espoir
conçu. Les chefs étaient discrédités pour avoir
leurré de vaines promesses les masses ouvrières
et n'avoir pas su les mener à la victoire. L'idéal
socialiste apparaissait à beaucoup n'être que la
chimère socialiste. Ce fut la période de réaction
physique, de découragement et d'attente qui suit,
d'ordinaire, les grandes crises lorsqu'elles n'ont
pas abouti à un résultat définitif.

2. — Situation au printemps de 1904. Les Ligues dans l'Italie du Nord

Après avoir étudié les phases du mouvement
d'agitation agraire pendant les années précédentes,
il nous faut enfin chercher à déterminer sa situation actuelle et à préciser les meilleures solutions

que semble comporter ce grand conflit social, sans
précédent dans l'agriculture européenne.

Que sont devenues, au printemps de l'année
1904, ces Ligues de paysans qu'on doit considérer
comme les agents presque indispensables de l'organisation des grèves du travail agricole? Se sont-
elles développées en nombre, en puissance, en
popularité ou, au contraire, sont-elles entrées en
décadence, par l'effet des vices organiques de leur
constitution?

Les renseignements recueillis à cet égard ne
sont pas toujours concordants : du côté des propriétaires, on est peut-être trop enclin, parce
qu'on le désire, à admettre que la plupart de ces
Ligues qui leur ont été hostiles ou du moins dommageables sont aujourd'hui dissoutes, ayant cessé
de manifester leur existence d'une façon militante ; d'autre part, les fondateurs et chefs des
Ligues inclinent plutôt, par amour-propre ou
esprit de parti, à fermer les yeux à l'évidence en
leur attribuant encore une vitalité qu'elles ne pos-
séderaient plus. D'ailleurs, il est certain que la
situation varie beaucoup selon les régions.

Dans le Nord de l'Italie, dans cette grande
plaine du Pô qui fut leur berceau, les Ligues de
paysans semblent avoir à peu près disparu. Il est
cependant possible qu'elles sommeillent plutôt,
que leur activité soit susceptible de se réveiller

dès la première occasion favorable et qu'ainsi
l'organisation donnée au prolétariat rural par le
parti socialiste subsiste latente avec ses cadres
permanents (1). Quant à la variété parallèle des
Ligues catholiques propagées par le parti démo-
crate-chrétien, elle s'est maintenue et même peut-
être développée, ne causant, d'ailleurs, actuellement, aucun embarras aux chefs d'exploitation.

Dans la province de Ferrare il s'est produit un
fait curieux qui montre combien était fragile la solidarité établie entre les membres des Ligues par
les prédications socialistes. Bon nombre de grands
propriétaires ont voulu se prémunir contre les exigences de la main-d'œuvre et ils l'ont fait par la
subdivision de leurs domaines en petites mé-
tairies ; les mêmes paysans qui travaillaient autrefois ces terres pour le compte du propriétaire les
exploitent maintenant à moitié fruit. Or, assez
souvent, ces nouveaux métayers sont d'anciens
chefs de Ligue *(Capilega)* qui, sans égard pour
les besoins de leurs camarades, économisent la
main-d'œuvre beaucoup plus que les propriétaires
lorsque ceux-ci exploitaient directement (2).
Ainsi, par cette substitution, le chef de Ligue seul

(1) Ce qui paraît établi, c'est que les cotisations dues par les
membres des Ligues ont cessé d'être payées.
(2) Ce renseignement nous a été fourni par le marquis Giuseppe Roi, de Vicence, propriétaire dans le Ferrarais (lettre
du 28 janvier 1904).

aura tiré de la crise un avantage, tandis que tous
ses membres en pâtiront.

Pourtant quelques Ligues se sont maintenues
dans les provinces du Nord, à Mantoue par
exemple, où la Fédération provinciale des Ligues
est toujours vivace et a accentué son caractère socialiste intransigeant ; son journal *Nuova
Terra* continue à faire une active propagande,
même en dehors des limites de la province. Il serait donc sans doute imprudent de penser que
l'influence des Ligues soit morte, comme nous
l'affirmaient, au printemps de 1903, quelques
agriculteurs de la Haute-Italie, dans ces régions
de l'Émilie, de la Romagne, des provinces de
Crémone, Mantoue et Rovigo qui ont été, de tout
temps, le principal centre de l'agitation des travailleurs agricoles en Italie. Il est plus probable
que le feu couve sous la cendre et qu'il se rani-
mera au moment opportun : lorsque l'organisation
ouvrière sera devenue plus habile, elle en sera plus
difficile à combattre.

Dans une partie de l'Émilie les Ligues de
paysans se sont maintenues beaucoup plus actives
que partout ailleurs. Bologne était leur capitale,
puisque le premier Congrès national des Travailleurs de la terre eut lieu dans cette ville qui fut
choisie comme siège de la Fédération nationale des
Associations de Travailleurs de la terre. C'est dans

13

ce milieu que l'esprit des Ligues devait se conserver
le plus conforme à leur but primitif. Il est vrai
qu'aucun autre Congrès national des Travailleurs
de la terre n'a succédé à celui de Bologne, bien
qu'il eût été alors décidé que ces Congrès se re-
nouvelleraient tous les deux ans au moins.. Il est
également constant que la Fédération nationale,
qui était une émanation du Congrès, a, en fait,
cessé d'exister, et cela témoigne l'échec du plan
général d'organisation du prolétariat agricole pour
tout le royaume.

Mais dans la province de Bologne les Ligues de
paysans, fédérées entre elles, ont conservé leurs
positions : elles étaient au nombre de 60 à la fin
de 1902 ; elles se retrouvent en nombre égal le
31 décembre 1903, les Ligues dissoutes étant
remplacées par un égal nombre de nouvelles. Il y
a même une légère augmentation du nombre global des sociétaires qui a passé de 13,844 à
14,421.

Tels sont, du moins, les chiffres indiqués par le
Comité fédéral dans le rapport sur la marche de
la Fédération provinciale présenté au Congrès provincial des Travailleurs de la terre qui s'est tenu à
Bologne le 24 janvier 1904 (1).

(1) Dans la province voisine de Reggio Emilia, les Ligues de
paysans sont en progrès; elles étaient au nombre de 40 en
juillet 1901, de 96 en juillet 1902 et de 106 en juillet 1903. Au

3. — Le 2ᵉ Congrès de Bologne. — Alliance des Ligues de paysans avec les Sociétés coopératives.

Ce Congrès, qui fut présidé par M. Carlo Vezzani, membre du Conseil supérieur du travail (1), fournit quelques renseignements intéressants sur l'état d'esprit prévalant actuellement au sein des Ligues encore vivaces.

On s'y est d'abord préoccupé d'unifier les statuts des Ligues qui étaient assez différents les uns des autres (quelques-unes même n'en possédaient pas) : le Comité fédéral a adopté des statuts-types et a proposé de supprimer la fonction du chef de Ligue *(Capolega)*, « parce que cette fonction, utile dans les premiers temps de l'organisation, peut donner lieu à des inconvénients, comme cela

commencement de 1904, la Fédération provinciale de Reggio Emilia comptait 108 Ligues avec 10,708 sociétaires. Il faut noter l'organisation parallèle de 50 sections de métayers, fermiers et petits propriétaires *(Sezioni di Coloni)*, fonctionnant à la fois dans un but commercial (achats collectifs) et pour la résistance (amélioration des contrats), et formant également une Fédération socialiste. Deux Ligues de cette province ont pris des terres à bail et les exploitent en culture très perfectionnée.

(1) Le Conseil supérieur du travail compte sept représentants ouvriers, dont trois représentent les ouvriers des mines et des ports et quatre les ouvriers et paysans en général. Ces derniers délégués sont MM. Ernesto Verzi, Ettore Reina, Angelo Cabrini, député, et Carlo Vezzani.

est arrivé parfois » (1). Chaque Ligue aura une
commission exécutive responsable devant l'assemblée générale ; les fonctions administratives sont
déléguées au secrétaire, qui représente la commission exécutive, et au caissier. Dans chaque cas
où il y aura lieu à traiter avec les propriétaires, la
commission exécutive désignera un délégué spécial
qui sera adjoint au secrétaire pour conduire les
négociations. Ces propositions ont été adoptées
par le Congrès. Dans la suppression des chefs de
Ligue on doit voir une tendance louable à écarter
les politiciens, qui ont trop souvent compromis les
intérêts des travailleurs ruraux en se servant des
Ligues au lieu de les servir.

Des aspirations nouvelles et des visées plus
sages sont aussi à relever dans le rapport de
l'avocat Luigi Ploner, syndic de Molinella, sur
l'organisation économique de résistance et la coopération. Ce n'est pas à dire que le parti socialiste, dont il est l'organe, abandonne l'espoir de
voir le régime socialiste succéder, un jour, au
régime capitaliste actuel ; les organisations ouvrières de résistance sont un premier pas dans la
voie de cette transformation progressive de la
société. Mais entre ces deux époques sociales et
historiques doit se placer l'époque coopérative au
cours de laquelle les travailleurs, d'abord orga-

(1) Compte rendu du Congrès dans la presse de Bologne.

nisés pour la résistance, pourraient, grâce à la
coopération de leurs intérêts, recueillir des fruits
abondants d'expérience technique et de bien-
être (1).

Ainsi la résistance à l'égard des chefs d'exploitation, qui fut primitivement l'unique but des Ligues,
céderait plus ou moins complètement la place à
une organisation pacifique, efficace, pratiquement
réalisable, celle de la coopération dans ses diverses
branches, consommation, production et travail,
crédit, etc. Les réserves constituées par la coopération de consommation, celle dont le fonctionnement est le plus facile, serviraient à créer des
sections de crédit et de production. Les Ligues
pourraient même prendre des terres à bail et les
exploiter coopérativement.

Comme gage de cette évolution significative, le
rapporteur condamne l'exagération des prétentions
chez les travailleurs agricoles et en proclame
l'échec fatal. Il reconnaît que ceux-ci ne peuvent
obtenir et conserver une amélioration économique
immédiate si, dans leurs demandes, ils ne savent
pas tenir compte du revenu de l'exploitation agricole, parce qu'aucun propriétaire ne voudra produire à perte : c'est pourquoi, en présentant les
tarifs et horaires des contrats de travail, il est indispensable de tenir compte de la rente que peut

(1) Compte rendu du Congrès.

donner le sol. Ce conseil sensé, les chefs socialistes se gardaient bien de le donner au début du
mouvement d'agitation agraire.

Bref, après une longue discussion sur ce thème,
le Congrès vota, sur la proposition de M. Ploner,
un ordre du jour intéressant à reproduire comme
résumant les principales aspirations actuelles des
Ligues de paysans dans cette région de l'Italie où
elles ont conservé le plus de cohésion et d'activité :

« Le Congrès considère comme nécessaire que
les travailleurs de la terre poursuivent et ren-
forcent leur organisation de classe pour conquérir
et conserver l'amélioration de leur condition ;

Recommande à tous les sociétaires fédérés de
garder vive la flamme de la solidarité prolétarienne des Ligues, afin que celles-ci donnent tous
les bénéfices économiques, moraux et politiques
qui sont rendus possibles par les conditions posi-
tives de la production et de la densité de la population ;

Emet le vœu que les Ligues de résistance soient
graduellement complétées par des formes plus
modernes d'organisation (coopératives de travail,
de consommation et de crédit), ainsi que le permettent les conditions morales et économiques de
chaque localité ;

Affirme enfin la nécessité que les Ligues participent aux luttes politiques entreprises pour arracher des mains de la bourgeoisie l'administration des communes, des provinces, de l'Etat » (1).

Le dernier paragraphe de cet ordre du jour, qui fut la manifestation la plus importante du deuxième Congrès de Bologne, démontre que si, au point de vue économique, les Ligues de paysans se sont modérées et assagies, elles sont demeurées politiquement l'instrument docile du parti socialiste.

Le chômage et l'émigration furent encore d'importantes questions traitées au Congrès. Le rapporteur spécial, M. Nino Mazzoni, constata que, dans certaines communes de la province de Bologne, le chômage annuel atteint 50 0/0 des journées. Le chômage a coïncidé avec la formation des Ligues. Les propriétaires, obligés d'élever les salaires, limitent le travail, suppriment les travaux accessoires, laissent des terres incultes. L'organisation ouvrière provoque la résistance des capitalistes. Les machines, les progrès des transports, les transformations de culture, la diminution des rizières, l'intensification du travail des métayers et des ouvriers engagés à l'année, l'accroissement rapide de la population, telles sont les principales causes de la réduction de l'emploi des journaliers. Le chômage frappe surtout les

(1) Compte rendu du Congrès.

membres des Ligues socialistes. Les remèdes à
appliquer à cette douloureuse situation sont la
pression à exercer sur les autorités pour obtenir
l'exécution de grands travaux publics, la colonisation entreprise au moyen d'une émigration
rationnelle bien organisée, notamment dans la
colonie de l'Erythrée, l'expropriation des terres
incultes d'Italie, etc. Le Congrès se sépara après
avoir émis des vœux dans ce sens.

L'orientation nouvelle des Ligues de paysans
vers la pratique de la coopération est un fait important à noter, surtout si on le rapproche des
tendances manifestées en 1901 par le premier
Congrès de Bologne, le Congrès national des Travailleurs de la terre. La coopération n'y était pas
en faveur : on l'estimait trop fade, trop modérée,
on lui faisait grief d'exclure la politique. Les coopératives de toute nature étaient tenues en défiance comme poursuivant seulement un but
économique, l'accroissement du bien-être des travailleurs, et ne pratiquant pas la lutte de classe.
Actuellement la tactique a changé et, à l'exemple
des socialistes d'autres pays, le parti socialiste italien, après avoir affecté d'abord un certain dédain
pour la coopération, semble vouloir l'accaparer
afin de se servir d'elle. Il cherche à étendre son
influence sur la Ligue des Sociétés coopératives

italiennes, dont le siège est à Milan (1). Le Congrès coopératif tenu à Gênes, au mois de septembre 1903, a voté le principe d'une alliance intime des sociétés coopératives avec les Ligues de résistance : les Ligues doivent créer des coopératives (c'est le conseil qui vient de leur être donné à Bologne) et les coopératives doivent aider les Ligues.

On peut se demander quelles seront les conséquences de cette alliance, quels avantages en résulteront pour chacune des deux parties contractantes. La Ligue des sociétés coopératives italiennes, abstraction faite de ses propres tendances politiques que nous n'avons pas à approfondir, y voit sans doute le moyen de propager dans les campagnes les doctrines et les applications de la coopération, d'y étendre son influence et d'y développer des institutions éminemment favorables au progrès du bien-être populaire : c'est un objectif louable et désintéressé. Du côté des Ligues de paysans,

(1) La Ligue nationale des coopératives italiennes, fondée en 1886, comptait, à la fin de 1903, 830 sociétés fédérées. Son journal hebdomadaire est la *Cooperazione Italiana*, dirigé par M. Antonio Maffi (Milan, galerie Vittorio Emanuele). La Ligue a publié la statistique des coopératives italiennes existant en 1902 : elles étaient alors au nombre de 2,270, se décomposant en 1,039 sociétés de consommation, 823 sociétés de production, 436 sociétés de crédit (non compris les 700 banques populaires) et 78 sociétés diverses. Elle organise les Congrès périodiques des coopérateurs italiens,

13.

on paraît espérer de cette alliance des résultats plus pratiques et plus substantiels. Lorsque les sociétés coopératives de toute nature se seront beaucoup multipliées en Italie — et, depuis quelque temps, leur diffusion a été rapide dans les campagnes — elles constitueront de précieux auxiliaires pour les Ligues de paysans et fourniront à leur action un excellent point d'appui. Mais surtout les réserves constituées à l'aide des bonis de la coopération sont appelées à former de précieuses ressources dont les Ligues pourraient se servir afin de reprendre, avec des chances plus favorables, la campagne contre le capital. Ainsi le but réel de l'alliance serait de fournir un trésor de guerre aux Ligues de paysans et la coopération, qui doit être, par essence, un agent de progrès matériel et de paix sociale, deviendrait un arsenal où se forgeraient les armes à employer contre la propriété. C'est pourquoi bien des esprits clairvoyants considèrent l'alliance des coopératives et des Ligues comme indicative d'un plan consistant à continuer, dans un avenir plus ou moins rapproché, l'action militante des Ligues et à organiser de nouvelles grèves des Travailleurs de la terre.

4. — Les Ligues dans le reste de l'Italie
et en Sicile

Après avoir constaté la permanence des Ligues de paysans dans l'Emilie et leur orientation assez sensiblement modifiée depuis deux ans, nous avons à rechercher quelle est leur situation actuelle dans les autres parties de l'Italie où elles avaient acquis de l'importance. Cette situation est très variable, et c'est là un effet naturel du régionalisme, plus accentué en Italie que partout ailleurs.

Dans l'Ombrie et en Toscane, pays de vieux métayage, des grèves de métayers assez sérieuses avaient éclaté en 1902, provoquées, il faut bien le reconnaître, par l'imprudence des propriétaires qui ont voulu modifier, à leur profit, l'antique contrat de métayage en imposant aux métayers la charge de fournir les animaux. D'après le témoignage autorisé du comte Eugenio Faina, sénateur, vice-président de la Société des Agriculteurs italiens, le mouvement gréviste, qui prit naissance à Orvieto, fut politique plutôt qu'économique : il se termina sans laisser trop de traces, avec des concessions insignifiantes de la part des propriétaires (1).

Dans le Latium, la condition des bouviers, ber-

(1) Lettre personnelle du 30 juillet 1903.

gers et ouvriers agricoles de la campagne romaine, exploités et pressurés par les *caporali*, est particulièrement misérable. Au mois d'avril 1903, pendant le Congrès international d'agriculture de Rome, la presse romaine annonçait que, sur divers points, les bouviers et bergers s'étaient concertés pour présenter, sous forme de *memorandum*, leurs revendications aux chefs d'exploitation, les avertissant que la grève générale de classe serait déclarée dans l'*Agro romano* le 1ᵉʳ mai suivant si, à cette date, leurs prétentions n'avaient pas été accueillies. Il ne semble pas que ce mouvement d'agitation ait eu des suites sérieuses.

Quant au sud de l'Italie, les Ligues de paysans s'y étaient surtout développées dans les trois provinces des Pouilles, où elles possédaient une puissante organisation. Aucune grève importante ne s'est produite depuis le printemps de 1903. Les Ligues ont plutôt diminué en nombre et en influence. Elles ont, en certains cas, affirmé leur vitalité en prenant part à des manifestations électorales, en cherchant à imposer leur volonté relativement au régime des taxes municipales ou de l'octroi. Aucun mouvement agraire n'a été signalé (1).

(1) Malheureusement cela n'est plus exact; car un télégramme du 16 mai apporte le récit d'une nouvelle émeute sanglante survenue dans la province de Foggia : « A Cerignola, à la suite de l'agitation d'hier au sujet de la journée de huit heures de travail, quelques centaines de paysans se sont ré-

M. Eugenio Maury, député de la province de Foggia, attribue ce revirement favorable à trois
causes : 1° les divisions auxquelles est en proie le
parti socialiste italien ; 2° la conviction acquise par
la masse ouvrière, que le Gouvernement, tout en
laissant une liberté absolue aux doctrines, réunions et manifestations diverses des Ligues, répri-
merait impitoyablement toute atteinte portée à la
liberté du travail ou aux droits reconnus par le
Statut de l'Etat ; 3° enfin, et surtout, la bonne
récolte de l'année 1903 qui, répandant le travail dans les Pouilles, a exercé la meilleure influence (1).

Si nous passons à la Sicile, nous y rencontre-
rons une nouvelle évolution des Ligues de paysans. Dans cette île où les premières associations
de travailleurs agricoles, les *Fasci* de 1893, avaient
présenté un caractère révolutionnaire si inquiétant,
les Ligues actuelles semblent être devenues de

voltés et ont empêché ce matin les travailleurs de sortir par
les portes de la ville. Un peloton de vingt soldats étant inter-
venu a été accueilli par des pierres et des coups de feu. Un
officier de la sûreté publique, blessé à la tête par une pierre,
est tombé. La force publique, parmi laquelle il y avait quelques
blessés, se voyant entourée, a fait feu. Deux paysans ont été
tués et huit ont été blessés ».

(1) On trouvera ces diverses causes plus complètement expo-
sées dans l'intéressante monographie du mouvement agraire
dans les Pouilles que M. le député Eugenio Maury a bien voulu
rédiger, sur notre demande, et que nous publions comme annexe de ce volume.

véritables institutions d'amélioration agricole et de progrès social. C'est au Syndicat agricole sicilien, fondé et présidé par le commandeur Ignazio Florio, qu'est dû cet heureux résultat.

L'année 1903 a été calme ; quelques grèves ont eu lieu dans la seule province de Caltanisetta : elles furent de courte durée et l'accord se fit aisément, grâce aux bonnes dispositions manifestées tant par les travailleurs agricoles que par les propriétaires. De nouveaux contrats, établis dans un esprit d'équité, ont réglé minutieusement les rapports des propriétaires avec les métayers ou colons partiaires. Dans le régime insulaire d'exploitation agricole, c'est là l'objet à peu près exclusif des grèves. Quant aux ouvriers journaliers, les nouveaux contrats stipulent qu'ils seront payés au prix courant du marché de la main-d'œuvre, car il n'est pas possible de prendre à cet égard des engagements préventifs, *ce prix étant soumis à la loi de l'offre et de la demande*. Voilà une clause qui se recommande à l'attention des Ligues de l'Italie continentale.

Les Ligues de paysans qui, selon la remarque de M. Filippo Lo Vetere, l'actif et habile directeur du Syndicat agricole sicilien, ne sont plus des « Ligues de résistance », mais bien des « Ligues d'amélioration », se sont beaucoup multipliées au cours de l'année 1903 et on peut affirmer qu'il

en existe maintenant dans presque toutes les localités. Les rapports actuels entre le capital et le travail sont satisfaisants pour l'un comme pour
l'autre ; mais les propriétaires sont écrasés par
l'accroissement continu des charges fiscales. Les
Ligues semblent avoir donné une impulsion bienfaisante à l'économie agricole de la Sicile ; elles
ont contraint, moralement et matériellement, les
propriétaires à transformer leurs cultures selon
les méthodes rationnelles enseignées par la science
agronomique, afin d'accroître la production,
surtout celle des céréales, et de pouvoir faire face
aux plus grandes dépenses qu'ils avaient à supporter. La moralité des travailleurs agricoles s'est
améliorée et les délits contre la propriété ont considérablement diminué. La raréfaction de la main-
d'œuvre, causée par une émigration exceptionnelle
vers l'Amérique, a concouru également, avec la
modification des contrats agricoles, à améliorer
les conditions économiques du paysan.

Le Syndicat agricole sicilien a beaucoup contribué au développement des Ligues et des coopératives de production, les considérant les unes et
les autres comme de puissants agents de progrès
agricole. Peut-être a-t-il pris ainsi une initiative
féconde et, en ce qui concerne les Ligues de paysans, montré aux propriétaires des diverses parties de l'Italie qu'il n'est pas impossible de conver-

tir en facteur de civilisation et de concorde une
organisation créée pour la lutte de classe (1).

5. — Les enseignements de la Crise.
Rôle et devoir social des propriétaires italiens

Il serait téméraire de vouloir, d'après l'accalmie
actuelle, hasarder un pronostic sur l'état des nouveaux rapports qui s'établiront entre le capital et
le travail agricoles. Mais ce qui est hors de doute,
c'est que les événements qui s'éloignent aujour-
d'hui, les divers incidents qui ont marqué le développement de la crise agraire, ont donné, de part
et d'autre, un enseignement dont il est à espérer
qu'il sera tiré profit.

Au point de vue politique, l'agitation agraire a
échoué et le parti socialiste, qui l'avait provo-

(1) Nous devons les renseignements qui précédent sur la
situation des Ligues de paysans en Sicile à M. Filippo Lo
Vetere qui nous les a fournis le 28 février 1904. — Les sociétés
coopératives de production agricole organisées par le Syndicat
sur divers points de l'île et que nous avons déjà signalées, conti-
nuent à fixer l'attention : les premiers résultats paraissent excellents. La coopérative de Santa Caterina Villarmone a pris à
bail collectif 100 hectares de terre qui sont cultivés par ses
sociétaires. D'autres coopératives ont des exploitations plus ou
moins importantes. Dans un pays où la crise économique est
une crise agricole, tout ce qui tend à développer la production
prend une réelle importance. Cette expérience coopérative mérite donc d'être suivie : elle dépasse tout ce qui a été tenté
jusqu'à ce jour comme application de la coopération de production à l'agriculture,

quée, y a plutôt usé sa force et son prestige.

Au point de vue économique, les grèves agricoles n'ont obtenu qu'un succès très incomplet, par suite de la précarité des améliorations, conquises le plus souvent à l'aide d'une pression violente, et du chômage très accru qui en est résulté. Dans bien des cas, elles ont totalement échoué.

Les paysans, ayant compris la puissance que leur donnent le nombre et l'organisation, ne renonceront probablement pas au bénéfice qu'ils peuvent tirer de l'association pour améliorer leur sort et s'élever sur les degrés de l'échelle sociale. Ils éviteront sans doute de se laisser guider, à l'avenir, par le parti socialiste, soit réformiste, soit intégral, remorqueur compromettant. Ils pourront se grouper et s'organiser habilement en vue d'une action collective, et il n'y a pas lieu de s'en alarmer. L'expérience a dû leur faire sentir la nécessité de sortir du cercle vicieux dans lequel ils se sont agités ; elle a dû les convaincre que, pour trouver le remède à appliquer aux maux dont ils souffrent, il faut d'abord en savoir reconnaître les causes.

Pour tout observateur avisé, la crise provient de la surabondance de la population ouvrière, et la faiblesse des salaires est due à la trop grande concurrence qui se produit sur le marché de la main-d'œuvre agricole. L'excès de la population trouve son correctif dans l'émigration, indispensable à l'équilibre économique, encore qu'elle ait ce douloureux effet d'enlever à l'Italie tant de forces vives qu'il serait, du moins, désirable de diriger le plus possible vers les entreprises de colonisation afin qu'elles ne soient pas perdues pour la mère-patrie. Les grands travaux publics, pourvu qu'ils soient destinés à accroître la productivité nationale, constituent également un moyen secondaire de détourner temporairement des travaux agricoles l'afflux de la main-d'œuvre.

L'amélioration des salaires et des conditions d'existence des paysans est subordonnée à l'accroissement général de la production agricole qui, sauf en de notables exceptions, est demeurée insuffisante et arriérée (1). La production doit être portée progressivement au niveau normal que permettent les ressources naturelles du pays, grâce à l'emploi des méthodes de la culture perfectionnée : alors le bénéfice net de l'exploitation agricole s'élèvera, et il deviendra possible de mieux rémunérer la main-d'œuvre. Mais cet effort est

(1) La production moyenne de blé en Italie est seulement de 11 hectolitres par hectare, tandis qu'elle atteint environ 17 hectolitres en France, 26 en Danemark, 27 en Hollande et 31,6 en Angleterre. Dans les bonnes années, le rendement du blé s'élève notablement : il fut de 13 hectolitres 40 litres en 1902. Dans les terres fertiles de l'Italie du Nord, la production dépasse de beaucoup le rendement moyen : c'est dire qu'elle lui est, par contre, très inférieure dans les provinces du Sud.

impossible à obtenir des propriétaires et chefs d'exploitation, tant que persisteront la campagne des grèves et les rapports troublés qui en dérivent entre le capital et le travail. Le calme et la sécurité de l'avenir sont indispensables au propriétaire pour qu'il applique aux améliorations culturales son initiative, son énergie, ses capitaux.

Si l'état de lutte devait se perpétuer avec les prétentions renouvelées et croissantes des ouvriers, les atteintes à la liberté du travail, la rupture des contrats formant la base des prévisions des chefs d'exploitation, etc., ceux-ci seraient naturellement conduits, là où le machinisme ne peut leur servir de frein efficace, à transformer leurs cultures dans une voie opposée à celle du développement de la production. Le retour en arrière s'imposerait vers le régime de l'agriculture extensive et pastorale qui est celui des peuples imparfaitement civilisés. Ce n'est vraiment pas pour un tel destin que, sur la côte Adriatique, tant de milliers d'hectares de terres vierges sont sortis des eaux, grâce au génie des ingénieurs italiens appuyé sur la confiance des capitalistes.

Il faut donc que ce déplorable malentendu cesse et que prenne fin la scission violente, déterminée par des excitations politiques, qui s'est opérée entre les propriétaires ruraux et les travailleurs de la terre. Désabusés des fallacieuses espérances qu'on leur a fait concevoir, éclairés enfin sur la réelle solidarité que les lois économiques établissent entre le possesseur du sol et toutes les classes qui concourent à la production agricole et en vivent, les paysans finiront par comprendre que leur intérêt est de marcher en accord avec le capital, au lieu de s'armer pour le combattre. L'ouvrier des champs, qui connaît, aussi bien que son maître, les conditions économiques et les réels profits de la culture, n'est pas cet instrument aveugle qu'est souvent l'ouvrier de la grande industrie : il est vraiment un associé, et cette association de fait doit, de plus en plus, se manifester par un mode quelconque de participation aux bénéfices, ainsi que cela est, d'ailleurs, en usage pour un si grand nombre de contrats de travail en Italie (1).

Le jour, et on peut l'espérer prochain, où les travailleurs ruraux se seront ainsi convaincus de leur intérêt, les propriétaires du sol auront un

----

(1) « Si les agitations présentes, a dit M. Sonnino, servaient, du moins, à donner aux classes dirigeantes et au Parlement la perception plus vraie et plus claire de l'opportunité (outre l'équité) de mieux intéresser le paysan à la production agricole selon les infinies modalités des relations juridiques dépendant des variétés locales de culture et de tradition, il y aurait lieu de s'en réjouir dans l'intérêt du pays tout entier » (Discours prononcé à la Chambre des députés le 19 juin 1901).

noble rôle à remplir. Ils ont beaucoup à se faire
pardonner pour leur inertie et leur égoïsme, leur
manque de prévoyance et d'humanité ; ils ont trop
souvent exploité à leur profit la concurrence existant sur le marché du travail ; ils ont méconnu
l'opportunité de faire, de leur plein gré, quelques
sacrifices commandés par la misère des ouvriers.
Une occasion exceptionnelle s'offrira à eux de détruire ces ferments anciens de désaffection et de
mécontentement qui remontent bien au delà de la
grande enquête Jacini.

Ils devront, tout d'abord, respecter les engagements acceptés de bonne foi, ne pas chercher à
revenir sur les concessions accordées. Là où ces
concessions n'ont pas été faites de façon suffisante,
il faudrait que les propriétaires se concertent afin
d'adopter, *motu proprio*, des conditions normales
qui produisent, pour tout le royaume, en tenant
compte de la variété des régions et des besoins
des travailleurs, une sorte de nivellement des salaires agricoles. Le taux de ceux-ci serait destiné
à s'élever ensuite parallèlement au développement
de la production.

Soustraites aux influences politiques, instruites
et émancipées de leurs dangereuses illusions, les
Ligues de paysans, si cette organisation subsiste,
cesseront de constituer un péril public et une
menace à l'égard de la propriété ; elles devien-

dront un simple instrument économique tendant
au progrès de la condition des travailleurs, justi-
fiant bien alors la dénomination de *Leghe di Miglioramento*. Elles seront des associations professionnelles, des syndicats ouvriers, comme le courant du progrès social en provoque, un peu
partout, l'éclosion spontanée dans le monde du
travail. Elles représenteront l'exercice d'un droit
incontestable des travailleurs, celui de s'organiser
pour l'étude et la défense de leurs intérêts communs : elles ne devront donc rencontrer aucune
défiance préventive, aucun mauvais vouloir chez
les propriétaires ruraux qui n'hésiteront pas à les
reconnaître et à entrer en relation avec elles. Ces
Ligues étant d'essence pacifique, les conflits nouveaux qui pourraient s'élever entre le capital et le
travail seront aisément résolus soit par la conciliation, soit par un arbitrage de bonne foi.

Il a, d'ailleurs, été constaté par l'expérience des
grèves de 1901 et 1902 que les demandes des travailleurs agricoles, lorsqu'elles n'étaient pas provoquées et majorées par des excitations étrangères, lorsqu'elles étaient présentées spontanément
avec leur connaissance précise des nécessités économiques de l'exploitation culturale et leur sentiment inné de la solidarité qui unit l'exploitant et
l'ouvrier vivant l'un et l'autre des produits de la
terre, étaient généralement justes et modérées,

partant, acceptables pour les propriétaires, au moins en principe et à échéance plus ou moins proche. Ceux-ci, tout en constatant le bien fondé des prétentions ouvrières, peuvent réclamer que leur réalisation soit partielle et progressive, qu'elle ne leur impose pas une surcharge brusque et imprévue dont ils ne pourraient supporter immédiatement le poids intégral, qu'elle reçoive seulement son plein effet lorsque le progrès, qu'ils sont disposés à rechercher avec le concours de leur personnel salarié, aura assuré l'élévation du revenu net de la terre. Sur de telles bases, et dans un esprit réciproque de justice et de bonne foi, l'accord semble facile entre l'intérêt du capital et celui de la main-d'œuvre.

Les pouvoirs publics auront, à leur tour, à reconnaître l'existence des Ligues, à les réglementer par une loi spéciale fixant leurs droits et attributions. Cette loi pourrait leur conférer certains privilèges ou immunités, propres à les empêcher de céder à la tentation de franchir les bornes de leur domaine économique et à les inciter à la pratique de la coopération. Ainsi, à l'exemple des faveurs accordées aux Sociétés de *braccianti*, concourant aux adjudications de travaux publics, elles seraient, par des facilités exceptionnelles ou des exemptions d'impôts, mises à même d'entreprendre collectivement de grands travaux agricoles tels que l'exploitation coopérative de domaines pris à bail, la colonisation de terres incultes, etc. (1).

Nous dirons plus encore. Aux propriétaires incombe un devoir nouveau. On leur a fait comprendre qu'il serait, de leur part, impolitique et antisocial d'accepter la guerre de classe qui leur était déclarée, d'opposer à l'organisation d'attaque une organisation militante de défense. Ce n'est pas par de tels moyens qu'ils ramèneront à eux les masses paysannes dont le socialisme a voulu les isoler. La politique du parti socialiste a été de rompre ces liens traditionnels de solidarité, de respect et de reconnaissance qui, dans la plupart des cas, unissaient les ouvriers aux patrons ruraux : ceux-ci doivent savoir les maintenir et les resserrer. Comme l'a dit, à Montecitorio, un éloquent député, M. Fortis, à cet effet, « les patrons devraient prendre l'initiative d'opposer un principe salutaire au principe antisocial de la lutte de classe, le

(1) Le commandeur Tullio Minelli, dont nous déplorons la perte récente, a ainsi apprécié le résultat de la crise : « Cela a été une leçon de choses utile pour tout le monde : les ouvriers ont appris à ne pas se laisser prendre par les meneurs de grèves; les patrons ont appris à mieux connaître la condition des travailleurs; les hommes politiques et le Gouvernement particulièrement ont hâté les études ou l'application d'une législation sociale qui était toujours promise, mais jamais adoptée » (Revue *L'Emancipation*, de Nîmes, février 1904).

principe de l'association entre le capital et le travail » (1).

Un moyen non moins efficace de renouer les liens d'autrefois s'offre aux propriétaires : il s'agit de reprendre la tâche que s'était donnée le parti socialiste d'organiser le prolétariat rural, mais en l'organisant pour le progrès agricole et la paix sociale. Les Syndicats agricoles, qui rendent à cet égard tant de services en France, surtout en consolidant la situation de la petite propriété, ont, depuis longtemps déjà, pénétré en Italie et y ont fournis des types très remarquables qui, dans certaines provinces, ont puissamment aidé au progrès de l'agriculture (2). Mais ils pourraient y être conçus et y fonctionner dans un sens plus démocratique, selon l'idéal du Syndicat mixte composé de patrons et d'ouvriers réunis par la solidarité professionnelle. Des Chambres mixtes créées dans leur sein auraient mission de reviser périodiquement, ou quand le besoin s'en ferait sentir, les tarifs de salaires et les conditions du travail en tenant compte des facteurs économiques qui les dominent ; elles régleraient également, par voie de conciliation et même par arbitrage, les différends

(1) Discours prononcé le 22 juin 1901.
(2) Nous avons étudié les syndicats agricoles italiens dans notre ouvrage déjà cité, *La Prévoyance sociale en Italie*, p. 204 et suiv. Mais ils se sont beaucoup développés depuis lors.

14

qui naîtraient au sujet des conditions du travail entre les propriétaires et leurs ouvriers membres d'un même Syndicat. Ces Syndicats deviendraient le centre d'institutions nouvelles de prévoyance, de coopération, de mutualité, d'enseignement, etc., dont les services seraient accessibles à la population rurale tout entière. Ainsi les propriétaires manifesteraient, d'une façon non équivoque, qu'ils entendent ne se désintéresser d'aucun des besoins matériels et moraux de leurs auxiliaires indispensables, les travailleurs des campagnes, et qu'en cherchant à leur donner satisfaction efficace, ils veulent remplir tout leur devoir social.

Ils désarmeraient bien des rancunes, dissiperaient bien des préjugés, en prenant en main l'organisation des paysans pour les acheminer vers un meilleur avenir. Tel serait le vrai moyen de réagir contre les manœuvres politiques du parti socialiste et contre les funestes utopies qu'il a propagées chez les paysans, telle serait la méthode à employer pour refaire l'unité morale du pays si compromise par la crise du travail agricole.

Cette œuvre est bien séduisante, bien digne du patriotisme, de l'élévation morale et des intelligentes initiatives qu'on rencontre chez tant d'agriculteurs italiens, épris d'un idéal de justice et d'humanité en même temps qu'ils ont le cœur plein de pitié pour la misère des membres déshérités de la grande famille agricole. Elle s'impose à l'attention de deux grandes institutions déjà mentionnées avec éloge dans les pages qui précèdent, la Société des Agriculteurs italiens et la Fédération italienne des Syndicats agricoles : en fournissant aux propriétaires ruraux un plan et une direction pour l'organisation méthodique des paysans faite en vue de satisfaire leurs légitimes aspirations, en menant une propagande active dans ce but, ces deux puissants groupements agricoles mériteraient la reconnaissance des campagnes et même du pays tout entier si intéressé au rétablissement de l'harmonie nécessaire entre le travail et le capital.

Aux heures les plus critiques de cette lutte pendant laquelle les Ligues de paysans ont si fréquemment méconnu la solidarité de leurs intérêts avec ceux des propriétaires ruraux, ces derniers n'ont, d'ailleurs, jamais cessé de se préoccuper du sort des travailleurs. Le 2 février 1902, le Congrès des propriétaires, tenu à Ferrare, discutait l'opportunité d'organiser des Associations de propriétaires en opposition avec les Associations ouvrières : le commandeur Enea Cavalieri, toujours si heureusement inspiré, fit observer que « si les congressistes ressentent la vive impression des dernières difficultés créées par l'état d'anarchie, ils ne doivent pas oublier les temps plus calmes où

il y avait aussi des difficultés du travail et où cependant le sentiment du *patriarcat* n'en existait
pas moins chez les populations agricoles italiennes. N'oublions pas, disait-il, de diriger toutes
nos délibérations, tous nos vœux, vers le bien et
les vrais besoins du travail italien » (1).

Et, empruntant à nos Syndicats agricoles une
de leurs formules les plus chères, il ajoutait
encore :

« La lutte pour les intérêts est un des grands
périls qui menacent la société : à la devise
« La lutte pour la vie », on doit opposer cette
autre devise « L'Union pour la vie » (2).

Telle est, en effet, la doctrine du progrès réalisable dans l'évolution de l'humanité : par son application, et non par celle de l'utopie socialiste, se
produira sûrement, avec une rapidité propor-
tionnée à la confiance et à la bonne volonté qui s'y
emploieront de part et d'autre, cette ascension du
prolétariat rural italien vers la civilisation et le
bien-être qui est conforme aux intérêts et aux
vœux des propriétaires du sol comme à ceux de
toutes les autres classes de la nation.

C'est dans cette voie qu'il faut chercher la vraie
solution de la « question sociale des campagnes ».

(1) Compte rendu du Congrès de Ferrare.
(2) *Ibid.*

ANNEXES

14.

ANNEXE I

Les Grèves agricoles

EN LOMBARDIE

PAR

M. CARLO CONTINI

Avocat à Milan .
Président du Collège de Prud'hommes pour les Industries
alimentaires de Milan

Nous publions avec plaisir cette étude que
M. Carlo Contini a bien voulu rédiger, sur notre
demande. Elle présente une monographie, pleine
d'intérêt, du développement de l'agitation agraire
dans les divers milieux lombards et de ses causes
spéciales. M. Contini a beaucoup vécu à la campagne ; il connaît admirablement les mœurs et les
besoins des paysans de sa région. Les questions
ouvrières l'ont toujours passionné et il doit à sa
compétence particulière d'avoir été appelé par le
Gouvernement à présider le plus important Collège
de Prud'hommes de la ville de Milan. L'expérience
que lui ont donnée six années de pratique de ces
délicates fonctions lui a permis de publier récem-

ment un *Manuel de la Jurisprudence du Travail* (1) qui fait autorité en Italie.

Sorti des rangs de l'Economie politique orthodoxe et individualiste, M. Contini s'est, comme il le dit lui-même, rapproché, par une lente évolution, du socialisme raisonnable et évolutionniste. C'est un motif de plus pour que nous tenions à publier son travail, dont les conclusions diffèrent sensiblement des nôtres : on y trouvera la preuve de l'impartialité que nous avons apportée à notre enquête.

I. — Chacun connaît l'essor économique pris par l'Italie. En peu d'années, malgré les crises traversées, malgré le lourd fardeau du budget national, grevé d'impôts de tous genres par l'administration centrale et par les administrations locales, elle s'est merveilleusement transformée, grâce aux dons de sa nature et surtout aux bonnes qualités de ses travailleurs. Malheureusement, le bien-être ne se répand pas dans les couches sociales aussi vite que le choc à travers les molécules d'un corps homogène. Aujourd'hui encore, bien que les conditions économiques des ouvriers travaillant dans les industries se soient améliorées en vertu de l'œuvre lente d'organisation due d'abord au mouvement socialiste et, subsidiairement, à celui de la Démocratie

(1) *Manuale della giurisprudenza del Lavoro istituita dai collegi dei Probiviri di Milano*, con *introduzione sul contratto di Lavoro* (Milano, Antonio Vallardi éd., via Moscova, 40, 1903).

chrétienne, on est assez loin du niveau auquel elles pourraient être parvenues. Il faut l'imputer à ce fait que les ouvriers ne sont pas tous organisés, et aussi au manque d'instruction et d'éducation qui caractérise, en général, la classe ouvrière. Cependant celle-ci représente, comme presque partout, d'ailleurs, dans le monde civilisé, une « Aristocratie » en comparaison de la classe paysanne.

Le parti socialiste, qui se trouve en très vive concurrence avec celui de la Démocratie chrétienne, a jugé le moment favorable pour chercher à s'étendre. Sortant des limites des villes, il a abordé les campagnes : tantôt précédé, tantôt suivi, mais toujours en guerre avec ses adversaires qui, au nom d'une morale différente, ont adopté une tactique analogue, il a réveillé le prolétariat agricole du sommeil séculaire dans lequel celui-ci vivait engourdi. L'heure était opportunément choisie. Une merveilleuse éclosion de *Leghe*, catholiques et socialistes, s'est partout manifestée...

Afin de juger si cette floraison promet des fruits appréciables, nous devons nous arrêter à étudier les conditions matérielles et éthiques du paysan.

Les faits

II. — Il faut remarquer que le territoire Lombard est nettement divisé en deux zones. Celle qui se déploie au nord de Milan, jusqu'aux contreforts des Alpes, — que j'appellerai la « région du mûrier », par suite de la prédominance de cet arbre indispensable à l'exploitation du ver à soie — ondulée, parsemée de villages de petite et moyenne grandeur, est jusqu'à présent dépourvue d'irrigation. Ses produits, en ordre d'importance, sont : le cocon à soie, le maïs, le blé et le seigle, les pommes de terre, le colza, les haricots, le lupin. Le vignoble, autrefois très répandu, a presque entièrement disparu ; le bétail n'est guère abondant, ni choisi.

L'autre zone se déploie au sud de la ville de Milan, jusqu'au Pô. Sa situation, en comparaison de la précédente, l'a fait appeler communément le « territoire bas », la *Bassa*. Le mûrier y a disparu ; un réseau compliqué de canaux, qui s'entrelacent partout, surprenant résultat du travail séculaire d'ingénieuses générations, y apporte un immense trésor d'eaux, puisées aux fleuves et aux sources nombreuses et abondantes. On y rencontre beaucoup de bourgades, plus importantes que les villages de la région du mûrier ; cependant la population, fort dense, s'entasse aussi dans les fermes, connues sous le nom de *cascinali*, éparpillées, à de petites distances, sur tout le territoire.

D'après cette distinction territoriale, la condition du *Contadino* est elle-même tout à fait différente.

III. — Dans cette merveilleuse *Bassa*, qui jouit, à bon droit, d'une réputation universelle, où les prés, grâce à des dispositions de niveau artificiellement obtenues, et aux eaux abondantes, se maintenant à une température douce, riches de matières azotées provenant des égouts, produisent de 7 à 9 coupes et même, près de Milan, jusqu'à 10 coupes par an ; où le cheptel, de premier choix, demeure entassé, pendant toute l'année, dans d'énormes étables, en troupeaux de 60 à 300 individus par ferme ; où l'on produit du beurre et du Parmesan de première qualité ; où la rizière temporaire est fort rémunératrice ; dans cette région, on rencontre un paysan lourdaud, point intelligent, absolument ignorant.

Rongé par la fièvre intermittente, mal habillé, indé-
cemment abrité, sans esprit d'épargne, et aussi presque
sans possibilité d'épargner, ses tendances vagabondes
le portent à changer très souvent de résidence et de
maître, car il n'en affectionne aucun. Sa triste condition rappelle celle de ces damnés, admirablement dé-
crits par le Dante, qui s'efforcent inutilement de se préserver de la torture par un tournoiement perpétuel :

Dell'un dé lati fanno all'altro schermo,
Volgonsi spesso i miseri profani.

Ayant vécu assez longtemps près de ces malheureux,
au temps où j'exploitais moi-même mes terres, j'ai pu
étudier, *de visu*, ce douloureux phénomène de l'abrutissement d'une population qui se reproduit dans un
milieu où l'agriculture est parvenue à l'un des degrés
d'intensification les plus élevés que l'on connaisse. Je
crois pouvoir en résumer les causes dans les points
suivants :

1° L'intensification de la culture exigeant de copieuses
avances de capital, et le système irrigatoire ne permettant point le morcellement de la terre, le paysan et sa
famille ne disposent jamais de la même superficie de
terrain à cultiver que dans la région haute. La co-par-
ticipation aux produits est en train de disparaître, faisant place au paiement en argent, au salariat. La direction de l'exploitation devant rester confiée aux mains
d'un seul chef, le paysan est ramené au rôle de simple
instrument, contraint d'obéir à des ordres dont il ne
peut discuter ni même apprécier le but.

2° Presque toujours, l'exploitation agricole est remise
à un intermédiaire, au fermier (*fittabile*), dont les soins
et les efforts sont concentrés vers le but exclusif de

tirer le maximum de profit possible pendant la période du bail (9 à 12 ans). Comment pourrait-il faire partager aux autres l'amour de la ferme, lui qui, pour son compte, n'en ressent aucun ?

3° L'usure est exercée, en de fortes proportions, par les marchands nomades (visitant les *cascine* à des jours donnés de chaque semaine), au moyen de ventes à crédit ou par le troc des produits de la terre et de la basse-cour; elle est très difficile à combattre. Il n'est pas aisé, en fait, de constituer des débits coopératifs, avec service à domicile, attendu que le paysan demeure six jours par semaine éloigné des bourgades. Le même obstacle s'oppose à la constitution des Caisses rurales de prêts, dont le succès est en rapport avec les conditions de petits propriétaires ou de métayers chez leurs sociétaires, conditions qui manquent ici.

4° La mauvaise qualité de la nourriture, composée de maïs et riz souvent avariés et toujours très inférieurs, mal apprêtée, causant la dilatation héréditaire de l'estomac et la pellagre, est due au gain très réduit de la famille (moyenne annuelle : 500 fr. pour le chef, 60 fr. pour sa femme et de 80 à 150 fr. pour chaque fils ou fille, selon leur âge) et aussi à l'insouciance traditionnelle de ces paysans. La ménagère s'intéresse beaucoup plus à sa basse-cour qu'à sa famille. Lorsqu'elle a conservé des denrées de bonne qualité, elle n'hésite pas à les troquer pour des mauvaises en considération de quelque petite somme d'argent fournie par le meunier.

On doit observer que la limitation intellectuelle est en rapport direct avec la dénutrition des individus.

5° L'esprit nomade du paysan l'empêche d'entretenir de cordiales relations avec le propriétaire ou le fermier; entre eux, il n'existe que des rapports de méfiance réci-

proque, des projets de se tromper et des craintes d'avoir
été trompé. C'est un état de perpétuelle rancune, mas-
qué par un vernis de soumission d'un côté, de pater-
nelle supériorité de l'autre, et qui se trahit fréquemment, surtout à l'occasion de la stipulation ou du
renouvellement des engagements annuels. Il arrive bien
souvent que le fermier, n'ayant de place à donner qu'à
une seule famille, en engage deux ou trois, sauf,
l'époque venue (11 novembre), à choisir celle qui lui
convient le mieux, sans égard pour les autres. Il va
sans dire que le même système est suivi par le paysan.
Que de fois ne m'est-il pas arrivé d'envoyer inutilement
chercher une famille, dont je possédais l'engagement
signé par contrat, et les chariots destinés au transport
du mobilier faisaient le voyage de retour à vide! Ce
manque de parole reste, en général, impuni, faute de
contrat écrit, de cautionnement et de juges promptement accessibles.

6° L'ignorance persévère dans le milieu rural, malgré
la loi sur l'instruction obligatoire, en raison des causes
suivantes :

a) L'uniformité, mal conçue, du règlement de l'année
scolaire, qui est invariable pour le pays tout entier et en
vertu duquel l'école reste ouverte aux époques où les
travaux de la terre absorbent tous les bras disponibles ;

b) Le préjugé des classes supérieures, accordant la
préférence aux illettrés, dont la soumission est absolue
en apparence ;

c) La résistance des propriétaires et des fermiers aux
dépenses scolaires, par crainte de l'aggravation des
impôts communaux. Il faut rappeler ici que, par contrat, les contributions communales sont à la charge du
fermier : partant, il s'empresse de se faire élire au con-

15

seil afin de surveiller le budget de la commune. Personne n'est aussi rigoureux financier que lui.

7° La superstition a pris la place de la religion. Le paysan obéit à son curé plutôt par crainte que par respect et par conviction. Le clergé, ordinairement pauvre, ne brille point du côté de l'instruction.

8° Enfin, on doit signaler le manque d'industries prêtes à absorber le surplus des ouvriers qui, n'étant pas engagés par contrat annuel, sont exposés aux intermittences de l'occupation et aux chances du salaire.

IV. — Considérons maintenant le *contadino* de la région du mûrier. Ici les rapports des paysans avec les propriétaires sont tout à fait différents. Le terrain est subdivisé en lopins que l'on confie aux familles, en proportion de leurs membres, soit par contrat de métayage, dans certaines localités, soit, plus fréquemment, à *colonia* (1). En substance, la famille *colonica* doit au propriétaire une redevance proportionnelle à la superficie de terrain loué, à payer en blé et dont la quotité varie selon les conditions de fertilité comme selon les traditions locales. Le paysan demeurerait donc l'arbitre de l'assolement qu'il préfère si, en fait, la nécessité de pourvoir à la redevance en blé ne le contraignait à une succession biennale des produits (1re année : maïs; 2e année : blé), sauf à dérober, par ci, par là, des parcelles pour créer une petite prairie artificielle et à cultiver, durant l'année, un second produit de mil, colza, ou maïs mûrissant en quarante jours. Il en résulte une succession de cultures non rationnelle et très appauvrissante.

(1) Colonat partiaire des types autres que le métayage.

Tout cela se complique d'autres conditions accessoires, assez onéreuses, pour le loyer de l'habitation et de corvées (*angarie* ou *appendizi*) ne donnant lieu qu'à de minimes salaires.

Quant à l'élevage du ver à soie, il se fait à part. Les soins à donner au mûrier sont compensés, pour le paysan, par la cession du petit bois à fagot. C'est le propriétaire qui choisit et achète la graine (*seme bachi*) et qui, la saison venue, en soigne l'éclosion, opération très délicate de laquelle dépend la réussite du produit ; c'est lui qui fournit la feuille des mûriers existant sur sa propriété ; le paysan doit la cueillir. Lorsqu'il est nécessaire d'en acheter, la dépense reste à partager par moitié. Enfin, le propriétaire fournit, ordinairement à ses frais, le papier et aussi les claies en roseaux ou en treillis, dont, cependant, il tire un loyer.

Les soins à donner aux vers à soie durant une période d'un mois environ sont à la charge du *colono* ; pendant cette période, il ne reste pas même dans sa maison la place des lits. C'est encore le propriétaire qui vend le produit en bloc, enregistrant au compte du paysan la moitié des dépenses communes, ainsi que la moitié du prix de vente, à raison de son apport. Il s'établit ainsi entre ces deux associés un compte-courant compliqué, que l'on devrait régler à la Saint-Martin (11 novembre). Malheureusement cela a été souvent négligé, dans le passé, lorsque le propriétaire s'estimait l'administrateur né de ses dépendants et que ceux-ci, vivant dans un état d'absolue soumission, considéraient le rôle du patron comme celui d'un délégué de la divine Providence et sa maison comme leur Caisse d'épargne naturelle. Cela a causé beaucoup de chicanes, car il est arrivé que des patrons, fort endettés avec les paysans et se trouvant embarrassés, se refusaient à la régularisation des comptes.

La liberté relative dont jouit le *contadino*, son attachement à la terre qu'il cultive très adroitement à la bêche, l'amour qu'il porte à son modeste bétail, sa nourriture assez abondante, dans laquelle le lait se mêle à la *polenta* (mets de farine de maïs cuite dans l'eau), ce sont là autant d'éléments par lesquels sa condition économique et morale se relève beaucoup au-dessus de celle de son confrère de la *Bassa*. Mais nous rencontrons encore d'autres circonstances qui sont à son avantage.

Tandis que, durant la saison froide, les travaux des champs se succèdent sans interruption dans la région irriguée (on y exécute des nivellements, la coupe du bois, la fauchaison de la prairie à *marcita*, etc.), dans la région du mûrier les champs restent tout à fait abandonnés ; les travaux agricoles consistent seulement dans la coupe du bois et il ne reste, en outre, que les soins de l'étable. Il faut, partant, que la population s'adonne à d'autres occupations, soit en émigrant temporairement vers les localités où l'on exécute des terrassements ou déblaiements, soit en se livrant à de petites industries pratiquées à domicile. Dans un grand nombre de villages, la fabrication du mobilier est en faveur. Ici, par une spontanée division du travail, les paysans s'adonnent à la fabrication des serrures, ailleurs ils apprêtent exclusivement des chaises, des lits, des armoires, etc., etc. En général, la production se fait sur commande d'un entrepreneur milanais : les paysans qui travaillent sans contrat préalable courent la chance du marché qui a lieu à Milan. La fourniture des matières premières et les paiements en denrées recèlent des conditions onéreuses qui réduisent le gain de l'ouvrier campagnard.

Les établissements industriels se sont multipliés.
L'industrie de la soie, commençant par la sélection
microscopique des œufs, et passant par toutes les
phases depuis la filature des cocons, va jusqu'au métier
à domicile, cédant, lentement encore, le terrain au
métier mécanique des grandes fabriques. L'industrie du
coton, celles du lin et du chanvre emploient beaucoup
de femmes et de jeunes filles. Il existe aussi de grandes
usines, des carrières, des fours à chaux, des briquete-
ries, des établissements produisant les engrais chimiques. L'industrie engage les bras les plus vigoureux,
demandant aux ouvriers une instruction toujours plus
affinée. Les vieillards et les ménagères s'occupent de la
terre, sans trop épargner leurs forces ; aux époques des
grands travaux, la plupart des ouvriers redeviennent
campagnards.

Ainsi, dans la région du mûrier, on trouve une population bien plus intelligente, instruite, possédant l'habitude de l'épargne, rêvant la propriété de la terre.

V. — La propagande des socialistes et des démocrates
chrétiens a commencé dans ces différents milieux. Elle
a trouvé, d'un côté, des populations abruties par la misère, de l'autre, des gens intelligents, chez lesquels le
goût pris pour une situation lentement améliorée aigui-
sait l'envie d'en atteindre rapidement une supérieure
encore, suivant le penchant naturel à l'homme. La
classe des propriétaires ne se souciait ni des légitimes
aspirations de ceux-ci, ni de l'abrutissement de ceux-là :
elle demeurait indifférente, se bornant tout au plus à
des interventions sous forme d'aumônes, dont elle était
orgueilleuse dans l'opinion d'avoir ainsi accompli parfaitement tout son devoir. En ce temps, la baisse du

taux normal de l'intérêt du capital mobilier commençait à se répercuter sur la rente de la terre ; on n'avait pas soupçonné ce phénomène, cependant facile à prévoir. Là où il se faisait plus sensible, au lieu de s'attacher aux moyens fournis par la science agricole et requérant, d'ailleurs, de sensibles avances, le propriétaire préférait se rabattre sur le paysan en lui réduisant, non pas son salaire, mais les commandes de travaux complémentaires.

A cette époque, le *contadino* commençait à entendre les mêmes paroles à l'église et sur la place publique. Du haut de la chaire, ainsi que du cabaret, on a prêché contre la propriété. Les orateurs sacrés ont peut-être dépassé la mesure ; la lutte de classe primait sur l'Evangile. Les socialistes s'écriaient : « Prolétaires du monde, réunissez-vous ! » A ces mots, les démocrates chrétiens ajoutaient : « Au nom du Christ ! » C'était la seule différence. On n'a pas ménagé les promesses. Les ruraux ont fermement cru que par la grève on arriverait vite en plein état socialiste, c'est-à-dire au partage des terres : car ils l'entendaient ainsi. Les *Leghe*, multipliées partout, ont vu croître, d'une façon étonnante, le nombre de leurs associés. Les grèves n'ont pas tardé à éclater.

C'est surtout dans la région du mûrier que les grèves ont été fréquentes ; dans la plaine irriguée, elles ont été beaucoup plus rares. Car la grève requiert un certain degré de raisonnement, de volonté et d'entente, qui manque aux populations abruties, incapables d'apprécier la portée de la solidarité, vivant encore dans la sauvagerie de l'*homo homini lupus*.

Il faut bien le dire, les violences ont été rares. En maint endroit, on a vu éclater des incendies, mais les enquêtes judiciaires ont démontré qu'il s'agissait d'actes imputables à de vulgaires criminels profitant du désarroi momentané pour commettre des vengéances, ou agissant simplement par esprit de vandalisme. La grève consistait dans le refus de paiement de la redevance, dans le refus des travaux accessoires, des corvées, et dans la résistance apportée par le fermier ou le métayer à la stipulation d'un nouveau contrat. Les travaux des champs se poursuivaient ; le bétail était pansé et nourri, malgré la grève. Après quelques difficultés, chaque famille a retiré son lot de vers à soie qui venait d'éclore.

A cette occasion, on a mis à nu des contrats insoutenables. Parmi les nombreuses énormités caractéristiques, je rappellerai le cas d'une maison qui, après avoir, en hiver, fait remplir la glacière par des corvéables, dont la journée de 40 centimes ne suffisait certainement pas à la nourriture, se créditait, en été, de la glace fournie aux malades à raison de 1 franc le kilogramme. Il était très fréquent de voir prélever un « droit de commission » sur le prix de vente des cocons, et on le justifiait en affirmant que, la valeur de la masse augmentant proportionnellement à son importance, on était redevable de cet avantage au propriétaire. Là où la comptabilité était assez régulière, on a découvert des pratiques usuraires résultant de l'estimation, fort exagérée, des avances de denrées faites par le propriétaire. Enfin la règle qui excluait l'intérêt au profit du créancier, loin de constituer une libéralité, masquait, à l'ordinaire, une injustice : car si la créance était en faveur du paysan, cela se produisait nonobstant des évaluations réduites pour ce qu'il avait donné et majorées pour ce qu'il avait reçu.

Il s'agit là de choses bien graves, mais dont je puis garantir l'exactitude, car j'en ai été le témoin.

En somme, l'occasion était venue de blanchir du linge bien sale. Des comptes arriérés ont été réglés, et on est revenu à la bonne règle de les solder chaque année, d'accord avec l'intéressé. Les conditions du contrat ont été quelque peu améliorées par la diminution du loyer des maisons, de la quantité de blé à payer pour la rente, les dîmes, les assurances ; par l'augmentation du salaire en argent et en denrées ; par l'abolition des corvées.

Mais la bonne entente entre le propriétaire et le *contadino* a disparu ! Le monde seigneurial en gémit. La poésie de la campagne est morte à jamais. Aux lèvres du patron ne reviendra plus l'expression, qui lui était si familière, « mes paysans », comme s'il parlait de ses enfants... Est-ce là une véritable perte ? Pour mon compte, je pense que, si les beaux temps des patriarches revenaient, peu d'instants suffiraient pour convaincre tout le monde que leur bonté et leur beauté n'ont existé que dans l'imagination des poètes. Ma préférence est pour l'émancipation des hommes : elle permet à chacun, sans distinction de rang social, de traiter avec son semblable sur le terrain de l'égalité.

VI. — Les paysans ne se considèrent pas comme satisfaits des résultats du mouvement. Ils s'étaient figuré qu'il produirait un changement à vue. Cela ne s'étant pas réalisé, ils ont vite oublié les Ligues (1). Ils se sou-

(1) En 1902, les Ligues socialistes de la Lombardie étaient au nombre de 42, avec environ 5,000 membres adhérents. Lors du Congrès qu'elles ont tenu le 13 décembre 1903, on ne comptait plus que 23 Ligues, possédant 2,300 sociétaires. Actuellement (10 mai 1904), l'indifférence à l'égard des Ligues de pay-

viendront d'elles, sans doute, lorsque viendra le moment
où les propriétaires s'efforceront de résilier les nouvelles conventions pour revenir aux anciens pactes. Ils
sont en voie de le faire par ci, par là ; car, l'étonnement des premiers instants ayant disparu, ils se sont
aperçus de leur manque d'entente et ils travaillent actuellement à s'organiser. Cependant, j'opine que la
réaction de la propriété n'aboutira à aucun résultat direct et durable : le paysan, ayant mordu au fruit défendu de l'amélioration, en a conservé le goût, ses
besoins se sont accrus et son train de vie exige beaucoup plus de dépenses qu'auparavant.

Du côté des démocrates chrétiens, des ordres supérieurs intervinrent pour étouffer l'excès de zèle des propagandistes, qui glissaient au socialisme. Quant aux
socialistes, il leur était difficile de pousser immédiatement des racines vivaces dans un terrain gagné par la
superstition et où l'amour de la terre se traduit en instinct très prononcé pour le droit de propriété. Tandis
qu'à Bologne l'étonnant Congrès des *contadini*, si bien
réglé, démontrait comment des paysans savaient traiter
leurs affaires avec parfaite connaissance et bon sens,
ailleurs l'organisation a été éphémère. Mais elle a produit des effets inattendus dont les promoteurs du mouvement ne se souciaient pas.

VII. — Il suffit d'interroger les comptes rendus de la
Caisse d'épargne de Lombardie, qui jouit de la parfaite
confiance de l'épargneur rural, pour se convaincre que

sans est absolue. Quant aux Ligues catholiques, elles sont
demeurées plus nombreuses et plus vivaces en Lombardie,
malgré le désarroi que la désapprobation du Vatican a produit
chez les chefs du parti démocratique-chrétien.

15,

les petites fortunes abondent dans la zone du mûrier. Les *contadini* ayant dégoûté les propriétaires de leurs terres, beaucoup d'entre ceux-ci ont résolu de s'en débarrasser. Et voilà que ces mêmes *contadini*, qui se plaignaient de leur situation, commencèrent à devenir les acheteurs des propriétés rurales, en les payant fort bien. J'ai eu l'occasion de constater des ventes passées entre propriétaires et leurs dépendants, à des prix qui m'ont paru déraisonnables. Le prix de vente dépassait 6,000 francs l'hectare, tandis qu'il serait impossible d'en trouver autant pour les terrains de la *Bassa*, où l'irrigation a demandé d'énormes avances de capital et dont la capacité de production est supérieure.

Là où le *colono* ne devient pas acheteur, il tâche de transformer son contrat de *colonia* en bail payable en argent. Au sujet de ce changement, les opinions ne s'accordent pas ; mais, jusqu'à présent, la plupart des propriétaires qui l'ont agréé s'en déclarent satisfaits, soit dans leur intérêt pécuniaire, soit à cause de la simplification des rapports avec les cultivateurs, et aussi au point de vue agronomique, car les terres sont mieux soignées, d'après des assolements assez rationnels. Il convient de rappeler ici que, dans la région du mûrier, le paysan demeure attaché à son exploitation, si bien qu'il est toujours très difficile de l'en éloigner sans intervention de l'arrêt du magistrat et de l'huissier.

Ainsi, dans le Haut-Milanais, il s'opère actuellement une véritable évolution de la propriété qui passe des familles de l'aristocratie et de la bourgeoisie aux mains calleuses des travailleurs. Les serfs se changent en propriétaires de la glèbe.

Un autre résultat s'annonce encore, bien que timidement. Comme il y existe beaucoup d'œuvres pies et

d'institutions de bienfaisance possédant de grands domaines, qu'elles ne pourraient gérer directement sans
compliquer beaucoup leur administration, on les a af-
fermés à bail. Rien n'a été, d'ailleurs, changé au contrat de *colonia*, de sorte que le fermier n'est ici qu'un
intermédiaire, aussi commode à l'œuvre qu'onéreux au
paysan. Sur ce terrain, l'idée coopérative commence à
germer. Les *contadini* s'efforcent de se grouper en sociétés afin de remplacer le fermier vis-à-vis du propriétaire. Mais, sauf de rares et anciennes expériences,
les nouvelles tentatives étant encore à leurs débuts, il
serait hasardeux d'en juger dès à présent.

A la *Bassa*, l'esprit nomade de la population aidant,
la tendance à l'amélioration se manifeste de façon différente. Les familles abandonnent les champs et viennent
s'entasser dans les centres urbains, où les nouveaux
venus représentent ce que les Anglo-Saxons appellent
le *unskilled labour*. Les fermiers souffrent de ce déplacement, car les salaires montent; les ouvriers des villes
en sont mécontents, car les nouveaux arrivés leur font
concurrence, n'étant pas encore organisés, surtout à
l'occasion des grèves. C'est de leurs rangs que sortent
les *krumirs*, comme on s'est accordé (je ne saurais vous
expliquer par quelle analogie avec les tribus tunisien-
nes) à désigner ce que les Anglais appellent les *scabs*.

VIII. — J'ai essayé de donner un aperçu des faits
qui se sont passés dans les régions lombardes et de leur
état à l'heure présente. Il était superflu d'insister sur
les détails du contrat rural dans la *Bassa* : on en trouve
l'exposition complète dans ce chef-d'œuvre, *La Proprietà
Fondiaria in Lombardia*, dû à la plume de Stefano Jacini, qui, depuis cinquante ans, est toujours à consulter.

Une étude plus approfondie du problème demande-
rait des données statistiques afin de faire connaître le
nombre des grèves qui ont éclaté, celui des grévistes,
la durée des suspensions de travail, les résultats immédiats. Il faudrait aussi savoir combien de Ligues ont été
constituées et combien survivent aujourd'hui. Malheureusement, je ne possède pas de documents où je puisse
relever des chiffres auxquels je sois fondé à avoir confiance. J'en pourrais bien prendre par ci et par là dans
de nombreuses publications faites à ce sujet, mais je
soupçonne fort qu'ils soient inexacts. C'est toute une
recherche à faire, une tâche assez difficile à accomplir.

Les résultats

IX. — Il me reste à tirer les conclusions des faits que
je viens d'esquisser et à établir les prévisions pour l'a-
venir.

Quels sont les effets sociaux du mouvement d'organisation agricole ? A qui en revient la responsabilité ?
L'économie du pays en a-t-elle souffert ? Quelle doit
être l'attitude de l'Etat vis-à-vis de l'évolution des prolétaires de la campagne ? Comment exercera-t-il son
intervention protectrice ?

Voici autant de questions sur lesquelles je me propose
de résumer ici ma pensée.

X. — Le mouvement de la classe agricole, tendant à
sortir de la dépression séculaire dans laquelle elle s'é-
tait engourdie, constitue un bénéfice social. Ce sont
seulement les hommes timides ou intéressés à répandre
l'alarme, soit pour des buts politiques, soit pour des
buts d'autre nature, qui semblent s'en effrayer, s'effor-

çant d'exciter les craintes de ceux qui, dans l'ignorance des phénomènes sociaux, flairent partout la révolution. Le régime de liberté, heureusement instauré par le Gouvernement, dont l'absolue neutralité a été reconnue par ses adversaires (lesquels, après l'expérience actuelle, n'oseraient recourir à la réaction), a splendidement démontré que les faits auxquels nous assistons sont simplement les symptômes de l'évolution en train de mûrir.

Rien n'est plus déplorable et périlleux que la stagnation d'un peuple engourdi par la misère ou par toute autre cause : elle recèle ou la décadence sans remède, ou l'accalmie qui précède la tempête. Sans doute, pendant l'agitation de la population rurale, il y a eu des excès : trop de promesses, trop de passions remuées par les promoteurs qui visaient des fins politiques ; trop de hâte et d'illusion de la part des masses, mues par le sentiment plus que par la raison et la science. Ces excès, du reste, sont le résultat de tout mouvement collectif : les foules, bien que composées d'êtres raisonnables, ne savent pas raisonner. On a vu les mêmes abus dans les mouvements du monde ouvrier et ils se répètent bien souvent parmi les travailleurs les plus avancés sur la voie du progrès. Malheureusement les propriétaires éclairés ont été, maintes fois, confondus avec les retardataires et avec les plus acharnés ennemis de tout progrès, qui constituent toujours la majorité. Beaucoup de déceptions se produisirent également pour la classe des *contadini*; ils avaient rêvé comme imminent le retour à l'âge d'or, qui pourtant n'a existé que dans l'imagination des poètes.

Cependant, la crise a produit des bienfaits tangibles. Le *Standard of life* a monté : le bien-être matériel de la population s'est accru, personne n'oserait le nier. La conscience de la force qui jaillit de l'association des hommes et de sa discipline s'est répandue : c'est une foule qui s'est réveillée et qui commence à vivre et penser librement. Est-ce que l'expansion de la liberté et du bien-être serait autre chose que le progrès de la civilisation sociale ?

XI. — La responsabilité de l'agitation des classes ouvrières et agricoles revient aux socialistes et aux démocrates chrétiens. *Fœlix culpa*, devrait-on s'écrier, si c'était une faute. Mais, bien loin de là, il s'agit d'un mérite qu'il faut reconnaître et applaudir, réservant les reproches aux partis qui, se rangeant « dans l'ordre » (hypocrite expression invoquée pour masquer l'amour du *statu quo*, propre aux oisifs et aux égoïstes), n'ont rien fait depuis le rachat de notre indépendance politique, sinon d'essayer d'exploiter celle-ci à leur profit.

Des deux partis, le mieux préparé, surtout dans certaines localités de la région du mûrier, parait avoir été la démocratie chrétienne, qui a propagé les Caisses rurales, les sociétés d'assurance mutuelle du bétail, les magasins coopératifs, fédérés avec des centres très bien organisés par le *Comitato diocesano dei Congressi cattolici*. Il s'agissait, d'abord, plutôt d'une œuvre de prévoyance : c'est plus tard qu'on a visé la conquête d'améliorations à arracher à la classe des détenteurs de la terre. Cela est prouvé par le fait qu'à la *Bassa*, où la tâche de répandre ces institutions était entravée par des conditions tout à fait différentes de la population, le clergé n'a rien fait jusqu'à ce qu'un mot d'ordre vint l'engager à constituer les Ligues, dont l'organisation ressemble à celle des sociétés socialistes (on leur a même emprunté leur titre), sauf l'esprit confessionnel. Mais dès que les grèves se furent multipliées, soit par crainte des effets qui dépassaient les desseins des promoteurs, soit par suite de la pression provenant des propriétaires inscrits au parti clérical, duquel les démocrates chrétiens ne se sont pas encore détachés, on s'est vite épouvanté du succès. Ces dernières hésitations ont nui au parti. De Rome est arrivée l'alarme, les évêques ont appelé les curés *ad audiendum verbum* : en apparence, le mouvement a subi un instant d'arrêt. Cependant les jeunes forces, riches d'ardeurs autant que d'études, obéissent, en frémissant, aux ordres supérieurs : il faut s'attendre à une reprise plus vivace.

Sans doute, les socialistes ne disposent pas d'une armée aussi disciplinée que le clergé, ni de moyens d'action aussi puissants, car les démocrates chrétiens possèdent de grosses fortunes en même temps qu'ils ont en main la clef des consciences. Ceux-là ne peuvent promettre le paradis, ni menacer de l'enfer. Cependant celui qui observe les faits sans se mêler aux tracasseries journalières, en demeurant à une distance qui permette de les juger, doit conclure que les deux écoles parcourent deux lignes convergentes. Dès que, après la succession de plusieurs générations, l'évolution du prolétariat rural aura procédé plus avant, on s'apercevra que les résultats effectifs seront les mêmes. D'un côté, la soumission superstitieuse fera place à un sentiment religieux plus rehaussé, tandis que, de l'autre, les brouillards utopiques du rêve socialiste s'étant dissipés, les yeux des travailleurs contempleront une perspective moins fantastique, mais plus substantielle, des changements possibles à réaliser par l'ordre et la légalité, soit quant à la propriété territoriale, soit quant au capital mobilier, moyennant l' « intervention intégratrice » de l'Etat.

XII. — Jamais, comme aujourd'hui, le commerce et l'industrie n'ont pris chez nous un pareil essor. Le bien-être est général dans l'Italie du Nord et dans l'Italie centrale. Malheureusement le Midi demeure dans une condition de marasme qui réclame une énergique et clairvoyante intervention de l'Etat. Là, les agitations qui ont éclaté avec beaucoup de violence, mais moins générales que dans le Nord, étaient plutôt des émeutes de populations affamées, que des grèves faites en vue d'améliorations à obtenir ou à conserver.

Un industriel, occupant une éminente position à la *Societa serica* de Milan, m'affirmait que le commerce de la soie n'avait jamais été aussi actif en Italie qu'en 1902. C'est un indice assez éloquent (1).

La production du sol, sauf quelques rares exceptions, n'a certainement pas diminué par suite des grèves. On

---

(1) Ces lignes étaient écrites pendant l'été de 1903. Malheureusement une crise a éclaté dans les derniers mois de la même année et elle a entraîné de nombreuses faillites. Les filatures de soie, grâce aux facilités excessives de crédit rencontrées par les industriels, s'étaient multipliées. La production locale des cocons étant insuffisante pour les alimenter, la concurrence a exagéré les prix de la matière première. En même temps est survenue la mévente de la soie, par contre-coup de la crise anglaise et de la guerre Russo-Japonaise. En prévision des événements actuels, les négociants du Japon s'étaient, à tout prix, débarrassés de leur stock. C'est là une crise partielle dont l'agriculture lombarde se ressentira beaucoup, et le mouvement du prolétariat rural en sera sans doute quelque peu entravé.

ne pourrait en dire autant des suspensions de travail dans les industries manufacturières. Peut-être y a-t-il eu retard dans les opérations de transformation agricole : mais ici il faut distinguer. Souvent on entend des propriétaires déclarer qu'à la suite des grèves, par dégoût ou par économie, ils avaient renoncé à l'exécution des travaux habituellement entrepris pendant la saison froide, causant ainsi une perte sensible aux salariés contraints au chômage. Dans la plupart des cas, il s'agissait de dépenses voluptuaires, dont les bénéfices sont éphémères et les effets économiques douteux. Là où les véritables travaux d'amélioration ont été retardés (ce qui, en général, n'est point arrivé), s'il était possible de dresser un bilan, on constaterait probablement qu'entre le profit différé du propriétaire et le profit immédiat des travailleurs, il y aurait compensation. Ce qui le démontre, c'est qu'en général ceux-ci ne s'en plaignent pas.

Dans la région dont je m'occupe, il n'y a pas eu abandon absolu des cultures, comme cela est arrivé sur le territoire de Bologne, pour les rizières. Là l'élément de représailles a peut-être pris le dessus pour une décision qui y était rendue possible par la concentration de la propriété terrienne aux mains d'un petit nombre de grands propriétaires.

L'économiste, qui doit savoir démêler entre les effets momentanés et les effets durables, se demande s'il ne serait pas préférable d'en finir là où l'exploitation se fait à des conditions qui perpétuent la misère, en attendant que la baisse de la valeur des terres permette de la reprendre à des conditions plus favorables.

Pour conclure, la situation économique actuelle du monde rural me paraît autoriser à affirmer qu'il n'y a pas eu perte de richesse, mais déplacement de revenus. La rente du propriétaire a baissé, le profit du paysan s'est accru. Il est encore trop tôt pour pouvoir contrôler si la capitalisation des épargnes a augmenté.

Les remèdes

XIII. — Afin que la marche progressive des travailleurs agricoles puisse s'encadrer avec celle des ouvriers des industries manufacturières et que les deux classes se trouvent à même de procéder par des voies légales, il faut que les pouvoirs législatif et judiciaire interviennent à propos, aidés par le pouvoir exécutif. Le pouvoir législatif devrait non seulement s'exercer par des lois de tutelle (travail des enfants et des femmes, assurances obligatoires contre les accidents, les maladies, la maternité et la vieillesse, etc.), mais surtout régler la situation juridique des associations corporatives, Ligues, Caisses de secours mutuels et de résistance, Chambres de travail ; il devrait reconnaître le contrat de travail et fournir des institutions aptes à pourvoir à la sanction des droits admis.

Le rôle du pouvoir judiciaire est de plier le droit coutumier et la jurisprudence de façon à préparer la régularisation des nouvelles institutions créées par l'émancipation graduelle des masses, pour en tirer les fondements du droit des travailleurs, jusqu'à ce jour presque méconnu.

Quant au pouvoir exécutif, il devrait sortir de son état d'inertie. Nous possédons des lois sociales dont nous devrions être fiers : mais elles n'existent que sur le papier. Le Gouvernement ne se soucie que très peu de les faire appliquer.

XIV. — Au sujet du contrat de travail, mon expérience m'autorise à affirmer que la liberté du consentement, indispensable élément de sa validité, n'est garantie que par le contrat collectif.

En parlant du contrat collectif, j'entends parler non seulement du contrat passé entre plusieurs travailleurs groupés et l'entrepreneur ou le propriétaire, mais du contrat-type stipulé, pour un certain travail, par les représentants des employeurs et des employés, déterminant des minima de salaires, des maxima d'horaires, des règles d'engagement, d'apprentissage, de suspension de travail, des résiliations de contrats individuels, etc., etc. Il s'agit là d'une forme de contrat qui n'a pas encore été envisagée par les lois, à laquelle on ne pourrait ajuster toutes les règles du contrat individuel, et qui en demande d'autres. Elle entraîne la reconnaissance juridique des corps délibérants, l'admission du principe que le vote de la majorité prime sur l'opinion de la minorité : elle exige la détermination préalable de la procédure de sa confection, du maximum de sa durée, des conditions de revision et de résolution.

Si les différentes industries réclament autant de contrats-types (et beaucoup d'entre elles en exigent plusieurs à la fois, correspondant à la subdivision des travaux), à la campagne, il serait également indispensable de formuler de nombreux contrats-types s'adaptant aux régions, aux cultures et aux coutumes prédominantes.

Notre Parlement est en train de légiférer sur le contrat de travail et sur le contrat agricole, en particulier. La tâche est très difficile, il faut le confesser. Les projets publiés se ressentent de la timidité et des hésitations

de leurs auteurs (les ministres Zanardelli et Cocco-
Ortu), qui ne voulaient pas sacrifier les principes de
l'Ecole classique et qui, en même temps, ont craint de
froisser les socialistes. Cependant il y a là le germe de
la codification du travail. Il est donc à souhaiter que les
événements politiques n'en retardent pas davantage la
discussion.

Je ne puis m'arrêter ici à un examen de ces projets.
Je me bornerai à une seule remarque quant au contrat
agricole. Le souci d'énoncer des règles générales applicables à tous les modes de contrat, créés par les coutumes et les nécessités locales, obligera toute loi à se
restreindre à un petit nombre de préceptes. Cela serait
un avantage, car les lois de détails n'atteignent presque
jamais le but auquel elles visent. Mais, vu la nombreuse variété des rapports contractuels existant à la
campagne, je me demande si, à côté de ces règles, il ne
serait pas préférable d'en fixer d'autres pour déterminer
la procédure de la confection des contrats-types locaux :
on garantirait ainsi la constitution des délégations
régulières des parties contractantes, leur intervention à
la libre discussion des projets, la publicité et le dépôt
des contrats collectifs ainsi arrêtés, la possibilité de
leur dénonciation. *Experientia docet* : là où les grèves
ont éclaté, on a vu des Comices agricoles, des Chambres
du Travail et d'autres associations discuter et publier
des contrats-modèles, qu'on se proposait de généraliser
dans la sphère de leur action. Le phénomène ne
demande qu'à être reconnu par la loi.

XV. — La reconnaissance de la personnalité juridique des Ligues, jusqu'à présent demeurées en dehors de
la loi, s'impose. Mais, en même temps, il faut que l'on

précise les limites de leur responsabilité. Après le jugement rendu par la Chambre des Lords dans le procès du *Taff-Wale*, les adversaires du mouvement prolétarien se sont engoués de la personnalité des Ligues. *Vide cui fide!* Il y a là un rêve, mal dissimulé, de les écraser, la loi aidant.

Une loi ne vaut que s'il existe le moyen d'obtenir la sanction correspondante. C'est une absolue nécessité de mettre à la portée des contractants, des tribunaux auxquels ils puissent recourir afin d'obtenir, par les voies légales, l'exécution ou la résolution du contrat. Malheureusement cela nous fait encore défaut. La machine de la justice est fort compliquée et coûteuse à mettre en jeu. Le *Pretore* (juge de paix) réside dans des centres trop éloignés du vendeur de travail. Le papier timbré, les règles de procédure, le jargon légal, inconnu au menu peuple, l'éloignent du juge ordinaire. De son côté, celui-ci est tenu de juger d'après les lois existantes, dont les principes sur le contrat de travail sont insuffisants ou surannés. Nous nous sommes éloignés du sage système des Romains : ils avaient reconnu que le droit est en perpétuel mouvement, suivant pas à pas l'évolution sociale dans ses nécessités nouvelles. Nul n'ignore les bienfaits des Edits du Préteur, impérissable monument de la sagesse antique. Il existe chez nous un fort modeste magistrat qui juge les plus humbles affaires, le *Conciliatore*. Mais lié à la classe dont il sort, il ne jouit guère de la confiance du paysan. Sa compétence est limitée. Voilà pourquoi on réclame, tous les jours plus instamment, l'organisation des *Probi-viri* de l'agriculture, ainsi que le perfectionnement de ceux qui fonctionnent déjà, presque exceptionnellement, dans les milieux industriels.

XVI. — Dès que la loi aura réglé les nouveaux rapports contractuels, octroyé la personnalité aux corporations de métier par une procédure dépourvue d'entraves, fondé de véritables tribunaux du travail, jugeant *ex bono et æquo*, la grève, c'est-à-dire l'état de guerre, cessera d'être indispensable : à un mouvement nécessairement sauvage, légitime mais non légal, succédera la possibilité du progrès réalisé par les voies du droit. Ce progrès, que réclame la civilisation, et auquel les déshérités d'aujourd'hui ont raison de prétendre, c'est par une insouciance ou une iniquité inexplicable qu'on a tardé à la frayer.

Mais, pour arriver à ce résultat, il faut, en même temps, que l'instruction populaire se généralise et s'intensifie. A ce sujet, l'action du Gouvernement est faible, celle des communes l'est encore davantage ; quant aux particuliers, sauf de louables exceptions, ils se divisent en parti des nonchalants et parti des adversaires déclarés de la diffusion du savoir. Que de fois n'ai-je pas entendu répéter que le travailleur ignorant est à préférer pour son esprit d'absolue soumission ! Cela est vrai, au fond : le travailleur ignorant se prête à être parfaitement exploité !

L'instruction est la cheville ouvrière de l'éducation et de la civilisation d'un peuple. Ce n'est que parmi les ouvriers instruits qu'on arrive à trouver des sociétaires de sociétés mutuelles et coopératives, dont le rôle est si important pour l'amélioration économique et morale.

Il ne suffit pas que les écoles élémentaires soient répandues partout : il est indispensable d'en conformer les époques d'ouverture et les heures de classes aux nécessités agricoles, ce à quoi s'oppose l'esprit bureaucratique et routinier, qui vise l'uniformité à tout prix.

Il faut enfin pourvoir gratuitement aux livres scolaires et à la nourriture des écoliers. Après tout cela, on devrait encore songer sérieusement à l'instruction professionnelle.

A côté de l'instruction populaire et des lois sur les droits du travail et la protection des travailleurs, se présente le problème de la propriété.

D'abord, il importerait de faciliter la vente des terres, gravement entravée actuellement par les formalités et par les taxations fiscales. Cela simplifierait, d'ailleurs, les opérations de crédit à la propriété comme à l'exploitation agricole, tandis que les solutions de crédit foncier et agricole, essayées jusqu'à présent, n'ont fourni que des résultats négatifs, le crédit ne se créant pas par la force des lois.

Je n'hésite pas à aller plus loin. Je crois que l'État a le droit d'intervention là où l'inertie du propriétaire du sol est un obstacle à l'amélioration agricole. Ce qu'on a fait pour les biens ecclésiastiques, on peut, on doit le faire vis-à-vis de toutes sortes de mainmortes et des particuliers. L'expropriation s'impose.

La dernière loi sur l'*Agro romano* est conçue, quoique timidement, dans cet esprit : les Anglais sont en train de faire quelque chose d'analogue en Irlande. Que le droit suprême de propriété soit, en fait, reconnu à l'État, qu'il s'en serve dans l'intérêt général de la nation, que l'on revienne, avec les modifications et perfectionnements indispensables, à l'emphytéose sans droit de rachat, à l'emphytéose exercée par le pouvoir suprême !

ANNEXE II

Les

Mouvements agraires

DANS LES POUILLES

PAR

M. EUGENIO MAURY

Membre du Parlement italien

M. Eugenio Maury di Moroni, membre du Parlement italien pour la province de Foggia, a bien voulu, sur notre demande, rédiger l'exposé suivant des causes et des effets de l'agitation agraire dans les Pouilles, en signalant les moyens qui lui semblent propres à la calmer. La première note de M. Maury remonte au 14 mai 1903 ; la seconde, datée du 6 février 1904, rend compte de la situation au début de la présente année.

M. Eugenio Maury s'est fait, en maintes circonstances, à la Chambre italienne, le défenseur éloquent et autorisé des intérêts des populations des Pouilles qu'il connaît si bien. Il a vivement

16

intéressé les membres du Congrès international d'agriculture de Rome en leur faisant connaître l'organisation du Syndicat agricole coopératif qu'il a fondé en 1899 à Citta Sant' Angelo, petite ville des Abruzzes, pour la vente des fruits et, spécialement, des raisins de table produits en abondance dans cette région (1).

Naples, le 14 mai 1903.

En ce qui concerne l'Italie du Sud, les *Moti agrarii* ou mouvements agraires se sont produits principalement dans les trois provinces des Pouilles (Terre d'O-trante, chef-lieu Lecce ; Terre de Bari, chef-lieu Bari ; Capitanate, chef-lieu Foggia). C'est seulement dans ces

(1) Le succès de cette entreprise a été remarquable. Le Syndicat groupe environ 650 propriétaires ruraux. Son capital est de 25,000 francs, divisé en actions de 25 francs. Il a conquis comme débouché, pour les raisins de table récoltés par ses membres, 10 à 12 des plus importants marchés de l'Allemagne, notamment celui de Berlin. A cet effet, le comité commercial du Syndicat passe, chaque année, un contrat avec ses représentants pour la vente sur les places étrangères. Les membres du Syndicat qui veulent participer aux expéditions de produits signent l'engagement d'exécuter les conditions établies. Le montant net des ventes se partage entre les sociétaires au prorata de leurs apports en marchandises.

En 1902, le Syndicat agricole coopératif de Citta Sant' Angelo a expédié, en Allemagne, 653 wagons de raisins de table qui ont été vendus plus de 4,500,000 francs. Les résultats de l'année 1903 ont été également très fructueux. Le syndicat fonctionne également pour l'achat des engrais et dispose, à cet égard, d'avances consenties par la Banque coopérative de Citta Sant' Angelo.

trois provinces que les *Leghe di Miglioramento* ont pris un grand développement.

Les trois Calabres (Cosenza, Catanzaro et Reggio), les trois Abruzzes (Aquila, Teramo et Chieti), les deux Principautés et le Duché (Salerne, Avellino et Bénévent), le Molise (Campobasso), la Basilicate (Potenza), la Campanie (Naples et Caserte) n'ont jamais eu d'organisations ouvrières aussi formidables, et cela par suite de la situation particulière de ces régions.

Dans les parties encore florissantes des Abruzzes, des Calabres, des provinces de Salerne, d'Avellino, de Bénévent et de la Campanie, partout où l'exploitation agricole est régie par le contrat de métayage ou par le petit fermage, la population vit disséminée sur ses champs de labeur. L'organisation ouvrière n'y a obtenu aucun succès. Quant aux parties montagneuses, et si pauvres, de ces mêmes provinces, en Basilicate et dans le Molise, l'émigration transatlantique y a créé, depuis nombre d'années, un vide sensible, fonctionnant comme une soupape de sûreté. Le propagandiste des Ligues a trouvé la place occupée par l'agent d'émigration. La population qui n'a pas émigré est d'une sobriété étonnante, sobriété que conservent nos émigrants au milieu du luxe des grandes villes américaines : elle caresse encore la vision lointaine de l'opulence à conquérir par le gain annuel de quelques centaines de dollars, mais, dans ses pauvres masures de la montagne, elle n'envisage rien de semblable à obtenir au moyen de l'organisation qu'on lui conseille. Autour d'elle tout est pauvre. La vie lui coûte peu : du maïs, des racines, des pommes de terre, de l'eau, suffisent à ses besoins. Le bois à brûler est gratuit, de même que le pâturage communal pour la chèvre, le mouton ou le porc,

Pour l'Italie continentale du Sud, la question se limite donc aux Pouilles.

Les *Moti agrarii* qui ont eu lieu dans les trois provinces des Pouilles sont de nature différente.

La province de Lecce traverse une crise de production très aiguë : la propriété foncière et les travailleurs de la terre en subissent les funestes conséquences.

Trois produits principaux sont la source de tout travail rural à Lecce : le vin, l'huile, les céréales. En 1899 et 1900, deux attaques de mildiou, survenues en mai, détruisirent la récolte de la vigne en fleur. Depuis 1895, le *cycloconium oleagineum*, la *brusca* et la *mosca olearia* ont ravagé, chaque année, les plantations d'oliviers dans la région Adriatique du Salentum (Est), et, dans la région Ionienne de Tarente (Ouest et Sud de la province), depuis trois années, les ouragans qui se déchaînent régulièrement, de fin avril au 15 mai, détruisent le fruit de l'olivier à peine formé, ainsi que dans la partie Ionienne de la Basilicate et des Calabres.

La propriété, déjà endettée par suite des frais énormes des travaux d'amélioration effectués de 1875 à 1886 et de la grande crise 1888-1891, ne sait comment surmonter les difficultés ; le travail diminue. — Le chômage qui en résulte dans les classes agricoles est d'autant plus douloureux, par suite de l'accroissement considérable de la population rurale qui, en 25 années, a augmenté de 18 à 20 0/0. L'émigration n'existe pas dans la contrée, ni vers les deux Amériques, ni vers la côte nord d'Afrique. — Cette soupape de sûreté manque. Le travail industriel manque également, sans espoir de voir surgir ce nouvel élément de prospérité. — L'émigration intérieure se produisait depuis longtemps, pen-

dant quelques semaines, vers la Capitanate (Foggia) ;
mais un phénomène nouveau tend à rendre la situation
plus difficile et à repousser cette pauvre population de
Lecce, sans travail, vers ses nombreuses petites villes
sans ressources — triste phénomène dont il est utile de
rechercher les causes.

Les ouvriers agricoles de la province de Foggia, réunis en *Leghe di resistenza*, non seulement veulent imposer leurs conditions de travail, mais encore veulent
exclure de tout travail rural les ouvriers des régions
voisines. Cette exclusion barbare, cette sourde émeute
qui gronde dans les bas-fonds populaires de la province
de Foggia, a une cause plutôt politique qu'économique.
La province de Foggia paie les salaires agricoles les plus
élevés de l'Italie. La population y est peu dense (65 habitants par kilomètre carré), les entreprises agricoles y
sont très actives, soutenues par de nombreuses machines qui font abaisser les frais de production, même
en élevant le salaire des ouvriers (minimum de journée,
1 fr. 50 ; maximum, 5 à 6 francs). Le chômage n'y existe
que pendant 2 mois de l'année (janvier et mars), époques
de transition dans les travaux de la terre, car il n'y a
pas de cultures intercalées entre la vigne et les céréales.
La condition économique n'étant pas mauvaise, il faut
chercher la cause ailleurs (1).

(1) Les Pouilles ont connu jadis une période de très grande
prospérité. Tous les produits agricoles se vendaient merveilleusement. Au plus fort de notre crise phylloxérique, les raisins des Pouilles étaient achetés sur la vigne et payés quinze
jours avant la maturité par des négociants de Cette ou d'ailleurs. Actuellement la plus grande partie du vin produit par
les Pouilles est exportée. Le raisin des Pouilles est acheté aussi,
en énorme quantité, par les grandes sociétés coopératives de
consommation italiennes, *Unione militare* de Rome, *Unione*

La cause est, selon moi, la suivante : la population rurale vit agglomérée dans les énormes villes-bourgades de Capitanate (Foggia, 54,000 habitants (2) ; San Severo, 40,000 habitants ; Cerignola, 36,000 habitants). L'organisation de l'agriculture est tout industrielle. Sur les champs qui longent l'Adriatique méridionale, la vie champêtre est inconnue. Notre terre est une usine immense qui, chaque matin, au lever du soleil, ouvre ses portes à plus d'un million d'hommes, de femmes et de jeunes gens. A la tombée du jour, cette armée du travail rentre dans les villes.

Donc les ouvriers agricoles se réunissent en masses sur la grande ferme ou le grand vignoble qui emploie leurs bras, ils deviennent foule en ville et les foules ont leurs fièvres épidémiques. Même élevés, les salaires agricoles ne peuvent monter au niveau des salaires de l'industrie; les journées de chômage forcé (mauvais temps, grands froids, etc.) sont plus fréquentes pour l'ouvrier des champs. A la ville, où il mène l'existence d'un véritable ouvrier industriel, le cercle, la taverne, le café populaire sont des centres de propagande qui exercent sur lui une attraction sans égale. La parole exaltée descend sur les cœurs qui souffrent comme une

cooperativa de Milan, etc., qui fabriquent elles-mêmes le vin qu'elles fournissent à leurs sociétaires et même souvent au public.

Le vignoble célèbre de M. Pavoncelli, ancien ministre des travaux publics, à Cerignola, s'étend sur 2,500 hectares entièrement cultivés à bras. Le vignoble voisin, appartenant à M. le duc de La Rochefoucauld-Doudeauville, comprend 3,100 hectares ; c'est le plus important vignoble des Pouilles et peut-être de toute l'Italie.

(2) A Foggia, la population *rurale* est de 30,000 habitants, dont 18,000 ouvriers agricoles actifs.

lueur d'espérance ou comme un cri de vengance. Comment espérer que des milliers d'hommes et de femmes résistent à cette surexcitation des foules, à laquelle ne résistent même pas les ouvriers des usines, mieux payés et plus instruits ? Aussi, à peine les salaires tendent à baisser qu'ils réclament l'éloignement de tout ouvrier étranger et demandent des avantages souvent inacceptables.

Il faut d'ailleurs reconnaître que, malgré les salaires plus élevés qu'ailleurs, la condition de l'ouvrier agricole de Foggia est dure. Il doit payer en ville un loyer de 85 à 120 francs. Il se réunit à deux ou trois autres familles pour diminuer cette dépense ; l'hygiène et la moralité en souffrent. Il doit acheter, à deniers comptants, l'eau et le feu. Les femmes et les jeunes filles restent cloîtrées en ville, n'y trouvant pas d'ouvrage et l'usage ne permettant pas qu'elles aillent travailler à la campagne, à moins que ce soit sur un terrain appartenant à la famille (1).

(1) M. Maury avait conçu l'ingénieux projet d'utiliser la *Legha di miglioramento* de Foggia, comprenant 6,000 membres, tous ouvriers agricoles, pour organiser, dans leur intérêt commun, et avec leurs bras, pendant la saison où les travaux agricoles du pays les laissent inoccupés, l'exploitation d'un grand domaine, loué à cet effet, et qui aurait pu être affecté à la culture des primeurs. Les fonds nécessaires auraient été fournis par les membres de la Ligue, à raison d'une cotisation hebdomadaire de 0 fr. 10, et par les propriétaires du pays pour une égale contribution donnée à titre d'encouragement : le tout devait produire environ 60,000 francs de ressources. La vente des primeurs aurait assuré de gros bénéfices qui, répartis entre les ouvriers membres de la Ligue, devaient sensiblement accroître leur bien-être.

N'est-ce pas là un moyen excellent de dériver vers un but

Ces causes si différentes produisent les mêmes effets. A Lecce, l'ouvrier des champs souffre la faim par chômage forcé. A Foggia, le même ouvrier prépare de tristes jours à sa famille par les grèves.

A Lecce, la propriété foncière, si les moyens ne lui manquaient pas, serait heureuse d'augmenter le salaire de la main-d'œuvre. A Foggia, la même propriété, pour ne pas se ruiner, s'efforce de diminuer, par les machines et par de nouvelles rotations agricoles, la main-d'œuvre nécessaire.

Ce sont là les douloureux phénomènes de maladies sociales qui pourront occasionner des secousses imprévues et qui demandent une cure patiente, intelligente et longue.

Que faire? A mon modeste avis, l'Etat devrait entreprendre tous les travaux possibles en province de Lecce (chemins de fer, canaux d'assainissement, routes), faire circuler de l'argent. Il devrait établir une Caisse locale pour la transformation de l'énorme dette hypothécaire et pour fournir des encouragements à de nouvelles cultures (tabac et plantes utiles aux industries textiles, sumac, agaves et autres) et à de nouvelles industries maritimes, car le Salentum a plusieurs centaines de kilomètres de côtes.

Pour Foggia, l'Etat doit, avant tout, maintenir la protection rigide de l'ordre public et de la liberté du travail ; mais, d'accord avec la province, les communes et

profitable à tous l'activité des Ligues de paysans, en lui donnant l'objectif si moralisateur des entreprises de la coopération de production? Nous souhaitons donc de voir l'idée de M. Maury se réaliser, soit à Foggia même, soit ailleurs,

les grands propriétaires, il doit songer à limiter l'accroissement continu de la population rurale dans les villes. Il faut augmenter le nombre des bourgades rurales, fractionner ces immenses territoires de communes qui se chiffrent par 141,000 hectares (Foggia), 72,000 (Cerignola), 64,000 (Andria), etc., etc. Telle fut l'idée conçue par Charles Iᵉʳ d'Anjou, lorsqu'il fonda, avec 300 familles de Provence, fournies par les évêchés d'Aix et du Rhône, les premiers villages qui ont été le noyau de deux villes de la province de Foggia, Faeto et Celle di S. Vito. Les grandes bourgades albanaises de la côte et de l'Apennin ont suivi. La domination espagnole arrêta cet essor : Charles III, Ferdinand Iᵉʳ, François Iᵉʳ et Ferdinand II, les princes Orsini, Imperiali, les grands Ordres monastiques, de 1770 à 1849, reprirent la bonne voie. Nous leur devons une population de 43,000 personnes distribuée dans les bourgs agricoles de Ortanova, Stornara, Stornarella, Ordona, Carapelle, Trinitapoli, Salnie, S. Ferdinand, Poggio Imperiali, Poggio Orsini, Zapponeta.

Malheureusement plusieurs de ces bourgades de 100 familles, en moins d'un siècle, sont devenues des villes de 8,000 ou 10,000 habitants ; mais il y a place pour 100 villages de 2,000 habitants chacun, surtout dans ces belles vallées de l'Ofanto, du Cervaro, et le long de l'Adriatique (entre Manfredonia et Barletta) où, moyennant une propagande constante, j'ai pu obtenir des travaux d'assainissement qui coûteront 20 millions et que nous devons à la bonne entente réalisée entre M. Luzzatti, ministre du Trésor en 1898, et M. Pavoncelli (mon collègue comme député de la province de Foggia), alors ministre des Travaux publics.

La propriété a le devoir d'améliorer les sources du

travail ; mais, sans une meilleure répartition de la population, nos efforts pourront être stériles, et nous qui
avons été les pionniers d'un mouvement agricole hardi,
nous devrions reconnaître que les propriétaires qui
sont restés inactifs ont été plus soucieux de leurs intérêts.

Rome, le 6 février 1904.

Depuis avril 1903 jusqu'à ce jour, aucun signe de
grève importante n'est apparu. Les *Leghe* ont plutôt
diminué comme nombre et influence. Elles ont prouvé
leur vitalité, sur quelques points, en prenant part à
certaines manifestations électorales de la localité, en
voulant dicter le régime des impôts municipaux ou de
l'octroi. Mais il ne s'est pas produit de *Moti agrarii*
comme l'année précédente.

Ce revirement, certainement favorable pour l'économie agricole de la région et pour la tranquillité publique, me paraît dû à trois causes :

1° La dissolution du parti socialiste italien, qui, se
divisant aujourd'hui en parti révolutionnaire et en
parti d'évolution, a perdu sa puissante organisation
unique.

2° La persuasion de la masse ouvrière que la ligne
de conduite du Gouvernement était inflexible — liberté
complète de théories, de vœux, de réunions, de conférences et de promenades — répression dure et violente
lorsque la liberté du travail était compromise et les
droits statutaires étaient menacés. Nos ouvriers ruraux
avaient, en secret, espéré aboutir au partage des terres,
se voyant dirigés par des personnalités (députés, professeurs, etc.) appartenant aux pouvoirs publics et que

les autorités respectaient. Mais lorsqu'ils ont vu les chefs de la propagande décliner toute responsabilité avec nos lois pénales, lorsqu'en 1902 ils ont vu, par milliers, arriver les moissonneuses-lieuses, protégées par la cavalerie, la réflexion a exercé une grande influence sur leur esprit.

3° La bonne récolte en céréales, la grande récolte en huile et la récolte assez bonne en raisins ont exercé *surtout* la meilleure de toutes les influences. Le travail s'est répandu sur toute la surface de nos trois provinces, et comme le liquide se nivelle en des vases communiquants, il s'est nivelé cette année. D'ailleurs, la détente naturelle aux tempéraments et aux caractères des peuples du Midi s'est produite et, si les *Leghe* n'ont pas disparu, leur action est moins ferme : elle se ressent d'un état de lassitude.

Les propriétaires, de leur côté, au lieu d'entrer dans une voie de résistance, ont pris l'habitude de raisonner, équitablement et patiemment, avec les Chambres de travail ; souvent même, quelque concession morale de simple courtoisie a mieux sauvegardé leurs intérêts que des concessions pécuniaires.

A Foggia surtout, l'entente est complète ; l'organisation y était formidable. Les travaux moins pénibles, mieux rémunérés, sont réservés aux ouvriers de la ville, soit une dizaine de mille (1) ; mais, avec un territoire de 141,000 hectares, le problème important des salaires est celui qui concerne les masses d'ouvriers d'immigration. Cette dernière dépense a été souvent réglée toute en faveur de la propriété locale. *Homo homini lupus !*

(1) Une Chambre mixte de propriétaires et d'ouvriers fixe périodiquement les tarifs de salaires.

Quel sera l'avenir? Il est difficile de le prévoir. La pression barométrique de notre vie sociale et rurale, indiquant tempête ou beau temps, dépend surtout des vicissitudes des récoltes bonnes ou mauvaises.

TABLE DES MATIÈRES

Pages

AVANT-PROPOS.   V

CHAPITRE PREMIER

Les origines et les causes de l'agitation agraire

1. — Grèves anciennes et grèves récentes.   1
2. — Les salaires agricoles en Italie. — L'enquête Jacini.   8
3. — L'action du parti socialiste sur les travailleurs agricoles. — Ses débuts dans la province de Man-
toue   18

CHAPITRE II

Les Ligues de paysans. — Leur organisation et leurs tendances

1. — Organisation et fonctionnement des Ligues. — Leurs
Fédérations et Congrès   24
2. — Caractère et esprit des Ligues. — Leur œuvre de
discipline et d'éducation.   34
3. — Ligues du Midi et de la Sicile.   39
4. — Ligues de femmes.   48
5. — Ligues catholiques   52
6. — Le Congrès national des Travailleurs de la terre. —
Aspirations et tendances qui s'y sont révélées. .   58

17

CHAPITRE III

L'action des Ligues. — Les grèves agricoles

1. — Tactique adoptée par les Ligues de paysans. — Ensemble de prétentions inacceptable pour les chefs d'exploitation 80
2. — Rupture des contrats annuels. — Procédés et incidents des grèves. — Tentatives d'arbitrage. . . 92
3. — La défense des propriétaires. — Echec de la grève générale de Rovigo 100
4. — Milieux particulièrement favorables aux grèves agricoles. — Les grèves de métayers. 109
5. — Excès, violences et abus divers relevés dans les grèves 117
6. — Attitude du Gouvernement et des fonctionnaires. . 126

CHAPITRE IV

Les résultats des grèves agricoles

1. — Etat d'esprit des propriétaires ruraux. 136
2. — Tentatives de contre-organisation chez les propriétaires. — Les Congrès de Ferrare et de Modène. 143
3. — Effets généraux de la crise du travail sur la situation de l'agriculture. — Les bénéfices de l'exploitation agricole 152
4. — Transformations de la culture. — Conséquences économiques et sociales. 158
5. — Quel a été le gain réel de l'ouvrier agricole?. . . 165

CHAPITRE V

Moyens proposés pour remédier à la situation

1. — Reconnaissance juridique des Ligues. 172
2. — Collèges de prud'hommes agricoles. 178
3. — Projets divers intéressant la législation sociale des campagnes. 181

4. — Grands travaux publics. — Colonisation agricole intérieure et extérieure. — Projets de colonisation coopérative en Erythrée. 188

5. — Remèdes dérivant de l'initiative privée. — Création d'associations diverses. — Emploi des machines agricoles. — Assurance mutuelle contre le risque de grève. — Amélioration des contrats, etc. 196

CHAPITRE VI

Situation actuelle des Ligues. — Conclusion

1. — Evolution du mouvement d'agitation agraire. . . 209

2. — Situation au printemps de 1904. — Les Ligues dans l'Italie du Nord. 214

3. — Le 2e Congrès de Bologne. — Alliance des Ligues de paysans avec les sociétés coopératives. . . . 219

4. — Les Ligues dans le reste de l'Italie et en Sicile. . 227

5. — Les Enseignements de la crise. — Rôle et devoir social des propriétaires italiens. 232

ANNEXE I. — *Les Grèves agricoles en Lombardie*, par M. Carlo Contini, avocat à Milan 247

ANNEXE II. — *Les Mouvements agraires dans les Pouilles*, par M. Eugenio Maury, membre du Parlement italien. 277

BAR-SUR-SEINE. — IMPRIMERIE Vᵉ C. SAILLARD.

BIBLIOTHÈQUE DU MUSÉE SOCIAL

EXTRAIT DU CATALOGUE

L'Assurance mutuelle du bétail, par M. le comte de ROCQUIGNY. Paris, Rousseau, 1898, 1 vol. in-12. . . . . 3 fr.

Guide pour l'organisation des Assurances mutuelles agricoles (avec Statuts-modèles, Circulaires ministérielles, Formules de registres, etc.), par M. le comte de ROCQUIGNY. Paris, Rousseau, 1903, broch. in-8° . . . . 1 fr. 50

Manuel pratique de Crédit agricole, par MM. G. MAURIN et Ch. BROUILHET. Paris, Rousseau, 1901. . . . . 3 fr.

Les Syndicats agricoles et leur œuvre, par M. le comte de ROCQUIGNY. Paris, Armand Colin, 1900, 1 vol. in-12 (*Ouvrage couronné par l'Académie française*). . . . . 4 fr.

Le Métayage et la Participation aux bénéfices, par M. Roger MERLIN. Paris, Rousseau, 1898, 1 vol. gr. in-8°. . . . . 6 fr.

Marins pêcheurs, pêcheurs côtiers et pêcheurs de morue à Terre-Neuve et en Islande, par M. Léon de SEILHAC. Paris, Rousseau, 1899, 1 vol. in-12. . . . . 2 fr.

La concentration des forces ouvrières dans l'Amérique du Nord, par M. Louis VIGOUROUX. Paris, Armand Colin, 1899, 1 vol. in-12. . . . . 4 fr.

La Verrerie ouvrière d'Albi, par M. Léon de SEILHAC. Paris, Rousseau, 1901, 1 vol. in-12 . . . . 2 fr.

La Crise allemande de 1901-1902 ; le charbon, le fer et l'acier, par M. André-E. SAYOUS. Paris, Larose, 1903, 1 vol. in-12. 5 fr.

La Grève de Carmaux et la Verrerie d'Albi, par M. Léon de SEILHAC. Paris, Librairie académique Perrin, 1898, 1 volume in-12. . . . . 3 fr.

Les Congrès ouvriers en France, 1867-1897, par M. Léon de SEILHAC. Paris, Armand Colin, 1899, 1 vol. in-18 écu. . . 4 fr.

Syndicats ouvriers, Fédérations, Bourses du travail, par M. Léon de SEILHAC. Paris, Armand Colin, 1902, 1 vol. in-12. . . . 4 fr.

A. ROUSSEAU, imprimeur-éditeur. — Paris.